Jan Zweyer

Glück Auf, Glück Ab

Kriminalroman

Bibliografische Information der Deutschen Nationalbibliothek: Die
Deutsche Nationalbibliothek verzeichnet diese Publikation in der
Deutschen Nationalbibliografie; detaillierte bibliografische Daten sind
im Internet über http://dnb.dnb.de abrufbar.

Herstellung und Verlag:
BoD – Books on Demand, Norderstedt

ISBN: 978-3-751-98335-8
Covergestaltung: Jan Zweyer

Der Autor

Jan Zweyer wurde 1953 in Frankfurt am Main geboren. Mitte der Siebzigerjahre zog er ins Ruhrgebiet, studierte erst Architektur, dann Sozialwissenschaften und schrieb als ständiger freier Mitarbeiter für die Westdeutsche Allgemeine Zeitung. Er war viele Jahre für verschiedene Industrieunternehmen tätig. Heute arbeitet Zweyer als freier Schriftsteller in Herne.

Nach zahlreichen zeitgenössischen Kriminalromanen hat er sich mit der Goldstein-Trilogie Franzosenliebchen, Goldfasan und Persilschein das erste Mal historischen Themen zugewandt. Es folgte die von Linden-Saga, eine Familiengeschichte aus dem Ruhrgebiet (bisher fünf Bände, zuletzt: Schwarzes Gold und Alte Missgunst, Ein Königreich von kurzer Dauer, beide Grafit-Verlag).

In der **Reihe Wiederaufgelegter Bücher** werden verlagsseitig vergriffen Texte von Jan Zweyer als Buch und eBook neu veröffentlicht. Der Originaltext unterliegt jetzt den neue Rechtschreibregeln. Inhaltliche Veränderungen wurden nur in Ausnahmefällen vorgenommen.

1

Es regnete in Strömen. Trotzdem hatten sich einige Schaulustige eingefunden, die versuchten, einen Blick auf das Geschehen zu werfen. Die Umgebung am Kanal in Marl-Brassert war von der Streifenwagenbesatzung bereits abgesperrt worden, als Hauptkommissar Brischinsky von der zuständigen Kriminalhauptstelle Recklinghausen eintraf. Die herbeigerufenen Rettungssanitäter waren hier überflüssig und packten ihre Koffer zurück in den Notarztwagen.

»Scheiß Wetter«, knurrte Brischinsky, als er ausstieg. Er schlug den Kragen seines Trenchcoats höher und ging zu den wartenden Beamten. »'n Abend. Haben Sie den Wagen gefunden?«

»Ja. Durch Zufall. Anwohner haben sich beschwert, dass Jugendliche mit ihren Mopeds in der Nacht rumknattern. Die sollen hier reingefahren sein. Wir haben nachgesehen und dann den Wagen gefunden. Der Motor lief noch.«

»Und? Wer hat ihn abgestellt?«

»Wir.«

»Is gut.«

»Guten Abend, Chef.«

Brischinskys Mitarbeiter, Heiner Baumann, begrüßte seinen Vorgesetzten. Baumann zeigte auf den Wagen. »Der Notarzt konnte nur noch den Tod feststellen. Sieht wie Selbstmord aus.«

Brischinsky sah sich um. Eine weiter entfernte Straßenlaterne hüllte den kleinen Waldweg in ein fahles Licht. Die blinkenden Blaulichter reflektierten auf den regennassen Wagendächern.

»Verdammt. Man kann ja kaum was sehen. Geben Sie mir mal eine Taschenlampe.«

Einer der Beamten beugte sich in den Polizeiwagen und reichte Brischinsky die Lampe.

»Danke.«

Der Hauptkommissar ging zu dem Wagen. Der graue Mazda 323 stand, halb von einem Busch verborgen, rechts am Wegrand. Am Auspuff war mit einer Schelle ein etwa fünf Zentimeter dicker Schlauch befestigt. Durch eine in die Heckklappe gebohrte Öffnung führte das Gummiteil ins Wageninnere. Auf dem Vordersitz saß ein zusammengesunkener Mann. Brischinsky schätzte sein Alter auf etwa Ende Dreißig. Der Tote hatte die Augen geschlossen. Sein Kopf war nach vorne auf seinen Brustkorb gesackt. Beide Hände lagen auf den Oberschenkeln.

»Was sagt der Arzt?«, wollte Brischinsky von Baumann wissen.

»Der Tod ist wohl vor etwa zwei, drei Stunden eingetreten. Vermutlich Vergiftung.«

»Ist die Spurensicherung fertig?«

»Alles erledigt.«

»Gut. Dann schafft die Leiche hier weg.«

Die beiden Beamten sahen zu, wie zwei Mitarbeiter eines Beerdigungsinstitutes den Toten in einen grauen Bleisarg legten und zu dem wartenden Leichenwagen schafften.

Brischinsky nickte in Richtung Mazda. »Da hat sich jemand aber richtig Mühe gegeben. Ich nehme an, die Tür war zu?« Er deutete auf die offene Fahrertür.

»Selbstverständlich. Die Kollegen, die den toten Fahrer gefunden haben, haben sie geöffnet.«

»Woher weißt du, dass der Tote auch der Fahrer war?«, fragte Brischinsky.

Baumann schwieg betreten.

»Na ja, liegt ja auch nahe«, beschwichtigte er.

8

Brischinsky leuchtete in das Wageninnere und beugte sich hinein. Es roch nach Abgasen und Alkohol. Auf dem Beifahrersitz lag eine fast leere Flasche. Er sah auf das Etikett. Johnny Walker. Nicht sein Geschmack.

Der Hauptkommissar öffnete das Handschuhfach. Ein Kugelschreiber, zwei Zehnpfennigmünzen, magere Ausbeute. »Hatte der Tote irgendwelche Papiere bei sich?«, fragte er nach hinten.

»Nein, nichts.«

Brischinsky schraubte seinen massigen Körper wieder aus dem Fahrzeug.

»Aber die Spurensicherung hat das hier gefunden. Leer. Lag im Wagen zwischen den Vordersitzen.«

Baumann reichte seinem Chef etwas, das wie eine Medikamenten- oder Bonbonrolle aussah. In der anderen Hand hielt er eine Schachtel. Der Hauptkommissar leuchtete auf die Etiketten.

»Phanodorm«, las er auf der Rolle. »Und Persedon. Hat jemand von Ihnen eine Ahnung, was das ist?«

»Keinen blassen Schimmer.« Der jüngere der beiden Streifenpolizisten kam näher. »Ich kann ja mal auf der Wache ...«

»Nee, lassen Sie mal«, unterbrach ihn Brischinsky, »das klären wir später.« Er leuchtete durch das Fenster in den hinteren Teil des Mazdas. Auf den Rücksitzen konnte er nichts Auffälliges entdecken. Der Hauptkommissar ging um den Wagen herum. Plötzlich wurde es kalt und nass an seinem rechten Fuß.

»Scheiße«, fluchte Brischinsky, »verdammte Scheiße.«

Er lenkte den Lichtschein nach unten, nur um festzustellen, was er schon wusste. Er war in eine schlammige, etwa zehn Zentimeter tief Pfütze getreten. Die neuen Lederschuhe konnte er vergessen. Seine ohnehin miese Laune verschlechterte sich noch mehr.

»Ist schon jemand auf den Gedanken gekommen, zu überprüfen, wem die Karre hier eigentlich gehört?«, fuhr er die Uniformierten an. »Na, was ist?«

Die Streifenpolizisten spurteten zu ihrem Wagen. »Wir haben hier eine Halterfeststellung. Mazda 323, amtliches Kennzeichen RE-PS 67. Wir warten.«

Brischinsky schüttelte sich innerlich. Wie konnte ein vernünftiger Mensch bloß mit einem solchen Kennzeichen durch die Gegend fahren. Ihm würde so etwas im Traum nicht einfallen.

»Halterfeststellung. Amtliches Kennzeichen RE-PS 67«, plärrte es aus dem Lautsprecher. »Halter ist wohnhaft in Recklinghausen, Bochumer Straße 346 ...«

Brischinsky notierte sich Name und Anschrift. »Na, dann wollen wir mal. Wir nehmen meinen Wagen.«

Baumann sah seinen Chef entgeistert an. »Weißt du eigentlich, wie spät es ist?«

»Weiß ich. Kurz vor elf. Und jetzt komm. Deinen Wagen lass ins Präsidium bringen.«

Baumann folgte seinem Vorgesetzten. Der warf ihm den Schlüssel zu und sagte: »Du fährst.«

Auf dem Weg nach Recklinghausen-Süd griff der Hauptkommissar zum Funkgerät und rief die Zentrale, um sich die Telefonnummer des Halters durchgeben zu lassen. »Ja, Bochumer Straße 346. – Okay, ich warte. – Wie? 44 32 67? – Gut, danke.« Er nahm sein Handy und wählte. »Nimmt keiner ab. Wir fahren trotzdem hin.«

2

Die Musik im Drübbelken war wie immer etwas zu laut, jedenfalls für seinen Geschmack. Da aber schon seit einer halben Stunde die Stimmen seiner Lieblingsband über die an der Decke befestigten Boxen dröhnten, störte ihn das heute nicht. »You can't always get what you want«, röhrte Mick Jagger. Rainer Esch war sich nicht sicher, ob hier Widerspruch angesagt war. Warum eigentlich nicht, dachte er.

Als in ›The salt of the earth‹, der Trinkspruch auf die hart arbeitenden Menschen, ausgesungen wurde, fühlte sich Rainer angesprochen.

»Machst du mir noch 'nen trockenen Riesling und 'nen Veterano?«, fragte er – eher rhetorisch – die junge, blonde Bedienung hinter dem alten Tresen. »Und 'nen Espresso bitte auch.«

Da er an der Querseite der Theke saß, direkt neben dem Münzfernsprecher, konnte er der attraktiven Frühzwanzigerin beim Beschicken des Espressoautomaten zusehen.

»Waiting for a girl and we get drunk Friday nights«, sang Mick. Na ja, Donnerstag war aber auch okay.

»Riesling is nicht. Frascati oder Blanc de blanc.«

»Okay. Blanc de blanc.«

Im Ruhrgebiet wurde typischerweise Bier getrunken. Gute Weine wie einen trockenen Riesling gab's fast nur in Restaurants. Wie hatte ihm einmal ein Vertreter eines Weingroßhändlers bei einer Weinprobe vor einigen Jahren gesagt? »Die im Pott trinken Wein nur, wenn er süßer ist als Bier.« Und daran hatte sich wohl nicht sehr viel geändert.

Glücklicherweise wärmte die Thekenmannschaft wenigstens das Brandy-Glas an. Egal, dachte Rainer. Hauptsache der Wein ist trocken.

Er sah sich in der Kneipe um. An den Wänden hingen neue Bilder. Augenscheinlich hatte die Ausstellung gewechselt. Der Künstler, der sich etwas von einer kostenlosen Darbietung in dieser Recklinghäuser Szene-Kneipe versprach, war nach Rainers Auffassung gar nicht schlecht. Großformatige, wie mit einem Zoomobjektiv festgehaltene Szenen aus dem Sport und von der

Cranger Kirmes wechselten sich ab mit surrealistischen Motiven. Rainer fand das ziemlich anschaulich, auf jeden Fall heute, nach dem vierten Glas Weißwein und Veterano.

Er bestellte sich noch einen Espresso und trank ihn in einem Zug aus. Bedauerlicherweise behob das die leichten Gleichgewichtsstörungen, die er spürte, nicht im Geringsten.

Aber warum sollte ihn das stören, erklang doch gerade von den Stones ›Did you hear about the midnight rambler‹. Dermaßen beruhigt, orderte Esch noch einen Veterano, ohne Wein diesmal. Er zündete sich eine Reval an und registrierte mit Erschrecken seinen heutigen Nikotinkonsum. Das war die zweite Schachtel. Eines Tages würde ihn die Qualmerei umbringen.

Das Drübbelken begann sich allmählich zu füllen. Nachdem die Schlipsträger ihren Feierabendtrunk genommen hatten und die Schüler ihre Fahrräder Richtung Heimat bewegten, trudelte langsam das Stammpublikum ein: übriggebliebene 68er, solche, die sich dafür hielten, Freaks, progressive Yuppies, Emanzen, Spinner und ›Normale‹.

Die Plätze an der Theke waren wie immer als Erstes besetzt. Am Stammtisch hinten links spielten zwei Typen Schach. Auf dem kleinen Podest direkt unter einem der Bilder saß eine recht attraktive Frau, Mitte bis Ende Zwanzig, schätzte Rainer. Sie trank Kaffee und studierte intensiv die taz. Zwei Tische weiter tuschelte ein Paar miteinander, das auch nicht aufblickte, als die Bedienung die Getränke brachte. Die Bänke zwischen den Säulen in der Mitte des Raumes waren noch leer.

Rainer Esch war mittlerweile beim siebten Wein und Veterano angelangt. Ihm war es nun egal, ob er einen Aldi-Wein und Was-weiß-ich-Weinbrand in sich hineinschüttete. Wirklich wichtig war doch nur, ob sich die große Strafrechtsklausur morgen mit der Strafprozessordnung beschäftigen würde oder nicht.

Bedauerlicherweise war es ausgerechnet dieser Strafrechtsschein, der ihm noch zur Zulassung zum ersten Staatsexamen fehlte.

»Willste noch 'nen Wein«, fragte Blondi.

Rainer bemühte sich, nachzudenken.

»Sag Bescheid, wenn du noch was willst.«

Tief in ihm regte sich so etwas wie Verstand. Blondi legte eine neue Platte auf: »Hey! Think the time is right for a palace revolution.«

Rainers Blick fiel auf die Zeitungsständer hinter der Theke. Die Stadtzeitung Prinz und eine antifaschistische Zeitung standen dort einträchtig nebeneinander. Was für eine Mischung, dachte sich der Dreißigjährige.

»Nee, zahlen.«

»Sofort. Dreiundsechzigachtzig.«

»Was? Ich wollte den Laden nicht kaufen.«

»Echt witzig. Was is?«

Rainer legte siebzig Mark auf die Theke. »Stimmt so.«

»Oh, danke.« Die Bedienung schenkte ihm ein Lächeln. »Schönen Abend noch.«

Für eine Septembernacht war es ziemlich kalt und regnerisch. Rainer war es ganz recht. So konnte er hoffen, wieder etwas nüchterner zu werden. Leicht schwankend machte er sich über die Wälle auf den Weg ins Westviertel.

3

Das Wohnheim lag am Stadtrand von Dinslaken in einem kleinen Waldgebiet, genannt die Hühnerheide. Ein Wohnheim im engeren Sinne war es eigentlich nicht, sondern eine Ansammlung von Baracken. Gemauert zwar und mit einem festen Dach, aber trotzdem Baracken. Es hieß, die Gebäude hätten die Nationalsozialisten gebaut, um während des Zweiten Weltkrieges Kriegsgefangene, vor allem Russen, unterzubringen. Diese hatten auf den umliegenden Schachtanlagen Zwangsarbeit leisten müssen, nicht selten bis sie zu Tode erschöpft waren. Mangelhafte Nahrung, Misshandlungen, Folter taten das übrige. »Vernichtung durch Arbeit« nannten das die Faschisten.

Nach dem Krieg benötigte der Bergbau Arbeitskräfte. Junge Männer aus der gesamten Bundesrepublik wurden angeworben. Der Bergbau hatte einiges zu bieten: guten Lohn und vor allem Sonderrationen an Nahrungsmitteln. Für die Neubergleute musste Wohnraum in einer durch Bombenhagel völlig zerstörten Region geschaffen werden. Was lag näher, als die Barackensiedlung Hühnerheide zu nutzen.

Getreu dem Zeitgeist während des Kalten Krieges bekamen die Häuser Namen: Breslau, Königsberg, Danzig, Magdeburg erinnerten an das untergegangene Großdeutschland. Ein Versammlungssaal wurde gebaut, der der Schutzpatronin der Bergleute gewidmet war, das Barbarahaus.

Später dann, der Bergbau hatte mit erheblichen Absatzschwierigkeiten zu kämpfen, verlor die Hühnerheide als Wohnheim an Bedeutung. Arbeitskräfte waren nicht mehr gefragt, im Gegenteil, der Steinkohlebergbau musste Personal abbauen. Junge Bergleute wurden älter, gründeten Familien und bezogen eigene Wohnungen. Mehr und mehr Gebäude standen leer.

So wurde ein Teil des Geländes an die Stadt Dinslaken vermietet, die in den Häusern Asylbewerber unterbrachte. Um zu verhindern, dass die Rumänen, Kroaten, Bosnier, Sinti und Roma mit den im übrigen – überwiegend türkischen – Bewohnern des Wohnheimes allzu engen Kontakt bekamen, ließ die Stadt einen festen, etwa zwei Meter hohen Drahtzaun um die neugeschaffenen Heime für Asylbewerber ziehen. Selbst wenn er sie gekannt hätte, hätte Cengiz Kaya die Geschichte des Wohnheimes völlig kaltgelassen. Der 28-jährige hatte andere Probleme.

Zunächst einmal musste er morgen in Recklinghausen auf Wohnungssuche gehen. Zwar könnte er auch im dortigen Wohnheim der Bergwerks AG unterkommen, er hätte aber schon gerne seine eigenen vier Wände. Seitdem er bei seinen Eltern ausgezogen war, hatte er auf zahllose Wohnungsangebote in den Zeitungen geantwortet, eigene Annoncen aufgegeben, sich auf die Warteliste der Wohnungsverwaltung der Zeche setzen lassen. Nichts.

Da er in Deutschland geboren war, sprach er akzentfrei Deutsch. Das konnte er von seinem Türkisch nicht gerade behaupten. Gut, er konnte sich verständigen, aber fließend sprechen? Er hatte Mühe, den Unterhaltungen der älteren Türken in der Kaue vor oder nach der Schicht zu folgen. Mangelhafte Deutschkenntnisse waren also wohl nicht der Grund dafür, dass er keine Wohnung fand.

Cengiz Kaya war Bergmechaniker. Nach dem Besuch der Hauptschule hatte er 1982 seine Ausbildung auf dem Bergwerk Friedrich Gustaf begonnen und war seit 1985 Hauer im Untertagebetrieb derselben Zeche.

Er freute sich auf die nächste Woche. Seine Verlegung zur Schachtanlage Eiserner Kanzler in Recklinghausen war genehmigt worden. Wenn er Glück hatte, würde er dem Revier zugeteilt, in dem Klaus Westhoff Fahrsteiger war. Sofern er das noch war.

Klaus war sein Freund, dachte sich Cengiz. Na ja, vielleicht war Freund doch etwas übertrieben. Klaus Westhoff war als Vorgesetzter in Ordnung gewesen, ein richtiger Kumpel. Er hatte den Türken in der ersten Zeit nach Abschluss der Ausbildung an die Hand genommen und ihm gezeigt, wie der Laden unter Tage außerhalb des Ausbildungsrevieres so läuft. Eigentlich hatte er das ja mit allen jungen Facharbeitern so gemacht. Aber trotzdem.

Cengiz streckte sich auf dem Bett aus und starrte zur Decke. Vielleicht sollte er doch zunächst im Wohnheim ein Zimmer nehmen. Zumindest so lange, bis er eine preiswerte Wohnung gefunden hatte. Kontakt zu anderen fände er dort auch schneller. Und noch einen Vorteil hatte das Heim – es war billig.

4

Stefanie Westhoff hatte sich heute besonders schick angezogen. Der grüne, wadenlange Rock harmonierte gut mit ihrem beigen Rollkragenpullover. Dazu eine dunkelgrüne Kunstschmuckkette und ihre neuen, dunkelbraunen Stiefel – sie gefiel sich.

Obwohl es erst kurz nach halb sieben war, waren schon einige Tische im Mykonos besetzt, vor allem die an den Fenstern zur Reitzensteinstraße. Der etwas kitschige Brunnen an der Kopfseite des Restaurants direkt neben dem Eingang plätscherte leise, aber kontinuierlich. Stefanie ging das Rauschen eigentlich nicht auf die Nerven, aber Klaus, ihren Bruder, störte es. Das schlage ihm auf die Blase, meinte er.

Die Bedienung im Mykonos war außergewöhnlich freundlich. Das war der Grund, warum sie diesen Griechen den anderen in der Stadt vorzog. Außerdem war das Essen gut und reichlich.

Der Kellner zündete die Kerze auf dem Tisch an und reichte ihr die Speisekarte.

»Danke. Ich möchte einen weißen Demestica. Das Essen bestelle ich später, ich warte noch auf jemanden.«

Wenig später stand ihr Wein und der übliche Begrüßungsouzo auf dem Tisch. Stefanie nippte an dem Schnaps und spülte den Geschmack mit dem Demestica herunter. An Ouzo würde sie sich nie gewöhnen. Sie fragte sich, was sie eigentlich in Griechenland trinken sollte. Dort werde bei jeder sich bietenden Gelegenheit der Anisschnaps aus Wassergläsern getrunken, hatte ihr eine Freundin erzählt. Na ja, manchmal übertrieb die ja auch ein bisschen. In etwa drei Wochen würde Stefanie es wissen. Schon seit langem war eine Woche Samos gebucht.

Ihre Uhr zeigte fast sieben. Wo bleibt Klaus nur?, überlegte sie. Sonst war er doch immer pünktlich, jedenfalls meistens. Sie versuchte, sich an das gestrige Telefonat zu erinnern, als sie die Verabredung für den heutigen Abend getroffen hatten. Hatte ihr Bruder da halb sieben oder halb acht gesagt? Nein, sie war sich sicher. Sie war pünktlich gewesen.

Lieber wäre sie ja mit Rainer essen gegangen. Er hatte jedoch keine Zeit, da er sich auf seine Klausur morgen vorbereiten und früh ins Bett gehen wollte. Stefanie hoffte, dass er die Arbeit nicht schon wieder in den Teich setzen würde. Durchfallen wurde sonst für ihn zum Dauerzustand, und möglicherweise gewöhnte er sich daran oder schmiss ganz das Handtuch, um nach neun Semestern Jura sein weiteres Leben als Taxifahrer zu bestreiten.

Langsam ärgerte sie sich. Ihr Bruder ließ sie sitzen. Hunger hatte sie auch, da sie tagsüber nichts gegessen hatte.

Sie sah erneut auf die Uhr. Schon kurz vor acht. Das Mykonos war bis auf den letzten Platz gefüllt; die ersten Gäste, die kamen, ohne vorher reserviert zu haben, wurden bereits mit Bedauern weggeschickt.

Kurz entschlossen griff Stefanie Westhoff zur Speisekarte. Mit einem Kopfnicken bestellte sie den Kellner zu sich.

»Ich hätte gerne die Lammfilets mit Bratkartoffeln. Und noch einen Demestica.«

5

Trotz massiven Einsatzes eines normalen und eines Radioweckers wachte er erst eine halbe Stunde später als vorgesehen auf. Ihm war, als wäre jemand dabei, seinen Kopf mit einem Vorschlaghammer zu malträtieren. WDR 2 spielte ›Dont't worry, be happy‹. Ihm wurde kotzübel. Langsam und vorsichtig versuchte Rainer Esch aufzustehen. Kaum war sein Oberkörper unter Mithilfe beider Unterarme von der horizontalen in eine vertikale Stellung übergegangen, wurde ihm schwindelig. Erschöpft ließ er sich ins Kissen zurückfallen. Er war krank. Eindeutig. Mindestens ein Kreislaufkollaps. Wenn nicht sogar was Schlimmeres.

Das rhythmische Hämmern in seinem Schädel verhinderte jeden weiteren Gedanken. Stöhnend schlug er ein zweites Mal die Bettdecke zurück. Diesmal schaffte er es, beide Beine aus dem Bett zu schieben und sich auf die Bettkante zu setzen. Dort ruhte er sich etwa eine Minute aus und dachte erneut darüber nach, warum zum Teufel er sich diese Tortur eigentlich zumutete. Nur wegen so einer Scheißklausur?

Endlich stehend, stützte sich Rainer mit der rechten Hand an der Wand ab. Er wartete einen Moment und schlurfte dann durch den Flur in die Küche. Dort nahm er ein Glas aus dem Schrank, öffnete den Wasserkran und suchte mit den Augen das daneben hängende Regal ab. Als er das Röhrchen mit dem Alka-

Seltzer gefunden hatte, warf er eine Tablette in das gefüllte Glas. Sie löste sich sprudelnd auf. Rainer versuchte mit drehenden Handbewegungen, den Prozess zu beschleunigen. Mit einem etwas stieren, nicht sehr intelligent wirkenden Blick beobachtete er die aufsteigenden Bläschen, um die Mischung schließlich in einem Zug auszutrinken. Er schüttelte sich.

Einen Moment dachte er daran, sich wieder hinzulegen. Dann füllte er doch die Kaffeemaschine mit mehr Kaffeemehl als üblich und wankte ins Bad.

Nach dem Duschen ging es ihm schon etwas besser. Rainers halbes Kinn war mit kleinen Fetzen Toilettenpapier bepflastert, mit denen er die Blutungen der Schnittwunden versuchte zu stillen. Vielleicht hätte er, dachte er sich, angesichts seiner etwas zitternden Hände auf eine Rasur verzichten sollen.

Seine Jeans lagen zwar nicht gerade da, wo er sie vermutet hatte, er konnte sie aber recht schnell aufspüren. Schwieriger war das mit seinen Schuhen. Den ersten entdeckte er unter dem Bett, der zweite fand sich nach längerer Fahndung auf dem Garderobenbrett, direkt neben Stefanies Schirm, der seit dem letzten gemeinsamen Besuch im Drübbelken vermisst wurde.

Bei diesem Gedanken fiel ihm der gestrige Abend wieder ein. Erneut stieg Übelkeit in ihm hoch. Nie mehr Alkohol, schwor er sich. Nie mehr.

Na ja, wenigstens nicht bis heute Abend, relativierte er seinen Vorsatz sofort.

Im Kleiderschrank fanden sich ein sauberes T-Shirt und ein fast sauberer Pullover. Da trotz intensiven Zähneputzens der schale Geschmack in seinem Mund nicht gewichen war, beendete Esch seine leicht verunglückte Morgentoilette mit einer ausgiebigen Odol-Spülung.

Er öffnete die Wohnungstür und nahm die WAZ von der Fußmatte. Sein Nachbar war also noch früher aufgestanden als er und hatte die Zeitung von unten hochgeholt. Rainer goss Kaffee in einen Becher, schaltete das Radio ein, griff nach der Zigarettenschachtel, um eine Reval herauszufingern, und begann zu lesen.

Er war gerade bei der dritten Reval, der vierten Tasse Kaffee und dem Vorbericht über das morgige Fußballspiel zwischen Borussia Dortmund und Schalke angelangt, als Radio FiV Nachrichten sendete. Er hörte mit einem halben Ohr zu und widmete sich wieder dem Artikel und der voraussichtlichen Mannschaftsaufstellung.

»Bundeskanzler Kohl hat angesichts massiver Proteste der Bergleute Berichte dementiert, die Bundesregierung und vor allem ihr Wirtschaftsminister würden eine neue Kohlerunde vorbereiten. Kohl erklärte, die Bundesregierung stünde ohne Wenn und Aber zu den Vereinbarungen der Kohlerunde von 1991.«

Das durfte doch nicht wahr sein. Rainer Esch traute seinen Augen kaum. Doch, da stand es. Schalke wollte für das morgige Fußballspiel einen Top-Zuschlag erheben. Von 30 Prozent. Und das gegen die Dortmunder! Wo standen die in der Tabelle? An Platz drei, trotz Millionen für neue Spieler. Und dafür Topzuschlag? Gegen München, okay, aber Dortmund?

»Das Wetter. Heute Vormittag leicht bewölkt mit Schauerneigung. Im Tagesverlauf zunehmend aufheiternd. Temperaturen bis zu ...«

Er überlegte. Stefanie machte sich sowieso nicht viel aus Fußball. Sie ging meistens nur ihm zuliebe mit ins Stadion. Und wenn es morgen regnen würde, stände er alleine in der Nordkurve. Und dann noch Topzuschlag. Er zögerte.

»Und nun Nachrichten aus dem Vest: Marl. In der Nähe des Kanals in Brassert wurde gestern Abend ein Mann in seinem Wagen tot aufgefunden. Wie die Kripo Recklinghausen mitteilt, geht sie nicht von Fremdverschulden aus. Wie Radio FiV bekannt wurde, hat sich der Mann mit Auspuffgasen vergiftet. Recklinghausen. Die Pflasterarbeiten auf der Breiten Straße in Recklinghausen werden nach Auskunft des Tiefbauamtes noch einige Wochen andauern. Mit weiteren unvermeidlichen Belästigungen ist daher zu rechnen.« Esch traf eine Entscheidung. Statt Fußballspiel mit Topzuschlag würde er lieber den Nachmittag mit Stefanie verbringen, sie abends ins Mykonos zum Essen einladen und dann später vielleicht noch auf einen Sprung ins Drübbelken.

Zufrieden drückte er seine Zigarettenkippe aus, schnappte sich Wohnungs- und Autoschlüssel, warf noch einen Blick in seine alte, etwas fleckige Aktentasche, entdeckte Schreibpapier und Kuli, zog seine braune Lederjacke über und verließ die Wohnung, um sich seinem Schicksal zu ergeben.

6

Das Telefon läutete.

»Brischinsky, was gibt's?« Er klemmte den Hörer mit der linken Schulter an sein Ohr, griff nach Papier und Bleistift und wartete.

»Ja, Phanodorm. Wie heißt der Wirkstoff? – Cyclobarbital. Aha. – Ein starkes Schlafmittel? Rezeptpflichtig? – Was sagten Sie? Persedon? – Kenn ich nicht. Was soll das sein? – Noch mal bitte, aber langsam, ich muss mir das aufschreiben. Pyrithyldion. – Ein Beruhigungsmittel, ja, hab ich. – Gar nicht mehr im Handel? Is ja interessant. – Nein, danke. Das war alles. – Danke. Ihnen auch. Tschüs.«

Er wandte sich an Baumann. »Ein ganzer toxischer Cocktail. Der ist auf Nummer Sicher gegangen. Kommt alles noch schriftlich.«

Hauptkommissar Brischinsky verzog beim Gedanken an die letzte Nacht das Gesicht. Nicht nur seine neuen Lederschuhe hatten gelitten, auch seine Gesundheit schien angegriffen; er spürte ein leichtes Kratzen im Hals und Niesreiz, für ihn untrügliche Zeichen einer beginnenden Erkältung. Er lutschte die dritte Halstablette an diesem sehr frühen Morgen.

»Meinst du, das hilft?«, fragte Heiner Baumann.

Brischinsky sah ihn über den Schreibtisch hinweg an. »Keine Ahnung. Glaube schon. Jedenfalls schadet es nichts. Hoffe ich zumindest.«

Er stierte wieder auf die vergilbte Fotokopie eines Comics, die an der Wand hing. Das Bild zeigte einen Mann, der in Rambo-Manier mit einem Maschinengewehr auf einen Personalcomputer anlegte und schrie: »Was heißt hier falsche Eingabe?«

Das Bild hatte Peters aufgehängt, Vorgänger von Baumann. Peters war ein Computer-Freak und hatte sich zum Landeskriminalamt wegbeworben, wo er wahrscheinlich den ganzen Tag in endloser Eintipparbeit die Kennzeichen gestohlener Autos in den Zentralrechner eingeben musste. So ähnlich jedenfalls stellte sich Brischinsky das vor.

»Sag mal, findest du das nicht auch eigenartig?« Brischinsky bohrte gedankenverloren in seinem rechten Ohr. »Da kauft sich jemand einen Gartenschlauch, eine passende Schelle und bohrt fein säuberlich ein Loch in die Heckklappe seines Autos, steckt den Schlauch durch und lässt den Motor laufen. Dann betrinkt er sich mit Schnaps und schluckt sicherheitshalber noch Schlafpillen und Beruhigungstabletten, die gar nicht mehr im Handel sind. Und dann schreibt dieser Mensch, der soviel Energie aufgewendet hat, um sich vom Leben in den Tod zu befördern, noch nicht mal 'nen Abschiedsbrief?«

»Find ich nicht. Der Schraubenzieher, den wir im Kofferraum gefunden haben, passt zu den Schrauben der Schelle. Die Öffnung war mit Tempotaschentüchern zugestopft. Die Packungen mit den restlichen Papiertüchern haben wir in seiner Jackentasche gefunden. Und wer sagt denn, dass kein Abschiedsbrief in seiner Wohnung liegt? Jemand, der so gründlich ist, wird ja wohl zuerst seinen Verwandten Bescheid geben wollen. Außerdem: Wir haben den Wagen gründlich durchsucht. Absolut nichts Auffälliges. Nur die Tablettenrolle. Und dann noch die leere Packung Persedon. Auch rund um den Wagen absolut nichts Verwertbares. Keine Spuren oder so was. Allerdings ist das kein Wunder, bei dem Regen. Selbst wenn da was gewesen sein sollte, hat der alles weggespült.«

»Kann sein. Kann auch nicht sein. Auf jeden Fall warten wir das Ergebnis der Obduktion ab. Vielleicht bringt uns das ja weiter. Habt ihr die Fingerabdrücke überprüft? Haben wir da was?«

»Nein, nichts. Der Tote ist für uns ein völlig unbeschriebenes Blatt.«

Brischinsky blätterte im Papierstapel, der vor ihm lag.

»Verflucht noch mal. Wo ist eigentlich die Anschrift geblieben? Ach da.« Er zog einen kleinen Notizzettel zwischen zwei Aktendeckeln hervor. »Klaus Westhoff. Bochumer 346. Komm, da fahren wir noch mal hin. Vielleicht ist da ja heute Morgen jemand. Erst mal müssen wir wissen, ob der Tote wirklich Klaus Westhoff ist. Wann bekommen wir eigentlich das Foto von der Leiche? Das dauert ja ewig.«

»Verstehe ich auch nicht. Die haben mir das Bild schon vor einer Stunde zugesichert.«

Baumann griff zum Telefon.

»Das hat jetzt auch noch Zeit. Komm, wir fahren.«

Im frühmorgendlichen Berufsverkehr benötigten sie fast eine halbe Stunde bis Recklinghausen-Süd. Baumann lenkte, und Brischinsky meckerte.

»Pass doch auf. Du fährst viel zu dicht auf. Wenn uns die Kollegen von der Streife anhalten, badest du die Sache alleine aus. Das war dunkelorange. Nicht so schnell.«

Baumann bremste den Dienstpassat abrupt. »Entweder du hältst die Klappe, fährst selber oder steigst hier aus. Ich bin doch nicht dein Leibeigener.«

»'tschuldigung. Aber ich bin müde, habe Hunger und krieg 'ne Grippe.«

»Trotzdem kein Grund, hier so rumzumaulen.«

»Is ja gut. Komm, fahr weiter.«

Sie fanden direkt vor dem Haus einen Parkplatz. Der Eingang lag zwischen einem Schreibwarenladen und einem türkischen Lebensmittelgeschäft. Brischinsky fand das Klingelschild mit dem Namen Westhoff und drückte kräftig.

Sie warteten. Es passierte nichts. Er schellte erneut. Immer noch keine Reaktion. Wie in der vergangenen Nacht. »Ich versuch's mal hier.«

Er läutete bei Lange. Kurze Zeit später summte der Türöffner. Sie drückten die Tür auf und traten in den Hausflur. Es roch leicht modrig, aber nicht unangenehm. Die Treppe zum ersten Stock war aus Holz. Die Stufen waren ausgetreten und knarrten leise.

Auf halber Höhe angekommen, rief eine Frauenstimme von oben: »Wer sind Se, und wat wollen Se? Um diese Zeit. Ich kaufe nichts. Überhaupt nichts.«

Brischinsky zückte seinen Dienstausweis. »Brischinsky, Kripo Recklinghausen.« Er zeigte auf den Kommissar. »Das ist mein Kollege Baumann. Wir hätten da ein paar Fragen an Sie.«

»Dauert's lange? Ich muss gleich zur Arbeit.«

»Nein, nur ein paar Minuten.« Brischinsky gab ihr die Hand. »Können wir vielleicht ...« Er zeigte auf die offene Wohnungstür.

»'türlich. Is aber nich aufgeräumt.« Mit einer einladenden Handbewegung schob die Frau die beiden Beamten in ihre Wohnung. Sie schloss die Tür, drehte sich um und fragte: »Wat is nun?«

»Kennen Sie Herrn Klaus Westhoff, Ihren Nachbarn?«

»Blöde Frage. Natürlich kenn ich den.«

»Er ist nicht zu Hause. Wissen Sie, wann wir Ihren Nachbarn erreichen können?«

»Woher soll ich dat denn wissen? Ich bin doch nicht so eine, die den ganzen Tag an der Wohnungstür hängt. Hab ich keine Zeit für. Wat meinen Se denn?«

»Könnte ja sein.«

»Is aber nich.«

»Was macht der denn so, ich meine beruflich?«

»Warum wollen Se dat wissen?«

Brischinsky wurde ärgerlich. »Jetzt hören Sie mir mal zu, Frau Lange, wir können uns auch ...«

Die Frau unterbrach ihn. »Hören Sie mir mal zu. Erstens heiß ich nicht Lange, sondern Zuckel. Und ich wohne hier auch nicht ständig, sondern nur manchmal. Mit Herrn Lange. Und überhaupt ...«

Dem Hauptkommissar schwollen die Zornesadern. »Entweder Sie beantworten jetzt sofort unsere Fragen, oder wir unterhalten uns im Präsidium weiter. Haben Sie verstanden?«

»Nun regen Se sich mal nich so auf. Ich sag Ihnen ja, wat ich weiß. Ich glaube, der is auf'm Pütt. Auf Eiserner Kanzler. Weiß ich aber nich so genau. Und da kommt auch öfters eine junge Frau zu Besuch, ich glaube, dat is seine Schwester, oder so.«

»Wie kommen Sie denn darauf, dass das seine Schwester ist?«, erkundigte sich der Kommissar.

»Mann, weil die bleibt nie über Nacht. Und dat bei sonner Hübschen. Und dann geht die immer schon nach kurzer Zeit wieder. Nee, die ham nichts miteinander. Kann nur 'ne Verwandte sein.«

»Wissen Sie vielleicht zufällig, wie die heißt?«

»Ich glaub, Stefanie, bin mir aber nicht sicher.«

»Für eine Frau, die nicht an der Tür lauscht, wissen Sie aber 'ne ganze Menge«, grinste Brischinsky. »Trotzdem, vielen Dank.«

Frau Zuckels Gesicht lief dunkelrot an. »Ja, dann. Auf Wiedersehn.«

Brischinsky ließ sich auf den Beifahrersitz fallen. »So, du fährst mich jetzt zum Bären Café, frühstücken.«

»Hat aber noch zu«, antwortete Baumann.

»Mist. Was hat denn jetzt schon auf?«

Baumann schaute auf seine Armbanduhr. »Nur McDonald's.«

»Das ist nicht dein Ernst. Oder doch?«

Baumann nickte feixend.

»O Gott. Also gut. Fahr mich dahin. Aber ordentlich. Kannst mich dann da später abholen. Oder warte. Ich gehe nachher lieber zu Fuß.«

»Und was ist mit mir?«, wollte Baumann wissen.

»Mit dir? Was soll schon sein?« Brischinsky lachte hämisch. »Du fährst zum Bergwerk Eiserner Kanzler, gehst in die Personalabteilung und fragst nach Klaus Westhoff. Wenn Westhoff auf Schicht ist, kann die Leiche nicht Westhoff sein, logisch. Vielleicht haben die ja auch ein Foto, vom Werksausweis oder so. Ist er nicht da, fragst du, ob die dort was von Verwandten wissen.« Er sah auf seine Armbanduhr. »Kurz vor sieben. Ich glaube, ab neun Uhr kann man auch im Einwohnermeldeamt jemanden erreichen. Die haben da bestimmt ein Bild. Und klär das mit der Schwester.«

»Ich frag also nach Stefanie ...«, Baumann zögerte, »... wie weiter?«

»Westhoff. Versuch's erst mal mit Westhoff.«

»Und wenn es keine Stefanie Westhoff gibt?«

»Dann fängst du wieder von vorne an. Befragst die anderen Hausbewohner, die Arbeitskollegen, das ganze kriminalistische Bimbamborium halt. Heute Mittag sagst du mir, was du rausgefunden hast. Schönen Vormittag noch.« Brischinsky knallte zufrieden die Wagentür hinter sich zu, ließ einen recht konsternierten Kommissar zurück und begab sich zusammen mit einem Pulk Schulkinder in das etwas andere Restaurant, um zu frühstücken und den Altersdurchschnitt der Gäste schlagartig nach oben zu treiben.

7

Sein schon recht altersschwacher Golf stand gegenüber vom Polizeipräsidium in der Limperstraße; vor dem Haus in der Westerholterstraße, in dem er wohnte, war gestern Nachmittag kein Parkplatz frei gewesen. Die paar Meter an der frischen Luft taten Rainer gut.

Wie gewöhnlich bei kaltem Wetter sprang sein Wagen erst beim dritten Versuch an. Hätte es auch noch geregnet, hätte er mit Flott und Freundlich durchs halbe Revier fahren müssen.

Auf der A 43 in Richtung Wuppertal vor dem Herner Kreuz staute sich der Verkehr erwartungsgemäß, löste sich aber erfreulich schnell wieder auf. Esch näherte sich über die Universitätsstraße der Skyline der Ruhr-Uni. Irgendwie war er sich nicht sicher, ob er die Wohntürme der Huestadt und die Betonklötze, die die Unigebäude bildeten, einfach nur hässlich oder auch imposant finden sollte. Er nahm die Abfahrt zum Audimax und zur Bibliothek und fuhr unter der in Beton gegossenen Bildungsfabrik zu den Parkplätzen der geisteswissenschaftlichen Fakultäten. Der GC-Parkplatz war wie immer um diese Zeit völlig überfüllt. Er hätte doch nicht erst gegen zwölf hier eintreffen sollen, ärgerte er sich.

Nach einer zwanzigminütigen Suche quetschte er seinen Wagen zwischen einen nagelneuen BMW der Dreierreihe und eine Uralt-Ente. Beim Aussteigen schlug die Fahrertür gegen den BMW und hinterließ eine zwar kleine, aber sichtbare Schramme im weißen Lack des anderen Fahrzeugs. Rainer Esch war nicht weiter beunruhigt. Wer mit so einem Wagen zur Uni kommt, dachte er, ist selbst schuld. Wo gehobelt wird, fallen eben Späne.

Bis zum Klausurbeginn um vierzehn Uhr hatte er noch reichlich Zeit. Zeit genug, um in der Cafeteria nachzusehen, ob vielleicht Kommilitonen Doppelkopf spielten und er die eine oder andere Runde dort mitzocken könnte. Zeit genug aber auch, um in der Juristenbibliothek noch einen Blick in das Repetitorium Strafrecht werfen zu können. Er entschied sich für letzteres. Stefanie wäre stolz auf ihn. Das dumpfe Gefühl in seiner Magengegend wich kurzzeitig der Überzeugung, wahren Arbeitseifer zu beweisen.

Leider verschwand dieses Hochgefühl ebenso schnell, wie es gekommen war, und machte tiefer Hilflosigkeit Platz. Diese Klausur konnte er einfach nicht schaffen, die konnte im Grunde keiner schaffen. Ohne jahrelanges, intensives Studium war so etwas nicht möglich, niemals. Und wer hat schon die Zeit, fragte sich Rainer, bei einem normalen Studienverlauf mit durchzechten Nächten, Taxifahren und den anderen Verpflichtungen, die so ein Studium mit sich bringt, so viel zu lernen? Er jedenfalls nicht. Im Grunde eine Zumutung.

Ehrlich entrüstet machte er vor der Bibliothek kehrt, fuhr mit dem Fahrstuhl hinunter zur Cafeteria und reihte sich an der Verkaufstheke in die Schlange derer ein, die entweder ebenfalls gerade keine Zeit zum Besuch irgendwelcher Vorlesungen oder Seminare hatten oder einfach nur Pause machen wollten.

Leider entpuppte sich die Entscheidung schnell als Flop. Die hinteren Tische waren ausnahmsweise nicht von Doppelkopfspielern besetzt, der Kaffee eher mäßig und das Brötchen nach dem stundenlangen Aufenthalt in den Kühlregalen von gummiartiger Konsistenz.

Die Tische und auch der Boden waren bedeckt mit zahllosen Flugblättern. Studentische Hochschulgruppen luden zu Meetings ein, Segelschulen boten ihre Dienste an, der Mensa-Buchladen pries seine Billigangebote. Lustlos kaute Rainer auf dem Brötchen herum. Er sah auf die Uhr. Zu versuchen, sich jetzt noch auf die Klausur vorzubereiten, war sinnlos. Das wurde ihm mit erschreckender Deutlichkeit klar. Sekt oder Selters. Mit einem resignierenden Seufzer machte er sich auf den Weg zum Hörsaal 10 zwischen den Gebäuden GB und GC.

Dort warteten vor dem Eingang schon Dutzende weitere Delinquenten und rauchten, wie Rainer schien, ihre letzten Zigaretten. Er steckte sich auch eine Reval an und inhalierte mit tiefen Zügen. Sein Gefühl der Hilflosigkeit begann zu einer ausgemachten Panik anzuwachsen. Bevor er sich aber in diesen Zustand gänzlich einfinden konnte, erschien ein ihm bekannter Hochschulassistent vor der Hörsaaltür.

»Na was ist, meine Damen und Herren. Haben Sie etwa keine Lust?«

Eine innere Stimme in Rainer schrie nein. Trotzdem trottete er hinter den anderen Studenten her und suchte sich einen freien Platz in der Mitte des Hörsaales.

»Bitte benutzen Sie nur das vor Ihnen liegende Papier, auch für eventuelle Notizen. Und schreiben Sie Ihren

Namen und Ihr Semester oben links auf das erste Blatt. Wir verteilen jetzt das Klausurthema.«

Als die ersten Prüflinge die Aufgabenstellung empfangen hatten, ging ein leichtes Raunen durch den Saal. Rainer wartete mit weichen Knien, bis er an der Reihe war. Er nahm das fotokopierte Blatt entgegen und las die Aufgabe:

A und B haben eine ausgiebige Zechtour miteinander unternommen, die sie in der Gaststätte M beendeten. Vor der Gaststätte war das Auto des B geparkt, der sich außerstande fühlte zu fahren. Daraufhin erklärte sich A bereit, das Fahrzeug zur Wohnung des B zu fahren. B nahm auf dem Beifahrersitz Platz. In einer Kurve verlor A die Kontrolle über das Fahrzeug des B, rammte das Fahrzeug des C und schob dieses in den Vorgarten des Hausgrundstücks des Eigentümers D, wobei ein seltener Zierstrauch beschädigt wurde. In ihrer Panik verließen A und B das Fahrzeug, um in die Gaststätte des E zurückzukehren, von dem sie wussten, dass er sein Jurastudium nach dem 20. Semester abgebrochen hatte. Nach ausführlicher Beratung mit E und dem Taxifahrer F wurde allgemein beschlossen, dass der F, A und B zur nächsten Polizeidienststelle fuhr, um eine Diebstahlsanzeige bezüglich des Fahrzeuges des B zu erstatten. Der Polizeibeamte G stellte fest, dass sowohl A, B und F deutlich unter Alkoholeinfluss standen, veranlasste eine Blutprobe sämtlicher Erschienenen, zog die Fahrerlaubnisse aller Beteiligten ein und beschlagnahmte die verschlammte Hose des B. Anschließend wurden A, B und F in die Ausnüchterungszelle geführt.

Überprüfen Sie den Sachverhalt gutachtlich unter Berücksichtigung aller rechtlich relevanten Gesichtspunkte, wobei Sie davon ausgehen können, dass bei A, B und F eine BAK von mehr als 2,2 Promille zum Zeitpunkt der Blutentnahme festgestellt wurde.

Rainer Esch wurde schlecht. Diesmal lag es aber nicht an den Folgen der letzten Nacht.

8

Um Viertel vor sechs stand Cengiz Kaya vor der Pförtnerloge des Bergwerkes Eiserner Kanzler in Recklinghausen. »Glück auf. Ich möchte zur Personalabteilung.«

»Auf.« Der Pförtner verschluckte das erste Wort des traditionellen Bergmannsgrusses. »Da wirste jetzt aber noch kein Glück haben. Komma inner Stunde wieder. Dann is vielleicht jemand da.«

Der junge Türke überlegte, ob er die Kantine des Bergwerkes aufsuchen sollte, um dort zu frühstücken, entschied sich dann aber anders. Seinen Kadett ließ er auf dem Parkplatz der Zeche stehen und machte sich über die Herner Straße auf den Weg in die Innenstadt.

Die ersten Berufspendler waren bereits unterwegs, so dass auf dem Kaiserwall schon einiger Verkehr herrschte. Auf dem Rathausvorplatz legten die Markthändler letzte Hand an ihre Verkaufsstände, und Kaya betrachtete einige Zeit das imponierende Recklinghäuser Rathaus, auf das die Stadtväter zu Recht stolz waren.

Einige Meter weiter fand er auf der rechten Straßenseite ein kleines Café, das leider noch geschlossen war. Bären Café, las Cengiz über der Eingangstür. Schließlich sah er den Hauptbahnhof vor sich. Er ging in die Bahnhofshalle, betrat den Zeitschriftenladen und kaufte die WAZ. Auch die Bahnhofskneipe hatte noch geschlossen.

Mit der Zeitung unter dem Arm verließ er den Bahnhof. Mittlerweile hatte es leicht zu nieseln begonnen. Leise fluchend schlug der Bergmann den Kragen seines Trenchcoats höher und machte sich auf den Rückweg zum Pütt. Eine halbe Stunde später stand er erneut vor dem Pförtner, der ihn sofort wiedererkannte.

»Geh ma da durch, dann die Treppe hoch und links. Dritte Tür rechts.« Der Pförtner zeigte auf eine breite, zweiflügelige Glastür. »Danke.«

An der Tür stand Personalleitung. Und darunter H. Meiner.

Cengiz Kaya klopfte und betrat das Zimmer. Der Raum war etwas überheizt und recht einfach möbliert. Links an der Wand stand eine Reihe Schränke, einer davon aus Metall. Mitten im Raum befand sich ein Schreibtisch, der auch schon mal bessere Zeiten gesehen hatte, rechts daneben ein weiterer Tisch. Darauf eine Schreibmaschine, noch mit manuellem Typenanschlag. Museumsreif, dachte Cengiz. Rechts an der Wand waren ebenfalls niedrige Schränke, über denen mehrere Luftbildaufnahmen von Schachtanlagen hingen.

»Glück auf.«

»Glück auf«, antwortete ein Mann, von dem der Türke vermutete, dass es sich um Meiner handelte.

»Mein Name ist Cengiz Kaya. Ich bin hierhin verlegt worden. Montag soll ich anfangen. Ich wollte nur mal fragen ...«

»Stammnummer?«, unterbrach ihn der Personalleiter.

»Cengiz Kaya, so wie man's spricht?« Er stand auf, öffnete den Metallschrank und zog eine Hängeregistratur heraus.

»1212684432. Ja, genau so.«

Meiner fingerte einen Hängeschnellhefter heraus und blätterte darin, während er sich zu seinem Schreibtisch zurückbewegte. »Ja, stimmt. Montag. Früh-

schicht. Revier 32. Meldest dich morgens beim schicht-
führenden Steiger. Der gibt dir dann auch einen Kau-
enplatz, zeigt dir, wo dein Filter und deine Lampe sind.
Bis dann.«

Der Personalleiter klappte die Akte zusammen, warf
sie auf einen Stapel anderer Mappen gleicher Farbe
und widmete sich wieder seiner Aktenlektüre.

Cengiz wartete.

Meiner sah auf. »Is noch was?«

»Ja, ich wollte mal fragen, also kann ich, ist eigentlich
im Wohnheim noch ein Zimmer frei? Wenn's geht, ein
Einzelzimmer.«

»Warum sagst du das denn nicht gleich«, maulte sein
Gegenüber. »Warte mal.«

Er griff zum Telefonhörer. »Meiner. Sag mal, ich hab
hier einen Türken, der vom Niederrhein verlegt wird.
Habt ihr noch was im Heim? Alleine? Gut. Ich schick
ihn rüber. Danke. Auf.«

Meiner wandte sich an Kaya. »Weißt du, wo das Wohnheim ist?«

Der Türke schüttelte den Kopf.

»Also gut. Wenn du beim Pförtner rausgehst, hältst du
dich rechts, als ob du in die Stadt willst.«

Cengiz Kaya nickte.

»Hinter der Bahnunterführung dann links, die nächste rechts und die zweite wieder links. Das ist der Grüner Weg. Das Heim ist nach ein paar hundert Metern
auf der rechten Seite. Kannste gar nicht verfehlen.« Er
griff erneut zu Kayas Akte und machte eine Notiz.
»Danke. Bis dann. Glück auf.«

Als Cengiz das Zimmer verließ, stieß er fast mit einem
anderen Mann zusammen.

»Entschuldigen Sie. Ich suche die Personalabteilung.«

»Sie stehen genau davor.«

»Ah, ach ja. Vielen Dank.«

»Bitte.«

Den Treffpunkt Grüner Weg, so hieß das Wohnheim des Bergwerks, fand der Türke ohne Schwierigkeiten. Nachdem der Heimleiter seinen Namen und seine Stammnummer in eine Belegungsliste eingetragen hatte, zeigte er ihm das Zimmer.

Es war ebenso spartanisch eingerichtet wie das in der Hühnerheide, aber Cengiz Kaya machte das nichts aus. Es war ja ohnehin nur für den Übergang, so lange, bis er eine Wohnung gefunden hatte. Nachdem er den Einzugstermin für Freitag Nachmittag bestimmt hatte, entschloss er sich, seine neue Heimatstadt etwas genauer zu erkunden. Außerdem war er hungrig.

Also machte sich Cengiz erneut auf den Weg, den er zwei Stunden früher schon einmal gegangen war.

9

Kommissar Baumann stieß auf dem Flur, der zu der Personalabteilung des Bergwerkes Eiserner Kanzler führen sollte, beinahe mit einem jungen Mann zusammen. Verdammt noch mal, dachte er, kann der Kerl nicht aufpassen? Trotzdem fragte er den Türken, wo denn die Personalabteilung sei, und musste sich dann auch noch sagen lassen, dass er direkt vor der Tür stünde. Tolle Leistung für einen Kommissar, der gerne Hauptkommissar werden wollte.

Baumann sah auf das Türschild. Da stand tatsächlich Personalabteilung. Und darunter Meiner.

Er wartete keine Antwort nach dem Anklopfen ab, sondern öffnete sofort die Tür. »Morgen. Sind Sie Herr Meiner?«

»Glück auf, heißt das hier. Ja. Und wer sind Sie, wenn ich fragen darf?«

»Baumann. Kripo Recklinghausen.« Er griff nach seinem Ausweis und hielt ihn Meiner unter die Nase.

»Danke. Womit kann ich Ihnen helfen?«

»Ist bei Ihnen ein Klaus Westhoff beschäftigt? Und könnte ich ihn mal sprechen?«

»Warum?«

»Es wäre nett, wenn Sie mir zunächst meine Fragen beantworten würden. Ist der bei Ihnen beschäftigt?«

»Westhoff, Klaus Westhoff?«

Meiner öffnete einen Schrank, suchte in der Hängeregistratur. »Wohnt der hier in Recklinghausen, Bochumer Straße 346?«

»Ja, genau.«

»Der ist hier bei uns als Fahrsteiger angelegt. Und den wollen Sie jetzt sprechen? Das dauert aber. Der ist angefahren.«

»Sind Sie sich da sicher?«

»Einen Moment.« Meiner griff zum Telefon. »Meiner. Geh mal zur Markenkontrolle und guck mal, ob der Klaus Westhoff angefahren ist. Ruf mich dann sofort an.«

»Markenkontrolle«, staunte Baumann, »was ist das denn? Hat sicher nichts mit Briefmarken zu tun.«

Meiner lachte. »Nein, Sie müssen sich das so vorstellen: In der Nähe des Schachtes hängt ein großes Brett. Da hat jeder Bergmann, sofern er nicht an der automatischen Arbeitszeiterfassung teilnimmt, einen kleinen Haken mit seiner Nummer. Wenn er seine Arbeit aufnimmt, hängt er eine Marke an den für ihn bestimmten Haken. Wir können so sofort feststellen, wer alles unter Tage ist.«

»Und wofür ist das gut?«

»Sollte es zu einem Unglück unter Tage kommen, was wir nicht hoffen«, Meiner klopfte mit dem Fingerknöchel auf die Schreibtischplatte, »wissen wir genau, ob jemand noch unter Tage ist. Da wir auch das Revier kennen, in dem der Kumpel arbeitet, können wir so im Falle eines Falles gezielt suchen.«

Das Telefon klingelte. »Meiner. – Ist nicht angefahren? – Fehlt unentschuldigt? Hat der doch noch nie gemacht.« Meiner schüttelte verständnislos den Kopf. »Sie haben es ja mitbekommen. Westhoff fehlt unentschuldigt.«

»Sagen Sie mal, haben Sie eigentlich ein Foto von Westhoff?«

»Nein, wieso?«

»Ist Westhoff so um die Mitte Dreißig, schon leicht schütteres, blondes Haar, etwa ein Meter achtzig groß?«

»Ja, ich glaube schon. Aber wollen Sie mir nicht endlich sagen, warum Sie sich so für ihn interessieren?«

»Weil wir ihn möglicherweise gestern Nacht tot aufgefunden haben.«

»Unfall?«

»Nein. Wahrscheinlich Selbstmord.«

Meiner schwieg betreten und griff zur Zigarettenschachtel. Er hielt Baumann die Packung hin. »Wollen Sie auch eine?«

»Nein, danke. Seit zehn Kilo Nichtraucher.« Der Kommissar rieb über seinen Bauch. Meiner verzog sein Gesicht zu einem verkrampften Grinsen und steckte die Zigarette an. Er zog den Rauch tief ein und sagte: »Ich muss den PS informieren.«

»PS?«

»Den Betriebsdirektor für Personal- und Sozialfragen. Einen Moment ...« Er griff wieder zum Telefon.

Unmittelbar nachdem er aufgelegt hatte, öffnete sich die Tür und ein Mann, Anfang Fünfzig, betrat das Büro.

»Glück auf. Sie sind der von der Kripo? Was ist mit Westhoff los?«

Baumann informierte den Mann, der sich als der Betriebsdirektor für Personal- und Sozialfragen vorstellte, über das, was dieser von den Ereignissen der letzten Nacht wissen musste.

»Und jetzt suchen wir die Angehörigen. Können Sie uns weiterhelfen?«

Der Personaldirektor sah Meiner fragend an. Der blätterte in seiner Akte.

»Westhoff ist nicht verheiratet. Und hat auch keine Kinder, zumindest nicht auf der Steuerkarte. Sonst haben wir hier nichts. Aber Fritz Hülshaus, der weiß das sicher. Der ist doch sein Freund.«

Nach einigen Telefonaten stellte sich heraus, dass Steiger Fritz Hülshaus gerade damit beschäftigt war, eine dringend notwendige Reparatur in einem Kohlestreb zu beaufsichtigen. Er war lediglich über das Ruftelefon des Strebsteuerstandes zu erreichen.

»Kommen Sie bitte mit«, sagte der Personaldirektor, »wir müssen zum Steuerstand.« Baumann folgte den beiden.

Als sie den Steuerstand erreichten, war Kommissar Baumann wirklich beeindruckt. Auf zahlreichen Monitoren in der Steuerwarte waren mehrfarbige Symbole und Zahlen zu sehen. Hier würden, erklärte ihm der PS-Direktor, die Kohlehobel und der stützende Ausbau überwacht und auch gefahren. Und das, obwohl der Abbaubetriebspunkt manchmal zehn oder fünfzehn Kilometer entfernt und – vor allem – etwa 1200 Meter tiefer lag. Es gäbe Überlegungen, den Kohleabbau im Streb fast vollautomatisch ablaufen zu lassen.

Bevor der Direktor weiter die Rationalisierungserfolge im Bergwerk loben konnte, unterbrach ihn Baumann. »Können wir jetzt vielleicht mal den Hülshaus rufen?«

»Natürlich.« Der PS wandte sich an den Leiter der Steuerwarte. »Rufen Sie mal Revier 48.«

Der Mann drückte eine Taste, beugte sich zum Mikrophon und rief: »Hier Strebsteuerstand. Fritz Hülshaus, komm mal bitte.«

Keine Reaktion. Er wiederholte seinen Ruf, diesmal etwas lauter. »Hier Strebsteuerstand. Fritz Hülshaus, komm mal bitte.«

Ein lautes Rauschen kam aus dem Lautsprecher. Sonst nichts.

Der Mann schrie seinen Ruf beim dritten Mal ins Mikro. Nun wurde das Rauschen durch ein Krächzen abgelöst, das mehrmals wiederholt wurde. Baumann verstand kein Wort.

»Hier Strebsteuerstand. Fritz, da ist jemand von der Kripo.« Er winkte Baumann heran und hielt ihm das Mikro hin. »Sprechen Sie.«

»Hier Baumann. Kripo Recklinghausen.«

»Sie müssen lauter sprechen, so kann er Sie nicht verstehen.«

»Aha.« Baumann wiederholte sein Sprüchlein.

»Noch lauter.«

Baumann schrie aus vollem Hals. Er hatte das Gefühl, dass er bei dieser Lautstärke auch ohne Mikrophon in der Grube verstanden werden könnte. »Kripo Recklinghausen. Sie kennen Klaus Westhoff? Wissen Sie, ob der irgendwelche Verwandte hat?«

Das Krächzen hörte sich in etwa an wie: »Warum wollen Sie das wissen?«

»Ich kann doch jetzt hier keine langen Erklärungen abgeben. Beantworten Sie bitte meine Frage«, schrie Baumann.

»Ja.«

»Was ja?«

»Er hat eine Schwester. Sie heißt Stefanie. Sie wohnt hier in Recklinghausen.« Das Rauschen wurde lauter.

»Sind Sie sicher?«

»Was?«, krächzte es.

»Sind Sie sicher?«, brüllte Baumann.

»Natürlich.«

»Sonst noch jemand?«

»Was?«

»Ich sagte, und sonst noch jemand?«

»Nicht, dass ich wüsste.«

»Danke.« Kein Krächzen. Der Steuerstandsfahrer unterbrach die Verbindung. Das Rauschen erstarb abrupt. In Baumanns Ohren dröhnte es.

»Vielen Dank für Ihre Mühe«, schrie er Personalleiter und PS-Direktor an. »Könnten Sie mich jetzt bitte zum Ausgang bringen?«

Bei der Verabschiedung verstand der Kommissar nicht ganz das – wie er fand – doch recht unpassende Grinsen seiner beiden Begleiter.

Zurück im Präsidium traf er Brischinsky hinter seinem Schreibtisch an.

»Was stinkt denn hier so«, rümpfte Baumann die Nase.

»Hier stinkt gar nichts. Hier riecht es nach Kamillentee«, schnaubte der Kommissar. »Ich musste gestern Nacht durch Pfützen latschen und konnte mich nicht im Bett einfach noch mal rumdrehen.«

»Was meinst du, was ich gemacht habe?«

»Stimmt. Aber hast du dir nasse Füße geholt oder ich?«, maulte Brischinsky. »Ich muss was für meine Gesundheit tun. Sonst erlebe ich das Pensionsalter nicht, und Pfeifen wie ihr spart meine Rente ein.«

Baumann hielt es für ratsam, das Thema zu wechseln.

»Ich bin mir ziemlich sicher, dass der Tote Westhoff ist«, unterrichtete er seinen Chef von den bisherigen Ergebnissen seiner Recherchen.

»In der Datei beim Einwohnermeldeamt ist unter der Adresse von Westhoff nur er gemeldet, sonst niemand. Die Fotokopie des Passbildes ähnelt sehr stark der Leiche, aber du weißt ja, wie diese Bilder üblicherweise aussehen. Laut den Personalakten des Bergwerkes ist der nicht verheiratet und hat auch keine Kinder. Ein Steiger sagt, Westhoff habe nur eine Schwester, sonst existierten keine Verwandten. In Recklinghausen gibt es nur zwei Stefanie Westhoffs. Die eine wohnt im Nordviertel und ist 68 Jahre alt. Sie hat auch keinen Bruder namens Klaus, sondern nur ein Enkelkind, das auf diesen Namen hört. Der Kleine heißt allerdings Müller mit Nachnamen. Die können wir vergessen.«

»Und die zweite Stefanie?«

»Wohnt in der Westfalenstraße 78, Hochlarmark. War aber nicht zu Hause. Die Nachbarin meint, sie sei arbeiten. Die Frau wusste aber nicht, wo.«

»Hmm. Stimmt denn da das Alter?«

»Ja, sie dürfte so Mitte bis Ende Zwanzig sein, vielleicht auch etwas jünger. Die Nachbarin war sich nicht sicher. Stefanie Westhoff wohnt dort erst seit einigen Monaten. Die beiden haben kaum Kontakt.«

»Also gut. Wenn dein Steiger, der – wie heißt der?«

»Hülshaus.«

»Also wenn der Hülshaus richtig liegt, ist das unsere Schwester. Wir fahren heute Nachmittag noch mal zu ihr und zeigen ihr das hier.«

Brischinsky warf Baumann ein Foto zu. »Wenn das ihr Bruder ist, warten wir noch die Obduktion ab, und wenn wir dann noch einen Abschiedsbrief finden, ist der Fall so gut wie abgeschlossen.« Der Hauptkommissar lehnte sich zufrieden zurück. Das war wirklich gute Arbeit. Nachts einen Toten finden und am nächsten Nachmittag die Akte schon wieder schließen. So machte Polizeiarbeit wirklich Spaß.

Er verdonnerte Baumann mit einer gewissen Schadenfreude zum unverzüglichen Abfassen seines Berichtes und machte sich auf den Weg nach Hause, um bis zum Besuch bei Stefanie Westhoff noch eine Mütze Schlaf zu nehmen.

10

»So, meine Damen und Herren, die Zeit ist um. Bitte jetzt nicht mehr weiterschreiben. Denken Sie daran, Ihre Ausarbeitungen mit Ihrem Namen zu versehen, und geben Sie diese ab.« Der Assi sah sich fordernd im Hörsaal um. »Nun machen Sie schon, bitte.«

Jetzt, wo alles vorbei war, ging es Esch schon etwas besser. Ihm war klar, dass er die Klausur mit großer Wahrscheinlichkeit in den Teich gesetzt hatte. Aber Wunder sollte es ja angeblich immer wieder geben, tröstete er sich. Und vielleicht – seine Ausführungen über die Beschlagnahmung der Hose fand er gar nicht so schlecht. Besonders der Hinweis auf das grundgesetzlich verbriefte Recht auf Eigentum schien ihm gut gelungen. Die anderen sind bestimmt nicht darauf gekommen. Je länger Rainer allerdings darüber nachdachte, umso unsicherer wurde er.

Energisch schob er die Gedanken an die Klausur beiseite. Jetzt hatte er sich eine kleine Stärkung verdient. Er sah auf die Uhr: kurz nach sechs. Wenn er wieder zu Hause war, würde er Stefanie anrufen und sie zum Essen einladen. Taxifahren musste er heute nicht, sodass einem schönen Abend mit Stefanie eigentlich nichts im Wege stand. Na gut, sie musste morgen arbeiten. Aber möglicherweise könnte auch sie ...

Auf dem Parkplatz befanden sich um diese Zeit nur noch wenige Autos. Auch der BMW war weg. So konnte Esch ohne Probleme den Parkplatz verlassen und sich auf den Weg zur Autobahn machen. Der nur noch ge-

ringe Verkehr ermöglichte es ihm, in weniger als dreißig Minuten wieder in Recklinghausen zu sein.

In seiner Wohnung griff er zum Telefon, um Stefanie
anzurufen. Es meldete sich der automatische Anrufbeantworter mit dem Hinweis, dass Stefanie leider nicht
da sei und nach dem Pfeifton ...

Einem ersten Impuls folgend, wollte er auflegen. Doch
dann fiel ihm ein, dass seine Freundin ja angekündigt
hatte, dass sie heute länger im Geschäft bleiben müsse
als üblich. Er wartete also den Pfeifton ab und teilte
Stefanie mit, dass sie, sofern sie Lust hätte, ihn bis
etwa 21 Uhr im Mykonos, danach im Drübbelken treffen könne.

Ganz so, wie er sich das gedacht hatte, würde der
Abend also nicht verlaufen. Aber wenn Stefanie noch
käme? Rainer musste nach dem Essen nicht unbedingt
noch in eine Kneipe. Er konnte sich auch gut vorstellen, mit Stefanie zurück in seine Wohnung zu gehen,
um dort gemeinsam eine angenehme Nacht zu verbringen.

In solche Überlegungen vertieft, verließ er seine Wohnung und machte sich auf den Weg zum Griechen.

11

Der Freitagnachmittagsverkehr in der City war nicht
sehr stark, sodass sie schon nach knapp 15 Minuten
die Westfalenstraße in Hochlarmark erreichten. Das
Haus, vor dem Brischinsky und Baumann hielten, war
im typischen Jugendstil der 90er Jahre des vergangenen Jahrhunderts errichtet. Es war vollständig saniert
und gehörte mit der weißen Fassade, den dunkelgrün
abgesetzten Fensterbänken und Simsen zu den
Schmuckstücken der Straße.

Baumann wollte gerade neben dem Namen Stefanie Westhoff auf den Knopf drücken, als Brischinsky nach kurzer Berührung der Eingangstür feststellte: »Ist offen. Lass uns reingehen. Wo wohnt die?« »Erste Etage.« »Dann komm.«

Der Hausflur war ebenso gepflegt wie das Äußere des Baus. Während er die Treppen hochstieg, dachte Brischinsky leicht resigniert darüber nach, dass er auch einen anderen Beruf hätte wählen können. Trotz seiner langen Dienstjahre musste er sich immer noch überwinden, fremden Menschen das Bild eines Toten unter die Nase zu halten, damit sie diesen identifizierten. Diesen Aspekt seines Jobs verabscheute er. Vor der Wohnungstür im ersten Stock holte er tief Luft und klingelte.

Einen Moment später öffnete eine junge Frau die Tür. »Ja, bitte?«

»Guten Tag. Sind Sie Stefanie Westhoff?«, fragte Brischinsky.

»Tag. Ja, warum?«

»Kriminalpolizei.« Brischinsky zückte seinen Dienstausweis. »Können wir reinkommen?« »Ja, natürlich, aber warum, ich meine, was habe ich mit der Polizei, entschuldigen Sie, bitte, kommen Sie rein.« Stefanie Westhoff öffnete die Tür weit und ließ die beiden Beamten in den Flur treten.

»Mein Name ist Brischinsky, und das ist mein Kollege, Kommissar Baumann.«

Baumann nickte der jungen Frau zu.

»Frau Westhoff, haben Sie einen Bruder, der mit Vornamen Klaus heißt und in der Bochumer Straße wohnt?«

»Ja, hab ich. Was ist mit Klaus?« Ihre Stimme klang aufgeregt. »Ich muss Ihnen jetzt leider ein Foto zeigen.«

Brischinsky nestelte das Bild aus seiner Jackentasche.

»Handelt es sich bei dem Mann um Ihren Bruder?« Er gab Stefanie Westhoff das Foto, die es unruhig entgegennahm.

Sie warf einen Blick auf das Bild und stammelte: »Ja, das ist Klaus. Aber mein Gott, was ist mit ihm? Er ist doch nicht etwa …?« Sie sah die Kriminalbeamten mit entsetztem Blick und aufgerissenem Mund an.

Baumann, der die Probleme seines Chefs in solchen Situationen kannte, sekundierte. »Leider doch, Frau Westhoff. Ihr Bruder ist tot.«

Stefanie stöhnte laut und taumelte. Sie stützte sich mit einer Hand an der Wand ab. Die Fotografie fiel zu Boden. Brischinsky griff ihren linken Arm und fasste sie unter der rechten Schulter. Sie sackte in seinem Griff zusammen, fing sich aber wieder.

»Kommen Sie, ich helfe Ihnen. Da hinein?« Brischinsky zeigte auf eine angelehnte Tür am Ende des Flures.

Stefanie nickte fast unmerklich und schluchzte auf. Brischinsky trug sie mehr, als dass sie sich aus eigener Kraft auf den Beinen halten konnte. Baumann hielt die Tür auf, und Brischinsky half der völlig erschütterten Frau, sich in einen Sessel zu setzen.

»Sollen wir einen Arzt rufen?« Baumann zückte sein Handy.

Ein erneutes Aufschluchzen war die Antwort.

»Haben Sie mich verstanden, Frau Westhoff?«

»Ja. Keinen Arzt.« Sie schüttelte den Kopf. »Haben Sie vielleicht eine Zigarette?«

Brischinsky fingerte eine Schachtel HB aus der Tasche seines Jacketts und bot ihr eine Zigarette an, die sie mit zittriger Hand entgegennahm. Er gab ihr Feuer.

»Danke.« Sie zog hastig an dem Glimmstängel und inhalierte tief. Die beiden Beamten schwiegen.

Nach einigen Minuten sagte sie: »Es geht schon wieder. Danke. Können Sie mir sagen, was passiert ist?«

»Natürlich.« Brischinsky, erkannte dass Stefanie Westhoff nur mit Mühe die Kontrolle über sich behielt. Sie zitterte wie Espenlaub. Tränen liefen ihre Wangen herunter. Wenn er jetzt nicht vorsichtig war, würde sie zusammenklappen.

»Sind Sie sicher, dass Sie das jetzt wissen wollen? Sollen wir nicht besser doch einen Arzt verständigen? Oder vielleicht Verwandte, Freunde?«

»Nein. Bitte.«

»Also gut.« Brischinsky seufzte leicht. Er fand die Situation keineswegs gut, war aber Profi genug, um durch geschäftsmäßige Routine sein Mitgefühl zu überspielen. »Wir haben den Toten, also Ihren Bruder ...«

Das Häuflein Elend im Sessel schluchzte erneut auf, und Brischinsky sah sie besorgt an. »... also wir haben ihn gestern Abend in Marl in seinem Auto gefunden. Da war er schon tot.«

Der Beamte schluckte.

»In seinem Auto? Ist er verunglückt? Wie ist das passiert?«

»Frau Westhoff«, Baumann sprang nach einem Blick auf seinen Chef ein, »wir haben Grund zu der Annahme, dass Ihr Bruder Selbstmord begangen hat.«

Brischinsky war für das Eingreifen seines Assistenten dankbar und nickte ihm zustimmend zu.

»Er hat die Auspuffgase in sein Fahrzeug geleitet und sich so das Leben genommen.«

Stefanie Westhoff wurde bleich und sah Baumann entgeistert an. »Wann, gestern? Aber wir hatten doch erst am Mittwoch verabredet, gestern essen zu gehen. Ich hab doch noch so lange auf ihn gewartet. Warum hat er das gemacht?«

»Wir hatten gehofft, dass Sie uns da weiterhelfen könnten.« Brischinsky hatte sich wieder gefangen. »Können Sie sich denken, warum Ihr Bruder ...«

»Nein, das kann ich nicht. Überhaupt nicht. Wir haben doch vorgestern noch telefoniert. Und dann bringt er sich einen Tag später einfach um.«

Sie wurde wieder von einem Weinkrampf geschüttelt. Die Beamten warteten.

»Ich habe keine Ahnung, wirklich. Er war so guter Laune. Wir wollten über meinen geplanten Urlaub sprechen. Er wollte uns Tipps geben, er ist auch schon mal auf Samos gewesen. Wir hatten uns zum Essen im Mykonos verabredet, aber er ist nicht gekommen. Ich kann mir das nicht vorstellen, überhaupt nicht.« Sie schüttelte verzweifelt den Kopf. »Kann es nicht doch ein Unfall gewesen sein? Ich glaub's einfach nicht. Doch nicht Klaus.«

»Nein, bestimmt nicht. Es war kein Unfall. Hören Sie«, dozierte jetzt Baumann, »wir haben da unsere Erfahrungen. Ich sagte ja schon, er hat die Abgase ins Auto geleitet. Und um ganz sicherzugehen, zusätzlich Tabletten geschluckt und die mit einer Flasche Whiskey runtergespült.«

»Baumann, halt jetzt den Mund«, bellte Brischinsky seinen Kollegen nach einem Blick auf die Schwester des Toten an. Stefanie sah aus wie ein Kalkeimer. Sie saß mit hängenden Schultern zusammengesunken im Sessel.

»Frau Westhoff, ich lasse Ihnen meine Telefonnummer hier.« Er legte seine Visitenkarte auf den Tisch. »Bitte rufen Sie mich an, wenn es Ihnen besser geht. Sie müssen, so leid es mir tut, Ihren Bruder noch identifizieren. Ich habe noch eine Bitte: Haben Sie einen Schlüssel zur Wohnung Ihres Bruders? Wir würden uns dort gerne einmal umsehen, wenn Sie gestatten.«

Stefanie nickte. »Da vorne am Schlüsselbrett.« Sie zeigte mit einer Kopfbewegung in den Wohnungsflur. »Der mit dem gelben Anhänger«, sagte sie leise.

»Danke. Sie bekommen ihn sofort zurück, wenn wir ihn nicht mehr brauchen. Können wir wirklich nichts mehr für Sie tun?«

»Nein.« Ihre Stimme war nicht mehr als ein Flüstern. »Ich schaffe das schon.« Sie hielt sich die Hände vor ihr Gesicht und schluchzte heftig.

Brischinsky sah Baumann an. Scheiß Job, sagte dieser Blick. Baumann schnappte sich beim Rausgehen das Foto und den Schlüsselbund.

»Auf Wiedersehen. Und es tut uns leid.« Brischinsky erwartete keine Antwort. Er trat mit Baumann in den Hausflur und zog vorsichtig die Wohnungstür ins Schloss.

12

Brischinsky ließ sich auf den Beifahrersitz des Passats fallen, steckte sich eine Kippe zwischen die Zähne und stöhnte. »Puh, so was jeden Tag, und ich lass mich pensionieren.«

»Und wovon willst du leben? Rente is noch nich, da sind Nobbi und Theo vor«, flachste Baumann zurück.

»Sag mal«, Brischinsky warf einen Blick auf seine Armbanduhr, »es ist jetzt kurz nach sieben. Hast du heute Abend eigentlich noch was vor? Wir beide könnten doch jetzt ...«

»... gemütlich ein Bierchen zischen«, unterbrach ihn Baumann. »Das ist die beste Idee, die du heute gehabt hast. Ich hab Zeit. Jede Menge.« Er startete den Motor und fuhr los, Richtung Innenstadt.

»Falsche Richtung. Da geht's lang.« Brischinsky wies mit dem Daumen nach hinten.

»Wieso willst du in die City über Süd fahren?« Baumann schüttelte verständnislos den Kopf.

»Wir fahren nicht in die Stadt.«

»Aber du hast doch gesagt ...«

»... dass es kurz nach sieben ist. Und dich gefragt, ob du noch was vorhast. Du musst mich ausreden lassen, Herr Kommissar. Von Bier trinken war nicht die Rede. Wir fahren zur Wohnung von Westhoff. Uns mal etwas umsehen.«

»Mistkerl.«

»Eben. Darum bin ich Hauptkommissar und du Kommissar. Und wenn du jetzt nicht bald die Karre wendest und uns pronto zur Bochumer Straße schaffst, wird das auch noch einige Zeit so bleiben.«

»Yes, Sir. Mit Lalülala, oder wie hätten Sie's denn gern?«

Baumann ging voll in die Eisen und nutzte eine Tankstellenauffahrt, um mit quietschenden Reifen dem Wunsch seines Vorgesetzten zu folgen. Kopfschüttelnd beobachteten Passanten das Manöver. »Nun mach mal halblang.« Brischinsky hielt sich mit der rechten Hand am Türgriff fest, während er mit der linken versuchte, sich am Fahrersitz abzustützen. »Bist du Niki Lauda? Also fahr vernünftig.«

»Ich denke, du hast es eilig.«

»So pronto nun auch wieder nicht, dass ich mir die Knochen brechen will. Außerdem gibt es eine Straßenverkehrsordnung, an die wir Bullen uns auch halten sollten. Auch wenn's schwerfällt.«

Wie immer passte erst der letzte der vier Schlüssel. Sie traten ein.

Brischinsky sah sich im Flur um. Auf einem Schuhschrank lag ein Bund mit drei Schlüsseln. Der Hauptkommissar verglich die Schlüssel mit denen, die ihnen Stefanie Westhoff überlassen hatte. »Eigenartig. Das scheinen ebenfalls Wohnungsschlüssel zu sein. Westhoff hat es wohl nicht mehr für nötig gehalten abzu-schließen.«

»Warum auch? Würdest du dir über Einbrecher Ge-danken machen, wenn du vorhast, dich umzubrin-gen?«, wollte Baumann wissen.

»Wahrscheinlich nicht.« Brischinsky legte die Schlüs-sel wieder auf den Schrank. »Komm, sehen wir uns um.«

Die Wohnung von Klaus Westhoff war für eine Jung-gesellenbude ausgesprochen ordentlich. Brischinsky warf einen Blick in die Küche. Kein schmutziges Ge-schirr auf der Ablage, keine leeren Flaschen in der Ecke, keine überquellenden Aschenbecher. Selbst die Herdplatten waren sauber.

»Sag, Baumann, sieht das bei dir auch so ordentlich aus?«, spottete Brischinsky. »Halt, nein, kann ja nicht sein, deine Freundin hat dir ja den Laufpass gegeben. Putzt du jetzt selbst?«

»Du kannst mich mal.«

Sie betraten das Wohnzimmer.

»Wenn du dich umbringen wolltest«, sinnierte Bris-chinsky, »würdest du dich dann einen Tag vorher mit deiner Schwester zum Essen verabreden?«

»Keine Ahnung. So weit hast du mich noch nicht ge-bracht. Allerdings bin ich kurz davor. Im Ernst: So ein Entschluss kann doch auch ganz spontan kommen. Aus Verzweiflung, zum Beispiel. Wie bei dem Spinner, der sich letzten Herbst vom Dach des Löhrhoffcenter stürzen wollte, weil sein Hund überfahren worden war.«

»Wo du das sagst ... Vielleicht hätten wir Stefanie Westhoff doch nicht alleine lassen sollen.«

»Mach dir mal keine Sorgen. Die ist stärker, als wir glauben.«

»Hoffentlich.«

Sie betraten das Wohnzimmer. Eine schwarze Leder-garnitur, kirschrote Anbauwand mit Fernsehgerät und

Videorecorder, grauer Teppichboden. Die Aufnahmean-
zeige des Videorecorders blinkte. Baumann sah Brischinsky fragend an, spulte das Band zurück, schaltete
den Fernseher ein und drückte die Wiedergabetaste.
Der Texttrailer im Vorspann zeigte, dass der Recorder
Alfred Hitchcocks Fenster zum Hof aufgezeichnet hatte.

»Siehst du hier irgendwo eine Programmzeitung?«,
fragte der Kommissar.

Die zwei schauten sich suchend um.

»Hier.« Baumann griff neben den Fernseher. »Willst du
dich hier häuslich niederlassen?«

»Red nicht solchen Quatsch.« Brischinsky blätterte in
der Zeitschrift. »Dachte ich's mir doch. Hier ...«, er hielt
Baumann die Übersicht vor die Nase. »Der Hitchcock-
krimi wurde Donnerstag nacht um 23.45 Uhr gesen-
det. Da war Westhoff schon einige Stunden tot. Wirklich seltsam. Programmiert den Recorder und fährt
dann los, um sich um die Ecke zu bringen. – Gibt es
hier irgendwo ein Barfach?« Er öffnete systematisch die
Türen und Schubladen der Anbauwand.

»Wer suchet, der findet. Mal sehen. Brandy, Gin, was
ist das denn?« Er hielt eine Flasche hoch. »Sambucca.
Kaum was raus aus den Pullen. Ein Säufer war er
nicht, unser Freund. Und kein Whiskey.«

»Verwundert mich nicht. Hat er ja mit zum Kanal genommen.«

»Stimmt. Und trotzdem. Schon komisch. Komm, vielleicht finden wir einen Abschiedsbrief oder so was.«

Sie begannen ihre Suche im Wohnzimmer, wo sie die
Anbauwand noch mal gründlich unter die Lupe nahmen. Bücher ohne Ende. Jede Menge Belletristik. In einem anderen Fach Reiseführer. Karibik, griechische In-
seln, Toscana, USA.

»Wenn er da überall war, ist er weit herumgekommen«,
meinte Baumann.

Unten in den Schränken fanden sich Dutzende von Diakästen. Brischinsky sah auf die Beschriftungen. »Er ist weit herumgekommen.«

Hinter einer schwarzgetönten Glastür befand sich die Stereoanlage. Im Schrank daneben stapelten sich einige Dutzend CDs. Darunter lagerten die Schallplatten. Mehr gab die Anbauwand nicht her.

»Schau mal unter den Tisch und neben das Sofa«, riet Brischinsky. »Vielleicht ist da was runtergefallen.«

Sein Kollege bückte sich. »Nichts.«

»Hmm. Sehen wir in dem Raum nach.« Der Hauptkommissar zeigte auf eine Tür im Flur.

An einer Wand des Schlafzimmers stand ein Schrank mit faltbaren Lamellentüren. Rechts neben der Tür ein Schreibtisch mit einem Personal Computer und mehreren Aktenordnern. Direkt gegenüber war das Bett. An der freien Wand weitere Regale, gefüllt mit Taschenbüchern.

Baumann sah auf die Buchrücken. »Alles Science-Fiction.«

»Nimm du den Schrank, ich den Schreibtisch.« Brischinsky fing an, die Ordner durchzublättern. Kontoauszüge, Stromabrechnungen, Korrespondenz mit VEBA-Immobilien, wahrscheinlich der Vermieter. Hinter einer Lasche mit der Aufschrift Berufliches fanden sich Gehaltsabrechnungen, Teilnahmebescheinigungen von Lehrgängen der Bergwerks AG, eine Berufung zum Umweltbeauftragten des Bergwerks Eiserner Kanzler. Ein Ordner war voll mit alten Steuererklärungen und -bescheiden. Ein weiterer enthielt, fein säuberlich in Klarsichthüllen abgeheftet, Märklin-Kataloge von Modelleisenbahnen.

»Hier sind sein Personalausweis und der Reisepass.« Brischinsky blätterte im Dokument. »Das Bild ist zwar nicht das jüngste, aber es handelt sich eindeutig um unseren Toten.« Er zeigte Baumann das Foto. »Und, hast du was gefunden?« »Fehlanzeige.«

»Sicher?«

»Meinst du, ich mache das zum ersten Mal?«, schnauzte Baumann zurück. »Völlig überflüssig, das Ganze hier.«

»Los, du Technikfreak, schmeiß dich an den Computer und guck nach.«

»Auch das noch. Weißt du eigentlich, wie spät es ist? Dürfen wir das überhaupt? Brauchen wir dafür nicht einen Durchsuchungsbefehl?« Das war keine Frage, sondern eine Feststellung.

»Klappe. Ich bin dein Durchsuchungsbefehl.«

Baumann schaltete den PC ein und wartete. Nach dem Booten erschien die unverkennbare Windows-Benutzeroberfläche.

»Und welches Icon soll ich jetzt anklicken?«, fragte Baumann

»Woher soll ich das denn wissen«, raunzte Brischinsky. »Was ist denn ein Icon?«

»Ein Symbol für die Programme, die ich starten kann.«

»Aha.« Der Hauptkommissar hoffte, dass niemand im Präsidium jemals von ihm erwarten würde, irgendwelche Icons zu starten. »Also, was ist?« Er wurde ungeduldig. »Gibt's da irgendwas, womit man Briefe schreiben kann?«

»Du meinst eine Textverarbeitung?«

»Verdammt noch mal, ich weiß nicht, ob ich eine Textverarbeitung meine. Aber wenn man damit Briefe schreiben kann, dann meine ich eine.«

Baumann grinste in sich hinein und startete mit einem Doppelklick Word, das sich einige Sekunden später meldete.

»Und wo sind jetzt die Briefe?«, fragte sein Chef.

»Moment.« Baumann öffnete mit der Maus die entsprechenden Bildschirmfenster und fand ein Verzeichnis namens Texte. Hier waren Dutzende Textdateien gespeichert.

»Was heißt denn da ›stefanie.doc‹?« Brischinsky zeigte auf einen Dateinamen.

»Haben wir gleich.« Baumann doppelklickte, und der Text erschien auf dem Bildschirm. Brischinsky starrte gespannt auf die Buchstaben.

»Ist ja nur ein Geburstagsgruss«, knurrte er. »Und das da, ›vebamiet.doc‹?«

›Vebamiet.doc‹ entpuppte sich als Schreiben Westhoffs an seinen Vermieter in Sachen kaputtes Kellerlicht.

»Und ›takeoff.doc‹?«

»Mann, du gehst mir langsam auf den Senkel.« Baumann hatte die Nase voll. Er wollte nach Hause. »Komm ich nicht ran. Is mit Passwort.«

»Passwort?«

»Ja, geschützt. Ohne das Kennwort keine Chance.«

»Ob das wichtig ist?«

»Jetzt pass mal auf Chef. Wir hängen hier jetzt seit fast zwei Stunden rum und suchen einen Abschiedsbrief, den es nicht gibt. Jeder PC-Nutzer probiert dann und wann ein Passwort aus. Dahinter verbergen sich keine Staatsgeheimnisse. Und«, er stieß Brischinsky freundschaftlich in die Seite, »kannst du mir mal erklären, warum jemand einen Abschiedsbrief am PC schreibt, ihn nicht ausdruckt, statt dessen aber mit einem Passwort versieht, das außer ihm keiner kennt und das er mit in den Tod nimmt?«

Das konnte ihm Brischinsky in der Tat nicht erklären. »Überzeugt. Fahren wir zurück und warten die Obduktion ab. Wenn da nichts rauskommt, schließen wir den Akt.«

»Das war nun wirklich der erste vernünftige Satz des Abends.«

13

Nachdem die beiden Beamten ihre Wohnung verlassen hatten, warf sich Stefanie auf ihr Sofa und ließ ihren Tränen freien Lauf. Sie konnte keinen klaren Gedanken fassen, in ihrem Kopf drehte sich alles nur um Klaus. Das war doch nur ein böser Traum, das musste ein Traum sein, gleich würde sie aufwachen, und alles wäre vorbei. Sie würde Klaus anrufen und ihm die Geschichte erzählen, und er würde sie wieder scherzhaft wegen ihrer Sucht nach Kriminalromanen schelten, die solche Alpträume verursachen würden, und sie würde ...

Sie öffnete die Augen. Nein, das war kein Traum. Da lag die Visitenkarte des Polizisten. Klaus war tot. Dann fiel ihr Rainer ein. Sie musste Rainer anrufen. Rainer konnte ihr helfen, mit dem Schmerz fertig zu werden.

Sie nahm den Hörer ab und wählte seine Nummer. Sie ließ es so lange klingeln, bis das Besetztzeichen ertönte. Frustriert und mit Tränen in den Augen legte sie auf. Natürlich, nach der Klausur, Rainer wollte sicher nicht gestört werden. Dann erinnerte sie sich an ihren Code. Sie wählte erneut, ließ es genau dreimal klingeln und legte auf. Dann rief sie wieder an, in der Erwartung, Rainers Stimme zu hören. Nichts. Sie war enttäuscht und auch wütend. Ihr Blick fiel auf die blinkende Anzeige des Anrufbeantworters, den sie sofort abhörte.

Piep. »Guten Tag, Frau Westhoff, hier ist Müller von der Sparkasse Recklinghausen. Wir sind Ihrer Beschwerde bezüglich Ihrer Euroscheckkarte nachgegangen. Sie können Ihre neue EC-Karte ab sofort in Ihrer Zweigstelle abholen. Vielen Dank.« Piep. »Hallo, hier ist Carola. Wenn du dich an diesem Wochenende für ein paar Stunden von deinem Traummann trennen kannst, ruf mich doch mal zurück. Tschüs.«

Piep. »Ich bin's. Die Klausur ist mit ziemlicher Sicherheit im Eimer. Hat sich Klaus eigentlich bei dir gemeldet? Ich bin bis neun beim Griechen, danach im Drübbelken. Bitte komm vorbei, ich würde dich gerne sehen. Bis dann, mein Schatz.« Piep.

Als Rainer den Namen ihres Bruders erwähnte, musste Stefanie wieder weinen. Einige Minuten später suchte sie im Telefonbuch die Nummer des Mykonos heraus und rief dort an.

»Restaurant Mykonos, guten Abend.«

»Guten Abend. Bei Ihnen müsste ein Rainer Esch sein. Könnte ich den mal bitte sprechen?«

»Einen Moment, bitte.«

Sie hörte die Hintergrundgeräusche des Lokals: Stimmengewirr, griechische Musik, das Klappern von Geschirr. Die Wartezeit kam ihr ewig vor.

»Esch.«

»Rainer, Gott sei Dank. Bitte, du musst sofort zu mir kommen, bitte sofort.« Ihr Hals war wie zugeschnürt, sie konnte am Telefon nicht über ihren Bruder sprechen.

»Stefanie, ich hab gerade mein Essen bekommen und einen Bärenkohldampf. Ich zieh mir das rein und komm dann, einverstanden?«

Sie flehte ihn an. »Bitte Rainer, wenn du mich liebst, dann kommst du sofort.«

Ihr Freund überlegte einen Moment. »Ich opfere für dich einen Grillteller. Dafür lädst du mich aber demnächst ein.«

»Bitte komm schnell.«

»Gut. Bis gleich.«

Rainer legte auf, bestellte ein Taxi und machte dem erstaunten Kellner beim Bezahlen klar, dass sein plötzlicher Aufbruch nichts mit der Qualität der Küche zu tun hatte, sondern vielmehr mit der Psyche von Frauen im allgemeinen und der seiner Stefanie im besonderen. Den Versuch, diese zu verstehen, habe er schon vor langer Zeit aufgegeben, und manchmal sei es im Interesse des eigenen Seelenheils schlicht besser, so erklärte er, einfach das zu tun, was die Frauen von Männern so verlangen würden, auch wenn sich dieses üblicher, allgemein anerkannter Logik vollständig entzöge. Der Kellner nickte ihm verständnisvoll zu und servierte Esch mitleidig blickend einen doppelten Ouzo. Esch schloss daraus, dass ihn nicht nur der Kellner, sondern wahrscheinlich jeder Mann südlich der Alpen ob seiner Handlung für vollständig verrückt halten würde.

Rainer kippte den Ouzo runter und verließ das Lokal in dem Moment, als das Taxi vorfuhr. Er öffnete die Tür und stieg ein.

»Hallo, Esch. Heute nicht Kutscher, sondern zahlender Gast?« Rainer kannte den Fahrer. Betriebswirtschaft im 25. Semester oder so. Aushilfsfahrer wie er.

»Theo, grüß dich. Wieso zahlender Gast? Für mich kannst du doch mal 'ne Platte machen.«

»Geht leider nicht, Kumpel. Die Karre hier hat schon Sitzkontakte.« Der Fahrer grinste. »Und da du da ja schon draufsitzt, war's das dann. Wohin?«

»Scheiße. Hochlarmark. Westfalenstraße. Sag dir Bescheid.«

Stefanie Westhoff stand hinter dem Fenster, als das Taxi mit ihrem Freund hielt. Sie beobachtete, wie Rainer ausstieg und zur Haustür ging. Bevor er schellen konnte, drückte sie den Türöffner, bis sie hörte, dass die Haustür aufgedrückt wurde. Sie öffnete die Wohnungstür und fiel ihrem Freund sofort in die Arme.

»Gott sei Dank, dass du da bist.« Sie konnte ihre Tränen nicht mehr zurückhalten und begann, hemmungslos zu weinen.

»Was ist denn los?« Esch schob die Tür zu. Er erschrak, als er das verheulte, traurige Gesicht seiner Freundin sah. »Was ist passiert, mein Schatz?«

Sie schluchzte: »Klaus. Klaus ist tot.«

»Was?« Er verspürte einen Schlag im Magen. Sein Puls wurde schneller. »Klaus ist tot? Wie ist das passiert?«

»Die Polizei war heute Abend bei mir. Sie haben ihn gefunden. Sie sagen Selbstmord. Aber, das kann doch gar nicht sein«, sprudelte es aus ihr heraus.

Rainer schob seine Freundin zärtlich Richtung Sofa. »Komm, setz dich hier hin. Und jetzt erzähl mal in aller Ruhe.«

14

Seinen Umzug von Dinslaken nach Recklinghausen wickelte Cengiz Kaya in seinem Kadett ab. Jeans, Pullover, Hemden, T-Shirts und das ganze andere Zeug passten in seine zwei großen Koffer. Hausrat besaß er keinen, wenn man von drei Henkeltassen, zwei Tellern, einer Pfanne und einem Topf sowie einigen wirklich guten Messern, Erbstücke seines Vaters, absah. Da er sich ohnehin meist von den Fertiggerichten aus der Kantine des Bergwerks ernährte, waren Geschirr und ähnliche Accessoires für ihn im Moment nur unnötiger Ballast. Außerdem sollte sich, wenn er sie denn nur schon gefunden hätte, darum seine spätere Frau kümmern.

Probleme machte nur der 17-Zoll-Monitor seines Computers, den er erst im Kofferraum seines Wagens verstauen konnte, nachdem er die beiden Koffer auf dem Rücksitz drapiert hatte.

Seine Kakteensammlung, bestehend aus einigen Dutzend Pflanzen unterschiedlicher Größe, fand im Fußraum des Fonds und vor dem Beifahrersitz Platz. Kakteen, fand Cengiz, hatten den unschätzbaren Vorteil, dass sie auch längere wasserlose Perioden ohne größere Schäden überstehen konnten. Und da er nur sporadisch daran dachte, die Pflanzen zu gießen, ergänzten sich deren Bedürfnislosigkeit und seine Nachlässigkeit im Großen und Ganzen recht harmonisch.

So waren seine spärlichen Habseligkeiten in weniger als einer halben Stunde verstaut. Das Auspacken in Recklinghausen dauerte nur unwesentlich länger. Es hatte schon Vorteile, mit nicht zu viel Gepäck zu reisen. In dieser Hinsicht unterschied sich Cengiz kaum von seinen türkischen Landsleuten in den Wohnheimen. Im Gegensatz zu ihnen sparte er sein Geld aber nicht, um es den Familienangehörigen in der Heimat zu schicken. Heimat war für ihn Deutschland. In seinen Träumen bewohnte er mit Frau und Kindern ein Einfamilienhaus im Grünen, hatte sich beruflich weitergebildet und war als Führungskraft auf einem Bergwerk tätig. Kaya sah seinen Lebensmittelpunkt in der Bundesrepublik und erwog ohnehin schon länger, einen Antrag auf Einbürgerung zu stellen.

Er richtete sich in seinem Zimmer im Wohnheim ein. Schwierigkeiten bereitete auch dabei nur der Computer, der mit Monitor und Drucker so recht nicht auf den einzigen, zudem etwas altersschwachen Tisch passen wollte. Wenn die Putzkolonne nachlässig war und beim Wischen gegen das hintere Tischbein stieß, konnte dies zu einem Computergau führen. Cengiz beschloss, sich am nächsten Morgen sofort um einen Computertisch zu bemühen, um jegliches Risiko auszuschalten.

Der Samstagvormittag war diesig und für die Jahreszeit etwas zu kühl. Kaya machte sich auf den Weg in die Stadt.

In einer Konditorei am Rande der Innenstadt bestellte er zum Frühstück vier Brötchenhälften, belegt mit Käse und Schinken, ein hartgekochtes Ei und ein Kännchen Kaffee. Nachdem er gesättigt war, wandte er seine Aufmerksamkeit den Werbeprospekten zu, die der WAZ beigelegt waren. Schon im ersten wurde er fündig. Ein Baumarkt an der Herner Straße bot preiswert einen Computertisch an. Zufrieden studierte er anschließend die Wohnungsangebote. Fast alle Wohnungen waren zu groß oder zu teuer. Da fiel ihm eine Anzeige ins Auge: HER-Mitte, App.,1 ? Z., 58 qm, Du, WC, möbl., z. 1.10. frei, KM 450.-, NK 120.- fest, 3 MM Kaution, Tel. Sa. ab 10.00, 02323/390809.

Er sah auf die Uhr. Es war kurz vor zehn.

Cengiz Kaya bezahlte und suchte die nächste Telefonzelle.

»Köster«, meldete sich eine Frauenstimme.

»Guten Tag, mein Name ist Kaya, ich rufe wegen der Anzeige an. Ist die Wohnung noch frei?«

»Wie war Ihr Name, bitte?«

»Cengiz Kaya.« Er wartete darauf, dass sein Gegenüber auflegte. Solche bitteren Erfahrungen hatte er schon mehrmals machen müssen.

»Sind Sie Türke?«

»Ja, aber in Deutschland geboren.«

»Ach, deshalb ohne Akzent. Ja, Herr Kaya, die Wohnung ist noch nicht vermietet.«

Jetzt galt es. »Könnte ich mir die mal ansehen?« Für einen Moment hatte er den Eindruck, die Vermieterin würde zögern.

»Selbstverständlich. Wann würde es Ihnen denn passen?«

»Wie wäre es mit heute?«

»Heute? Hmm, ich wollte eigentlich ..., aber gut, sagen wir um zwölf?«

»Zwölf ist gut. Danke sehr, bis dann.« Er wollte auflegen.

»Halt, halt, Sie haben doch die Adresse noch gar nicht.«

»Stimmt ja. Entschuldigung.«

»Keine Ursache. Mont-Cenis-Straße 69. Wissen Sie, wo das ist?«

»Nein, aber ich werd's schon finden.«

»Dann bis gleich.«

»Wiedersehen.«

Cengiz legte die gut drei Kilometer bis zum Wohnheim im Rekordtempo zurück, startete seinen Wagen und machte sich auf den Weg in die Nachbarstadt. Seinem Ruhrgebietsplan entnahm er, dass die Mont-Cenis-Straße in Herne-Mitte begann und sich bis Castrop-Rauxel hinzog.

Er wandte sich am Vorplatz des Herner Hauptbahnhofes nach links, nahm dann die erste Straße rechts und folgte der Hermann-Löns-Straße Richtung Süden. Die Mont-Cenis-Straße kreuzte die Hermann-Löns-Straße nach einigen Ampeln. Er bog ab und suchte das Haus mit der Nummer 69.   Direkt vor dem Haus war eine freie Parklücke. Er hielt an und sah auf die Uhr. Kurz nach elf.

Um fünf Minuten vor zwölf verließ er seinen Wagen und ging zum Haus. An der Tür waren vier Klingelknöpfe, von denen drei beschriftet waren. Der Name Köster fand sich nicht darunter. Kurz entschlossen drückte er den Knopf, der namenlos war.

Nach kurzer Zeit hörte er ein »Moment, bitte« von oben. Cegiz trat einen Schritt zurück, um an der Hauswand hochzublicken, konnte aber niemanden sehen. Die Haustür öffnete sich.

»Herr Kaya? Mein Name ist Köster.« Eine ältere Dame reichte ihm ihre Hand zum Gruß. »Der Türöffner«, sie zeigte auf ein imaginäres Etwas in ihrem Rücken, »ist defekt.«

»Guten Tag. Kaya.«

»Bitte kommen Sie.«

Sie ging vor ihm in den ersten Stock und öffnete eine Wohnungstür.

»Es ist nicht sehr groß«, sagte sie, fast entschuldigend, »aber für einen alleine. Sie würden doch hier alleine ...?«

Kaya beeilte sich, zustimmend zu nicken. »Ja, sicher.«

»Wissen Sie, die Wohnung ist für mehrere nicht groß genug. Und dann noch die festen Nebenkosten. Also, ich meine ...«

»Nein, nein.« Er hob abwehrend beide Hände. »Ich bin wirklich alleine. Bestimmt.«

»Gut. Bitte, sehen Sie sich ruhig in aller Ruhe um.«

Er brauchte nur Minuten, um sich die beiden Räume anzusehen. Die Küche war klein und mit einer modernen Küchenzeile ausgestattet. Der Wohn- und Schlafraum war einfach, aber geschmackvoll mit Möbeln aus dem, wie ihm schien, IKEA-Sortiment eingerichtet. Sein Entschluss stand fest. »Also, ich würde die Wohnung wohl nehmen.«

»Ja, Herr Kaya, gut, aber, verstehen Sie mich richtig ...«

»Sie wollen nicht an einen Türken ...«

»Um Gottes willen, nein, das ist es nicht. Ich meine, haben Sie eine feste Arbeitsstelle?«

Kaya lachte erleichtert. »Natürlich. Ich bin unter Tage auf Eiserner Kanzler.«

»Ein Bergmann? Mein Mann war Steiger auf Friedrich der Große.«

»Den Pütt kenn ich nicht.«

»Der ist schon vor einigen Jahren stillgelegt worden. Gut, Herr Kaya, die Konditionen kennen Sie ja. Wann wollen Sie einziehen?«

»Wenn's geht, so schnell wie möglich.« Ihm schlug das Herz bis zum Hals.

»Setzen wir uns. Hier ist der Mietvertrag.«

Auf dem Rückweg zum Wohnheim fragte er sich, wie er dem Heimleiter beibringen sollte, dass er nach nur einer Nacht im Heim schon wieder ausziehen wollte.

Der aber zuckte nur mit den Schultern und wies lediglich daraufhin, dass Cengiz für den restlichen Monat die Unterkunftssätze zu zahlen habe.

Der Türke schnappte sich nach Erledigung der Formalitäten sein Hab und Gut, verstaute es erneut in seinem Wagen und fuhr nach Herne, seine zweite neue Heimat innerhalb von zwei Tagen.

15

Am Montagmorgen gegen fünf betrat Cengiz Kaya die Lohnhalle des Bergwerkes Eiserner Kanzler. Er war etwas enttäuscht. Auf vielen Bergwerken sind Lohnhallen architektonisch beeindruckend gestaltete Räume, teilweise Hunderte von Quadratmetern groß und manchmal zehn, fünfzehn Meter hoch, in einigen Fällen mit lichtdurchfluteten Fenstern oder Kuppeln, manchmal auch Lichthalle genannt. Diese Räume haben an ihren Seitenwänden zahlreiche Büros, die mit Glasfenstern, die teilweise wie Schalter geöffnet werden können, von der eigentlichen Halle getrennt sind. Durch diese Schalter wurde früher den Bergleuten ihr Wochenlohn in bar ausgezahlt. An diesen Zahltagen warteten dann die Ehefrauen der Bergleute vor den Toren der Pütts, um zu verhindern, dass ihre Männer sofort einen Teil des schwer erarbeiteten Geldes in die nächste Kneipe trugen.

Die Lohnhalle von Kayas neuem Pütt war eher funktional. Hier hatte sich kein Baumeister vergangener Tage ein Denkmal gesetzt.

Der Türke ging zum ersten Schalterfenster und klopfte. »Glück auf. Ich suche den Reviersteiger vom Revier 32.«

»Auf. Da hinten. Der mit der Zigarette.« Der Mann schloss den Schalter, ohne seinen Dank abzuwarten. Cengiz steuerte die angegebene Richtung an und klopfte erneut an die Glasscheibe. »Glück auf. Sind Sie Reviersteiger im Revier 32? Mein Name ist Cengiz Kaya. Ich bin hierhin verlegt worden.«

»Glück auf. Einen Moment.« Sein Gegenüber blätterte in einer Namensliste. »Ja, stimmt. Ich bin Karl Müller. Kannst Karl sagen.« Er streckte ihm durch den Schalter seine Hand zur Begrüßung hin. »Warste schon beim Betriebsrat?«

»Nein, noch nicht.«

»Dann mach das ma erst. Ist ja noch Zeit.« Müller sah auf die Uhr. »Danach gehste zum Kauenwärter und lässt dir 'nen Spind und Haken geben.« Er stand halb auf und sah durch die Scheibe nach unten auf Kayas Wäschesack. »Schlösser mit? Klamotten alle bei? Helm, Schuhe, Schienbeinschoner? Oder brauchste noch was?«

»Nein, nur Filter und Lampe.«

»Gut. Hier ist deine Nummer.« Müller kramte in seiner Schublade und reichte Kaya ein kleines, ovales Metallschild mit einer vierstelligen Nummer. »Filter und Lampe unter der Nummer. Alles klar? Ich treff dich dann am Korb. Sei pünktlich.« Müller schloss das Fenster und vertiefte sich wieder in seine Schreibarbeiten.

Kaya machte sich auf den Weg zum Betriebsratsbüro, das sich direkt hinter der Lohnhalle befand, um dort die obligatorische Frage, ob er Gewerkschaftsmitglied sei, zu bejahen und sich von einem Betriebsratsmitglied versichern zu lassen, dass er, sofern er irgendwelche Probleme habe, jederzeit zu ihm kommen könne.

Nach einigen Minuten konnte Cengiz das Büro wieder verlassen und schloss sich seinen neuen Kollegen an, die alle in Richtung Kaue, dem Wasch- und Umkleideort der Bergleute, strömten.

Den Kauenwärter fand er recht schnell, und bald öffnete er in der Weißkaue seinen Spind, verstaute seine Wertsachen wie Uhr und Geldbörse und verschloss ihn mit einem mitgebrachten Vorhängeschloss. Er holte seinen Wäschehaken von der Decke, entkleidete sich, hängte seine Straßenkleidung auf den Haken, zog ihn wieder hoch und sicherte auch diese Kette mit einem Schloss.

Dann folgte er den Hunderten anderer nackter Männer an den Duschen vorbei in die Schwarzkaue, suchte auch da seinen Haken, den er aber nur mit seinem Wäschesack belastete und zog die mitgebrachte Arbeitskleidung an. Einige der sich neben ihm umziehenden Kollegen warfen ihm neugierige Blicke zu und grüßten kurz mit einem Kopfnicken, welches er ebenso knapp erwiderte. Vor Schichtbeginn, das kannte Cengiz von seinem alten Pütt, war die Unterhaltung eher eingeschränkt, vor allem mit neuen Kollegen. Das würde sich geben, da war er sich sicher.

In der Lampenstube fand er unter seiner Nummer eine geladene und geprüfte Helmleuchte sowie den Filterselbstretter, der es ihm ermöglichen sollte, unter Tage beispielsweise bei Rauchentwicklung, einige womöglich entscheidende Minuten zu überleben. Er kannte persönlich allerdings keinen Bergmann, der das Ding jemals gebraucht hatte. Beruhigend, fand er. Trotzdem war der Filter Pflichtbestandteil der Schutzausrüstung jedes Bergmannes, wie auch die Kleidung, Schuhe, Helm, Leuchte und Schienbeinschoner. Für besondere Tätigkeiten gab es noch eine weitere Spezialausrüstung, Cengiz hoffte jedoch, diese nicht zu benötigen, da die damit verknüpften Arbeiten nicht unbedingt zu den angenehmsten in einer Grube gehörten.

Er befestigte die Leuchte am Helm und schaltete sie ein. Der Filterselbstretter kam an eine Schlaufe an den Hosengürtel. Zuletzt nahm er seine Getränkeflasche und füllte sie auf dem Weg zum Korb an einem Automaten mit kostenlosem, leider stark verdünntem Fruchtsaft. Die Bergleute nannten dieses Getränk immer noch Tee, obwohl die Teeküchen auf den Bergwerken schon lange Geschichte waren.

An der Zeiterfassungsstation vor dem Schacht, der Cengiz zu seiner Arbeitsstelle unter Tage führen sollte, zog er seinen elektronisch lesbaren Ausweis durch das Lesegerät, wartete auf das Piepsen, das anzeigte, dass seine Daten registriert waren, und ging dann hinter den anderen Bergleuten her eine Treppe hinunter zum Schacht.

Dort hatten sich auf drei Ebenen schon einige Dutzend Wartende eingefunden. Cengiz blickte sich suchend um und entdeckte seinen Reviersteiger in der Nähe.

»Auf.« Kaya begrüßte die Bergleute, die neben Karl Müller standen. Sie erwiderten seinen Gruß.

»Das ist der Kollege Cengiz Kaya. Er ist ab heute bei uns auf Schicht. Also, auf gute Zusammenarbeit. Einweisen werd ich dich inne Grube.«

Rumpelnd kam der Förderkorb nach Übertage. Der Anschläger öffnete das Sicherheitsgitter, und Kaya und seine neuen Arbeitskollegen betraten als erste den Korb. Sie gingen bis zur gegenüberliegenden Seite und stellten sich eng neben- und hintereinander. Zu ihnen gesellte sich noch etwa ein Dutzend Bergleute. Unmittelbar nach dem Schließen der Gitter kam das Signal zur Seilfahrt. Der Korb beschleunigte schnell, um dann mit hoher Geschwindigkeit in die Tiefe zu rasen. Nach einigen Minuten hörten sie Maschinengeräusche, und die Seilfahrt verlangsamte sich, bis der Korb zum Stillstand kam. Ein Teil der Bergleute stieg aus, und Kaya wollte ihnen folgen.

»Nicht so eilig, Kumpel«, sagte Karl Müller, »wir müssen noch etwas tiefer.«

Auf der sechsten Sohle in etwa 1.100 Meter Tiefe endete ihre Fahrt. Kaya sah sich um. Wie auf jedem anderen Bergwerk, fand er. Direkt bis zum Schacht verliefen Schienen, um die Kohlewagen nach Übertage zu fördern. Dieser unterirdische Bahnhof war etwa 20 Meter breit, rund 10 Meter hoch und etwa 400 Meter lang. Trotz guter Beleuchtung konnte Cengiz nur rund 150 Meter weit sehen, dahinter verschluckte ein schwarzes Loch alles Licht. Auf den Schienen standen zahlreiche Leere, wie die Bergleute die unbeladenen Kohlenwagen nannten. Auf anderen Wagen sah Kaya Holz, Stahlmatten und Kanister. Einige Meter weiter wartete ein Personenzug mit laufendem Akkumotor auf Passagiere.

»Komm, hier rein«, sagte Müller und drängte sich durch die enge Tür ins Innere des Wagens. Weitere Bergleute stiegen hinter ihnen ein. Die letzten Kumpel schlossen die Tür, und der Zug setzte sich in Bewegung. Er überfuhr holpernd einige Weichen und nahm dann eine Kurve. Während der Fahrt stellte Müller Kaya seine neuen Arbeitskollegen vor und erklärte ihm seine Aufgabe.

Für den jungen Türken war das nichts Neues. Er hatte auch auf seinem alten Pütt im Streb gearbeitet.

Nach fünfzehnminütigem Durchschütteln hatten sie ihr Ziel erreicht. Sie stiegen aus und durchquerten die erste von mehreren Wettertüren, durch deren Öffnen oder Schließen nach einem ausgefeilten Plan frische Luft bis an die entlegenste Stelle im Grubengebäude gelangen konnte. Nachdem sie die letzte der Türen passiert hatten, kamen sie zu einer Strecke, die sie mit einem sehr warmen, nach Kohle und Öl riechenden Windstrom empfing. Durch die Strecke lief ein Förderband, über das Kohle abtransportiert wurde. Die Männer bewegten sich gegen den Wind und die Laufrichtung des Förderbandes. Es wurde wärmer und lauter. Nach weiteren 200 Meter Fußmarsch konnten sie sich nur noch schreiend verständigen. Es war heiß, stickig, und die Luft war gesättigt mit Kohlenstaub. Sie hatten Cengiz' neuen Arbeitsplatz erreicht.

Der Reviersteiger der Nachtschicht begrüßte sie, erläuterte Müller, was während der Nacht vorgefallen war, und machte dann mit seinen Leuten Feierabend. Wie Müller es ihm gesagt hatte, kroch Kaya in den Streb zu der Schrämmwalze, mit der die Kohle aus dem Flöz geschnitten wurde, und machte sich daran, seine erste Schicht auf Eiserner Kanzler, Flöz Sonnenschein, Abbaurevier 32 zu verfahren.

Bei der Ausfahrt nachmittags sprach er Karl Müller an. »Sag mal, Karl, du kennst doch den Klaus Westhoff, der muss hier Fahrsteiger sein?«

»Klaus Westhoff?« Müller zögerte. Dann wandte er sich an einen Bergmann, der rechts von ihm auf dem Korb stand. »Hör mal, Paul, der Westhoff, ist der nicht letzte Woche plötzlich verstorben?«

»Glaub schon. Weiß aber nich genau.«

»Da hörst du's, Cengiz. Ich meine, der is tot. Warum willst du das wissen?«

»Wieso tot? Hatte der einen Unfall?« Kaya war überrascht.

»Keine Ahnung. Hörst ja selber.«

»Weiß denn jemand genauer Bescheid?«

»Geh zur Werksleitung«, spottete ein Kumpel von weiter hinten. »Die sind wie die kommunistische Internationale von 1936. Die wissen nicht nur alles, sondern auch alles besser.«

Alle lachten.

»Nee, im Ernst. Wer kann mir denn da helfen? Der Westhoff war früher mein Ausbilder, ich möchte das schon genau wissen.«

»Ach so.« Müller dachte nach. »Frag ma den Hülshaus, der kennt den Westhoff ganz gut, glaub ich. Vielleicht kann der dir weiterhelfen.«

»Und wo find ich den?«

»Beeilst dich mit Duschen, und kommst dann in die Steigerstube. Vielleicht isser dann noch da. Ich zeig ihn dir.«

Hülshaus war nicht gerade begeistert, als Müller mit Kaya im Schlepptau zu seinem Schreibtisch kam und der Türke sein Anliegen vortrug.

»Mann, muss das jetzt sein? Ich muss hier noch die Gedinge ausrechnen. Müssen heute noch ins Lohnbüro. Was wollen Sie? Klaus Westhoff besuchen? Da hätten Sie eher kommen müssen. Der ist gestorben. Ende letzter Woche.«

»Wieso denn?«, sagte Kaya und ärgerte sich im selben Moment über diese schwachsinnige Bemerkung.

Die passende Antwort kam wie erwartet: »Woher soll ich das denn wissen. Fragen Sie ihn doch selber, wenn Sie ihn sehen.«

»Ich meine doch nur, wie ist er …?«

»Selbstmord, sagt die Polizei. Hab ich jedenfalls gehört. Er soll sich umgebracht haben.«

Kaya war wie vor den Kopf gestoßen. »Und seine Familie? Wie hat die das denn aufgenommen?«

»Hören Sie, bin ich eine Detektei? Wir waren Arbeitskollegen. Wenn Sie Genaueres wissen möchten, fragen Sie seine Schwester. Soweit ich weiß, ist sie seine einzige lebende Angehörige.«

»Wo finde ich die denn?«

»Sie heißt Stefanie Westhoff. Wohnt irgendwo in Hochlarmark. Und jetzt«, Hülshaus beugte sich demonstrativ über seine Gedingeabrechnung, »jetzt hab ich zu tun.«

16

Auf dem Weg nach Herne stoppte Cengiz Kaya an einer Telefonzelle, suchte im Telefonbuch den Namen Stefanie Westhoff, fand zwei Eintragungen und hielt unschlüssig den Hörer in der Hand.

Genervt durch das rhythmische Piepen knallte er das Gerät wieder auf die Gabel, notierte die Anschriften und ging zu seinem Wagen zurück. Dort schlug er im Recklinghäuser Stadtplan beide Straßennamen nach und stellte fest, dass nur eine davon in Hochlarmark lag. Anrufen oder vorbeifahren, das war die Frage.

Schließlich entschied er sich für einen persönlichen Kondolenzbesuch, was unmittelbar die Frage nach dem Wann und – viel gravierender – nach der korrekten Kleidung für einen solchen Einsatz aufwarf. Außer Jeans hatte sein Kleiderschrank nicht viel zu bieten, er besaß noch nicht einmal eine Krawatte, geschweige denn eine schwarze. Und mit seiner speckigen, über alles geliebten Lederjacke konnte er bei Stefanie Westhoff wohl auch nicht erscheinen.

Seufzend startete Cengiz den Motor und fuhr in die Herner Innenstadt, um sich in einem der Kaufhäuser angemessen auszustaffieren.

Der Abteilungsleiter des Herrenausstatters am Robert-Brauner-Platz offerierte ihm einen schwarzen Anzug, der nach Ansicht des Verkäufers wie für ihn gemacht war. Kaya war nach einem Blick in den Spiegel zunächst völlig seiner Meinung, die er dann nach einem Blick auf das Preisschild schnell änderte. Auf Cengiz' Frage, ob es denn nicht auch etwas preiswerter ginge, schüttelte der Verkäufer nur indigniert den Kopf und meinte, er könne ja bis zum Schlussverkauf warten; ob allerdings der Verstorbene noch soviel Zeit hätte, sei doch wohl eher fraglich.

Kaya verließ ohne Gruß den Laden und versuchte sein Glück bei Karstadt. Schwarze Anzüge waren hier Mangelware, und so entschied er sich für ein schwarzes Sakko, das, wie er fand, ganz gut mit seinen schwarzen Jeans harmonierte. Das Teil hatte außerdem den Vorteil, dass er es auch bei anderen Gelegenheiten tragen konnte, so dass er eigentlich nur noch ein weißes Hemd und eine schwarze Krawatte benötigte. Das Hemd bereitete ihm keine Schwierigkeiten, der Preis des Kulturstrickes dagegen schon. Cengiz gewann mehr und mehr den Eindruck, dass Sterben in der Bundesrepublik nicht nur für den unmittelbar Betroffenen ein mehr oder weniger unangenehmes Ereignis war, sondern auch dazu führte, dass sich die trauernden Hinterbliebenen auf Jahre hinaus verschulden mussten, um die Angelegenheit den Konventionen gemäß zu regeln. Und da der Türke eher nonkonformistisch eingestellt war, konnte er eigentlich auf eine schwarze Krawatte ganz verzichten, die er, wie er hoffte, ohnehin nur zu seiner eigenen Beerdigung benötigen würde.

Die nette Verkäuferin im Blumengeschäft erwiderte auf seine Frage, dass bei einem Kondolenzbesuch ein Kranz eher unpassend sei, und empfahl ihm einen schlichten Strauß Herbstblumen und eine Beileidskarte, die Cengiz noch im Laden unterschrieb.

Auf dem Weg zu seiner Wohnung überlegte er erneut, ob er Stefanie Westhoff nicht doch lediglich anrufen und den Blumenstrauß seiner Vermieterin schenken sollte, verwarf den Gedanken aber schnell wieder und beschloss, sich umzuziehen und ohne Vorankündigung sofort nach Hochlarmark zu fahren.

Vor dem Haus in der Westfalenstraße, in dem, wie er annahm, die Schwester seines toten Ausbilders wohnte, bekam er leicht weiche Knie. Die Haustür stand offen, und er trat ein. Vor der Wohnungstür mit der Aufschrift Stefanie Westhoff holte er tief Luft und schellte. Einen Moment später hörte er Schritte, und eine junge Frau erschien an der Tür, sah ihn und seine Blumen fragend an und sagte: »Ja, bitte?«

Cengiz hielt den Blumenstrauß wie ein Schutzschild vor seinen Körper und stammelte: »Entschuldigen Sie, sind Sie Frau Westhoff? Ich meine ..., haben Sie ..., ist Ihr Bruder ..., ich heiße Kaya, also ich will ... Scheiße.« Das war ziemlich danebengegangen. Also noch mal. Er atmete durch und rasselte los. »Frau Westhoff, wenn Ihr Bruder kürzlich verstorben ist, möchte ich Ihnen mein herzliches Beileid aussprechen.« Jetzt war es raus. Nun noch die Blumen loswerden, und dann nichts wie weg.

Trotz des traurigen Anlasses musste Stefanie fast lachen, als der großgewachsene, schlanke junge Türke vor ihr stand, vor lauter Verlegenheit und Unsicherheit von einem Fuß auf den anderen wippte und ihr den Blumenstrauß fast ins Gesicht stieß. Er wirkte noch hilfloser, als sie sich fühlte.

»Danke, ja, mein Bruder ist gestorben. Kannten Sie ihn? Bitte kommen Sie doch rein.« Sie ließ Kaya eintreten. Im Wohnzimmer erhob sich ein junger Mann.

»Das ist Rainer Esch, mein Freund. Und das ist ...«, sie wandte sich an Kaya, »... entschuldigen Sie, ich habe Ihren Namen nicht verstanden ...«

»Cengiz Kaya.«

»Ein ...«, sie zögerte, »... Freund von Klaus?«

»Freund ist eher übertrieben. Er war mein Ausbilder auf Friedrich Gustaf. Ich habe ihm viel zu verdanken.«

»Bitte setzen Sie sich. Möchten Sie etwas trinken? Ich hole nur schnell eine Vase für die Blumen. Rainer, würdest du ...?«

»Logo.« Esch stand auf. »Mit oder ohne Alkohol?«

»Ohne. Ich muss noch fahren.«

»Mineralwasser, Apfelsaft oder Kaffee?«

»Mineralwasser, bitte.«

Esch folgte Stefanie in die Küche, und beide kamen kurz darauf zurück, Rainer mit der Blumenvase und seine Freundin mit einem Glas und einer Flasche Wasser. Sie schenkte Kaya ein, dessen trockener Mund nach Linderung lechzte.

»Danke.« Der Türke trank einen Schluck. Dann entstand jenes peinliche Schweigen, bei dem alle Anwesenden das Gefühl hatten, etwas sagen zu müssen, keinem aber auch nur das geringste, halbwegs Intelligente einfiel.

Stefanie Westhoff rettete die Situation. »Wie haben Sie auf Friedrich Gustaf – das liegt doch am Niederrhein, oder? – vom Tod meines Bruders erfahren? Das ist doch erst ein paar Tage her.«

»Ich habe heute Morgen auf Eiserner Kanzler angefangen und mich nach Ihrem Bruder erkundigt. Herr Hülshaus hat mir gesagt, dass Klaus tot sei und wo ich Sie finden kann. Eigentlich wollte ich nur anrufen. Es tut mir leid, dass ich hier so unangemeldet reingeplatzt bin.«

»Nein, nein, schon in Ordnung.« Stefanie wehrte ab. »Sagen Sie, wann haben Sie meinen Bruder das letzte Mal gesehen?«

»Oh, warten Sie. Das ist schon einige Zeit her. Er war vor zwei, drei Monaten in einem Seminar im Barbarahaus ...« Kaya registrierte ihren fragenden Blick. »Das ist ein Versammlungsgebäude in der Wohnheimanlage,

72

in der ich wohnte. Dort haben wir uns getroffen und uns unterhalten.«

»Welchen Eindruck hatten Sie von ihm? Ich meine, ist er Ihnen irgendwie verändert vorgekommen?«
Jetzt war es an Kaya, fragend zu gucken.

»Ach so, das können Sie ja nicht wissen. Die Polizei meint, mein Bruder habe Selbstmord begangen. Ich kann mir das einfach nicht vorstellen. Rainer auch nicht.« Sie drehte ihren Kopf leicht in Eschs Richtung. Auch Kaya sah ihren Freund an, hatte aber nicht unbedingt den Eindruck, bedingungslose Zustimmung an seinem Gesichtsausdruck zu erkennen.

»Also mir erschien er völlig normal. Entschuldigung, ich meine, so wie immer.«

Esch schaltete sich ein. »Was erzählt man sich denn auf Eiserner Kanzler?«

»Eigentlich nichts. Zumindest«, schränkte Cengiz ein, »nicht mir. Ich hab da ja auch erst eine Schicht verfahren. Hülshaus deutete an, dass sich Klaus umgebracht haben könnte. Wo er das herhat, weiß ich nicht.«
Erneut herrschte Schweigen. Diesmal kapitulierte Kaya als erster. »So, ich glaube, ich sollte jetzt lieber gehen. Ich habe Sie lange genug gestört.« Er erhob sich.

»Warten Sie noch einen Moment. Sie wohnen noch da am Barbarahaus?«, fragte Stefanie.

»Sie meinen im Wohnheim? Nein, ich hatte das Glück, Samstag eine Wohnung in Herne zu finden.«

»Kann ich Sie da telefonisch erreichen? Wissen Sie, vielleicht hören Sie ja etwas auf dem Pütt. Vielleicht hat Klaus ja dort mit jemandem gesprochen. Wenn sich Klaus wirklich umgebracht hat, muss ich einfach wissen, warum. Ich werde auch noch Herrn Hülshaus anrufen, aber wenn Sie …«

»Selbstverständlich. Wenn ich was höre, rufe ich Sie an. Ich hab noch kein Telefon, das werde ich in den nächsten Tagen erst anmelden. Wenn ich sonst noch etwas für Sie tun kann, gerne. Ich kenne ja hier noch keinen, hab also nach der Schicht viel Zeit.«

»Vielen Dank.« Stefanie lächelte Cengiz an. »Und vielen Dank für Ihren Besuch und die Blumen.«

»Tschüs.« Rainer Esch hob die Hand.

»Auf Wiedersehen.« Cengiz nickte Esch zu und ergriff die Hand von Stefanie. Sie war weich und warm. Und das wurde ihm auch.

17

Mittwoch morgen um sieben riss Rainer das Klingeln des Telefons aus dem Schlaf. Vor sich hin fluchend schlurfte er in den Flur, nur um festzustellen, dass sein Funktelefon nicht da lag, wo es liegen sollte. Dem penetranten Klingeln nach zu urteilen, musste sich das Teil irgendwo in der Küche befinden. Er entdeckte es unter dem leeren Pizzakarton, in dem ihm gestern Abend die Quattro Stagioni geliefert worden war.

»Esch«, brummte er.

»Morgen. Hab ich dich geweckt?«

»Stefanie, weißt du, wie spät es ist? Ist ja mitten in der Nacht«, maulte er.

»Es ist sieben. Schwing dich aus dem Bett, ich bin in zwanzig Minuten bei dir. Ich brauche deine moralische Unterstützung.«

»Wofür, um alles in der Welt, brauchst du moralische Unterstützung am frühen Morgen?«

»Um mit den Polizisten zu reden. Der Kripomann hat gestern Abend angerufen. Ich soll heute Morgen ins Präsidium kommen. Ich wollte dir das schon gestern erzählen, aber du warst ja mal wieder nicht zu erreichen, ich hab's bis zehn versucht. Musst du denn eigentlich jede freie Minute in Kneipen rumhängen?«

»Langsam.« Er dehnte das A überlang. »Ich war den ganzen Abend zu Hause. Hab mir den Tatort mit Schimanski angeguckt. Aber der Scheißakku von dem Funkdings war leer, hab ich erst später gemerkt, als ich Michael anrufen wollte.«

Esch war stinkig. Dass man mit Bullen am besten gar nicht und wenn doch, dann nur unter Zeugen reden sollte, leuchtete ihm unmittelbar ein. Dass solche Gespräche aber zu nachtschlafender Zeit stattfinden mussten, überhaupt nicht.

»Geht's nicht heute Nachmittag? Ich bin ...«

»Nein, geht es nicht«, unterbrach ihn Stefanie. »Ich gehe im Gegensatz zu dir einer geregelten Beschäftigung nach, was dir vielleicht nicht entgangen sein dürfte. Ich konnte mir nur heute Morgen freinehmen. Also, bis gleich.« Sie legte auf.

Esch schlich ins Badezimmer. Er wusste, wann er verloren hatte.

Kurz nach acht saßen sie Hauptkommissar Brischinsky und seinem Mitarbeiter Baumann gegenüber.

»Das ist mein Freund Rainer Esch«, stellte Stefanie Westhoff ihren Begleiter vor. »Ich möchte, dass er bei unserem Gespräch dabei ist.«

»Nichts dagegen«, antwortete Brischinsky. »Also, Frau Westhoff«, er blätterte in einem Aktenordner, »ich habe hier das Ergebnis der Obduktion. Nach unseren Ermittlungen hat Ihr Bruder Selbstmord begangen. Wir haben an der Leiche und in seinem Wagen keine Anzeichen für Fremdverschulden feststellen können. Wir gehen davon aus, dass er eine Überdosis Schlafmittel in Verbindung mit Alkohol zu sich genommen und sich zusätzlich noch mit den Abgasen seines Wagens vergiftet hat. Schon die Dosis des Medikaments war tödlich. Wenn Sie weitere Einzelheiten wissen wollen ...?«

»Nein, nein«, wehrte Stefanie ab.

»Gut. Einen Abschiedsbrief haben wir allerdings nicht gefunden. Auch nicht in seiner Wohnung. Den Schlüssel brauchen wir nicht mehr. Vielen Dank, dass Sie uns den überlassen haben.« Er gab ihr den Schlüsselbund. »Die Leiche Ihres Bruders wurde von der Staatsanwaltschaft freigegeben.«

Der jungen Frau flossen Tränen über das Gesicht.

Der Hauptkommissar räusperte sich. »Entschuldigen Sie bitte, aber das musste sein.«

Sie nickte stumm.

»Sie können also jetzt ein Beerdigungsunternehmen beauftragen.« Brischinsky schob eine Zellophantüte über den Tisch. »Hier sind die persönlichen Dinge, die wir bei Ihrem Bruder gefunden haben. Sein Autoschlüssel, etwas Kleingeld – nichts Besonderes. Der Personalausweis lag in seiner Wohnung, wir haben ihn mitgenommen. Tja, Frau Westhoff, das wär's. Leider. Noch mal mein herzliches Beileid.« Er stand auf und reichte ihr die Hand.

»Sind Sie sich ganz sicher? Hat sich Klaus wirklich selbst umgebracht? Ich glaub's nicht, glaub's einfach nicht.«

»Es gibt keine andere Erklärung, Frau Westhoff.«

Rainer Esch und Stefanie Westhoff verließen schweigend das Polizeipräsidium. Vor dem Gebäude ergriff sie seine Hand. Mit dem linken Handrücken wischte sie ihre Tränen fort. »Komm, jetzt noch zum Bestattungsunternehmen.«

»Bist du dir sicher, dass du dir das jetzt auch noch zumuten willst?«

»Ganz sicher.«

Kurz nach zehn waren sie wieder in seiner Wohnung, tranken Kaffee und besprachen die notwendigen Vorbereitungen für die Beerdigung. Plötzlich wechselte Stefanie das Thema.

»Rainer«, sagte sie, »ich muss in die Wohnung von Klaus. So bald wie möglich. Irgendein Anhaltspunkt muss da sein. Ich muss wissen, warum er sich umgebracht hat. Verstehst du, ich muss es einfach wissen.«

»Schon klar, logo. Und wann?«

»Heute Abend. Treffen wir uns um acht vor seinem Haus?«

»Gut.«

Sie küsste ihn zum Abschied. »Bis nachher.«

»Bis dann.«

Nachdem Stefanie seine Wohnung verlassen hatte, schob Rainer die neue Rolling Stones CD Stripped in den Player der Hi-Fi-Anlage und stellte den Lautsprecher gerade so laut, dass sein Nachbar keinen Grund hatte, schon wieder die Polizei zu verständigen. Von Bullen hatte er für heute genug. Wie immer, wenn er die Scheibe in der Hand hielt, bedauerte er, keinen Computer zu besitzen und die auf der CD enthaltene Videosequenz abspielen zu können. Allerdings – selbst wenn so ein Gerät zu seinem Haushalt gehören würde, müsste er erst mal lernen, wie man es bedient. Und Rainer hatte schon Schwierigkeiten, seinen Videorecorder fehlerfrei zu programmieren. Seufzend drückte er die Vorwahltaste, dann die Repeattaste des CD-Players, und nach einem leisen Summen hörte er die verhaltenen Gitarrenklänge von ›Love in vain‹.

Er sah auf die Uhr, und nach kurzem Zögern begab er sich in die Küche, um sich einen Espresso aufzubrühen und einen Veterano einzuschenken. Kaffeetasse und Brandyglas in einer Hand balancierend, rückte er seinen Lieblingssessel in die optimale Hörposition zwischen die Lautsprecherboxen und dachte nach.

Er war sich vollkommen darüber im klaren, dass Klaus Westhoffs Tod seiner Schwester einen schweren Schlag versetzt hatte. Rainer konnte auch gut verstehen, dass Stefanie den Grund des Selbstmordes ihres

Bruders herausfinden wollte. Eschs Verhältnis zur Staatsmacht und zur Polizei war trotz seines Jurastudiums nicht das beste, im Gegenteil. Er zweifelte aber nicht im geringsten an der Kompetenz der Kripo, Morde von Selbstmorden zu unterscheiden. Und bezüglich Klaus' Tod war er völlig einer Meinung mit den Polizisten, im Gegensatz zu Stefanie. Sie schien der fixen Idee aufzusitzen, ihr Bruder sei umgebracht worden, zumindest erweckte sie den Eindruck, zu glauben, hinter dem Tod von Klaus stecke mehr, als die Polizei ihr sagen wollte. Andererseits waren die Umstände des Selbstmordes in der Tat mehr als rätselhaft, Rainer selbst hatte sich – vage zwar, aber nichtsdestotrotz – mit Klaus zum Schachspielen für die nächsten Tage verabredet. Und dann das beabsichtigte Treffen mit Stefanie im Mykonos, schon seltsam.

Langsam vernebelten der dritte Veterano und das siebte ›Love in vain‹ sein Gehirn. Er brauchte jetzt dringend was Kaltes. Leider gab der Kühlschrank außer zwei Flaschen Göcklinger Herrlich nichts mehr her. Er schüttet das Zeug mehr oder weniger im Sturztrunk in sich hinein, um beim fünfzehnten Abspielen eines seiner Lieblingssongs der Stones mit dem Glas in der Hand fest einzuschlafen.

Zum zweiten Mal an diesem Tag riss ihn das Schellen des Telefons aus allen Träumen.

»Mmmm«, murmelte er in den Hörer.

»Verdammt noch mal, Rainer, wir waren verabredet. Wo bleibst du denn?« Stefanie war eindeutig wütend.

»Wieso, wie spät ...«

»Scheißkerl, gleich halb neun.«

»Oh Mann, ich bin eingeschlafen, das kommt davon, wenn ich mitten in der Nacht ...«

»Halt keine Volksreden! Kommst du nun, oder nicht?«

»Bin gleich da.«

»Hoffentlich.« Sie legte abrupt auf.

Esch rekapitulierte seinen Alkoholkonsum seit dem Vormittag, rechnete großzügig mit 0,1 Promille pro Stunde und bestellte ein Taxi. Hoffentlich, dachte er, wird das nicht zur Regel. Dann könnte er gleich das Geld, das er in langen Recklinghäuser Nächten verdiente, beim Taxiunternehmer liegen lassen. Als Anzahlung für seine Privatfahrten gewissermaßen.

Als Rainer vor der Haustür zu Klaus Westhoffs Wohnung stand, wurde ihm schlagartig klar, dass es Ärger geben würde. Resignierend zog er die Schultern hoch und betrat das Treppenhaus. Er schellte an der Wohnungstür und wartete, bis Stefanie ihm öffnete.

»Toll, dass du endlich da bist.« Stefanie war eindeutig sauer. »Scheiße, hast du schon wieder getrunken?«

»Nur etwas.«

»Deine Fahne riecht man ja bis Herne. Kannst du eigentlich nicht ohne Alkohol auskommen?«

»Ja, ja, ist ja schon gut. Ich habe die Stones gehört und dabei die Zeit vergessen. Außerdem war nichts anderes im Haus.« Ihm war irgendwie klar, dass das nicht unbedingt die beste Entschuldigung war.

Und prompt reagierte Stefanie: »Ich glaube, mein Schwein pfeift. Du hast sie ja wohl nicht alle. Eine dämlichere Ausrede habe ich noch nie gehört. Aber das scheint bei Alkoholikern ja wohl so üblich zu sein.«

»Jetzt mach mal halblang. Du wirst mich doch wohl nicht als Alkoholiker bezeichnen. Ich habe doch nur ein paar Glas Wein getrunken. Deshalb bin ich doch noch lange kein Alk«, verteidigte er sich.

»Das hab ich so auch nicht gesagt.«

»Natürlich hast du das.«

»Aber nicht so gemeint.« Sie musste immer das letzte Wort haben. Langsam, aber sicher ging Rainer das auf den Senkel. Trotzdem war es klüger einzulenken.

»Okay. Tut mir leid. Also, was wollen wir jetzt hier machen?«

»Was wohl? Suchen natürlich.« Sie war immer noch nicht besänftigt.

»Und wonach genau?«

»Mensch, stell dich doch nicht so dämlich an. Nach einem Abschiedsbrief, zum Beispiel. Oder irgendwas anderem. Irgendwas, aus dem hervorgeht, warum Klaus sich umgebracht hat.«

»Aha. Und wo fangen wir an? Im Wohnzimmer oder im Schlafzimmer?«

»Ist mir scheißegal. Los, fang einfach an.«

Wie die Polizeibeamten einige Tage zuvor, stellten sie die Wohnung auf den Kopf. Aber wie diese fanden auch sie nichts Brauchbares. Stefanie schmiss nach zweistündiger Suche verzweifelt den Ordner mit Klaus Westhoffs Kontoauszügen in die Ecke.

»Verdammt noch mal, irgendwo muss hier doch was sein.« Sie sah ihren Freund traurig und zornig zugleich an. »Was ist mit dem Computer? Hast du dich schon darum gekümmert?«

»Eigentlich solltest du wissen, dass ein Computer und ich natürliche Feinde sind. Ich kann die Dinger nicht ausstehen, geschweige denn bedienen.«

»Kannst du denn überhaupt irgendetwas?«, fragte Stefanie wütend.

»Und ob ich das kann. Ich kann den ganzen Quatsch hier sein lassen, nach Hause fahren oder in die nächste Kneipe gehen. Und dabei ist es mir völlig egal, was du darüber denkst«, schrie er plötzlich los. Jetzt war es an ihm, wütend zu sein.

»Bitte entschuldige. Ich weiß, ich bin unausstehlich. Aber mir geht die ganze Sache ziemlich an die Nieren. Glaub mir, ich brauche dich wirklich. Und jetzt«, sie legte ihre Arme um seinen Hals, »lass uns den Abend ohne Streit beenden.«

Auf dem Weg zu ihrer Wohnung machte es sich Esch auf dem Beifahrersitz so bequem, wie es in einem Opel-

Corsa eben möglich war, und träumte den außerordentlich angenehmen Traum von Sex mit Stefanie. In Gedanken streichelte er gerade ihre Oberschenkel, als Stefanie mit nur einer Bemerkung seine Vorstellungen über den Rest des Abends zu Grabe trug.

»Sag mal, Rainer, ob sich wohl der türkische Freund von Klaus mit Computern auskennt?«

»Was? Wie kommst du denn ausgerechnet jetzt darauf?« Die Seifenblase in seinem Kopf zerplatzte.

»Ich mein ja nur. Ob der was von den Dingern versteht?«

»Warum denn ausgerechnet der? Wir kennen doch genug Leute, die so 'ne Kiste in ihrer Wohnung rumstehen haben und nichts Besseres damit anfangen, als Videokassetten zu katalogisieren, auf denen Filme drauf sind, die sie sich sowieso nie mehr ansehen. Lass uns die doch fragen.« Ein unbestimmtes Gefühl der Eifersucht kroch in Rainer hoch.

»Weiß nicht.«

»Wie, weiß nicht?« Er hatte langsam den Eindruck, dass die Situation heute zum zweiten Mal außer Kontrolle geriet.

»Weiß nicht, heißt, weiß nicht. Ich möchte nicht mit wildfremden Menschen darüber reden.«

»Wildfremde Menschen? Du meinst, unsere Freunde sind wildfremde Menschen? Was, bitte schön, ist denn dann dieser Türke? Dein neuer Busenfreund? Du hast den doch nur einmal gesehen.«

»Ja, schon. Aber er kennt Klaus. Im Gegensatz zu den Kerlen, die du Freunde nennst.«

»Die ich Freunde nenne? Sag mal, spinnst du? Bisher konntest du es mit den sogenannten Kerlen aber ganz gut.«

»Schrei mich nicht an.« Stefanie Westhoff bremste abrupt und hielt an der Straßenseite. »Ich will's einfach nicht. Kapierst du's?« Ihre Stimme war scharf und lauter als sonst.

»Wer schreit hier wen an, hä? Du doch wohl mich.« Jetzt wurde auch er laut. »Scheinbar hast du an dem Türken einen Narren gefressen. Kein Wunder, ist ja Moslem. Die dürfen keinen Alkohol trinken. Ich bin ja für dich der Säufer vom Dienst.«

»Red keinen Quatsch. Aber besoffen bist du unerträglich, damit das klar ist.«

Er äffte sie nach: »Damit das klar ist, damit das klar ist. Wenn ich so was schon höre. Ich hab fast den Eindruck, du hast dich in den verknallt. Aber bitte, wenn du meinst. Vielleicht ist er besser im Bett.«

Sie erstarrte.

Augenblicklich wurde Rainer klar, dass er einen Fehler begangen hatte, einen sehr großen Fehler sogar.

»Stefanie, entschuldige. Ich hab das nicht so gemeint.«

»Doch. Du hast es so gemeint. Genau so.« Sie beugte sich über ihn und öffnete die Beifahrertür. Er wollte ihr Haar streicheln, doch sie fauchte ihn an: »Lass das. Und jetzt raus.«

»Aber Stefanie, lass uns drüber reden. Du kannst mich doch jetzt hier nicht rauswerfen.«

»Doch, ich kann. Raus. Und zwar schnell.«

»Stefanie, ich hab kein Geld mehr«, bettelte er. »Wir sind hier in Süd.«

»Na und? Dann läufst du eben. Haste auch Zeit zum Nachdenken. Raus jetzt. Endstation.«

»Scheiße.« Resigniert stieg Esch aus dem Wagen. Er beugte sich noch mal zu ihr herunter. »Können wir nicht ...«

»Nein.« Sie zog die Autotür mit einem Ruck zu, gab Gas und ließ ihn allein am Straßenrand zurück.

Erst jetzt merkte Rainer Esch, dass es kalt war und regnete. Und dass seine Lederjacke nebst Zigaretten und Wohnungsschlüsseln in Stefanie Westhoffs Auto lag.

18

Esch hielt seine von Weinkrämpfen geschüttelte Freundin im Arm und beobachtete, wie der Sarg langsam ins Grab hinuntergelassen wurde. Er dachte an Klaus, an Stefanie, an den Tag, als sie ihn ihrem Bruder vorstellte, Klaus quasi als Elternersatz. Rainer dachte an den Abend, als sie vom Tod ihres Bruders berichtete. Ihm gingen die folgenden Tage wie im Zeitraffer durch den Kopf. Sie gehörten zu den unangenehmsten seines Lebens.

Nicht wegen der Klausur, die er in den Teich gesetzt hatte, an solche Ereignisse hatte er sich während der zahlreichen Semester gewöhnt.

Auch das etwas gestörte Verhältnis zu seinen Nachbarn hatte sich schon wieder fast normalisiert, nachdem ihn Frau Ambaster von Parterre links morgens nach dem Streit mit Stefanie völlig durchnässt und verkühlt unter den Briefkästen schlafend aufgefunden hatte. Die aus dieser Nacht resultierende Erkältung klang schon wieder ab.

Ebenso wenig hatten Rainer die salbungsvollen Worte des Beerdigungsunternehmers beeindruckt, der Stefanie mit tiefempfundener Anteilnahme klarmachen wollte, dass neben Glockengeläut und Blumengebirgen nur ein massiver Eichenholzsarg mit Goldbeschlägen den schweren Verlust, den sie erleiden musste, erträglich machen könne. Ein Argument übrigens, das selbst Stefanie trotz mehrmaliger Überredungsversuche nicht einleuchten wollte. Und so wurde Klaus Westhoff in einfacher Kiefer ohne Gebimmel beerdigt.

Nein, Sorgen machte Rainer nur das gespannte Verhältnis zu seiner Freundin. Seit ihrer nächtlichen Auseinandersetzung lehnte sie es ab, mit ihm zusammen in einer Wohnung zu übernachten. Sie hatte kein Wort mehr über ihre Differenzen verloren und sich in die Vorbereitung der Beerdigungszeremonie vertieft. Versuche seinerseits, ein klärendes Gespräch herbeizuführen, blockte sie mit der Bemerkung ab, dass sie zu diesem Zeitpunkt den Kopf nun wirklich mit anderen, wichtigeren Dingen voll habe. Er hatte das dumpfe Gefühl, dass ihm seine Beziehungskiste langsam unter den Händen zerbröselte. Und das Schlimme war, dass eigentlich nur er selbst die Schuld daran trug.

»Vielen, vielen Dank, dass Sie gekommen sind.«

Stefanies Stimme schreckte Rainer aus seinen Gedanken. Vor ihnen stand der Türke und schüttelte die Hand seiner Freundin.

»Ich würde mich freuen, wenn Sie mit uns nachher noch einen Kaffee trinken würden.«

Esch sah seine Freundin fragend an. Er spürte ein stumpfes Messer in seinen Eingeweiden. Von Kaffeetrinken war bis eben noch nicht die Rede gewesen. Es sollte eine stille Beerdigung werden, ohne ritualisierte Beileidsbekundungen.

»Danke, gerne. Wenn ich darf.«

Nein, du darfst nicht, dachte Rainer und sagte: »Klar, gerne, wir freuen uns. Wir treffen uns ...«, er zögerte, weil er nicht die geringste Ahnung hatte, wo denn nun das Fell versoffen werden sollte.

»... im Bistro im Lampengässchen«, ergänzte Stefanie. »Wissen Sie, wo das ist?«

»Nein, aber ich habe einen Stadtplan. Ich werd's schon finden.«

»Gut, dann bis gleich.«

Nachdem die Handvoll Trauergäste und der Pastor sich verabschiedet hatten, fragte Esch auf dem Weg zum Auto: »Sag mal, du hast mir gar nicht gesagt, dass es nach der Beerdigung noch ein offizielles Kaffeetrinken gibt.«

»Gibt es auch nicht.«

»Aber du hast doch den Türken dazu eingeladen?«

»Nein, ich habe Herrn Kaya eingeladen, mit uns noch einen Kaffee zu trinken.« Sie betonte die Wörter ›Herrn Kaya‹ und ›uns‹.

Das Messer in Rainers Gedärmen vergrößerte sich zu einer Axt. »Aha.«

»Was heißt ›aha‹? Schon wieder Anflüge von unbegründeter Eifersucht?«

Von wegen unbegründet, dachte er. »Natürlich nicht. Es gibt doch keinen Grund.«   »Eben.«

Hoffentlich nicht, schrie seine innere Stimme.

Im Café kam Stefanie Westhoff sofort zu Sache. »Cengiz, ich darf Sie doch Cengiz nennen?«

»Natürlich.«

Die Axt wurde zur Guillotine und füllte Eschs Bauchhöhle vollständig aus.

»Ich möchte nicht lange drum herum reden. Wir haben keinen Abschiedsbrief von meinem Bruder gefunden. Auch die Polizei nicht. Aber in seiner Wohnung steht ein Computer. Leider sind wir beide«, sie sah ihren Freund, wie der fand, vorwurfsvoll von der Seite an, »nicht in der Lage, den zu bedienen. Sie waren mit meinem Bruder befreundet. Ich möchte keinen Fremden da ranlassen. Kennen Sie sich zufällig mit solchen Maschinen aus?«

Kaya zögerte.

Esch witterte seine Chance. »Stefanie, Herr Kaya«, jetzt betonte er die formelle Anrede, »würde uns sicher sehr gerne helfen, hat aber bestimmt viel zu tun.« Und hat mit Sicherheit von solchen Hightech-Geräten noch weniger Ahnung als ich, ergänzte er im stillen.

»Nein, nein. Zeit hätte ich schon. Ich habe selbst einen Computer und kann die Kisten schon bedienen«, antwortete Cengiz.

Rainers Guillotine wurde hochgezogen.

»Ist ja toll. Würden Sie uns helfen?«, strahlte Stefanie. »Geht's vielleicht schon gleich?«

»Klar, warum nicht. Ich sagte ja schon, Zeit hab ich genug.«

Esch sank in sich zusammen. Das Fallbeil rasselte herunter und beendete seine bewusste Wahrnehmung. Er bekam nur rudimentär mit, dass Stefanie Kaya die Adresse ihres verstorbenen Bruders gab, bezahlte und sie gemeinsam zum Auto gingen, um zur Wohnung von Klaus Westhoff zu fahren.

Kurz nachdem sie die Räumlichkeiten, in denen Klaus gelebt hatte, betreten hatten, klingelte Cengiz Kaya. Stefanie führte den Türken in das Schlafzimmer und zeigte auf den Rechner.

»Da steht der Computer. Vielleicht finden Sie ja etwas.«

Cengiz setzte sich an den Schreibtisch, suchte mit den Fingern an der Rückseite des Computergehäuses und schaltete den Rechner ein. Nach einigen Sekunden meldete sich die Windows-Benutzeroberfläche.

»Sie suchen« also nach einem Abschiedsbrief?«, fragte Cengiz.

»Ja, so was in der Art.«

»Gut. Dann werde ich zunächst alle Dateien mit der Endung doc und später die mit txt suchen.«

Rainer Esch verstand nur Bahnhof.

»Wollen Sie was trinken?«, fragte Stefanie.

»Wenn's geht, einen Kaffee.«

»Und du?« Sie wandte sich an ihren Freund.

»Nichts. Danke.«

»Mit Milch und Zucker?«

»Schwarz, bitte.«

»Hmm.« Stefanie ging in die Küche, und Esch folgte ihr.

»Sag mal, musste das sein?«, flüsterte er.

»Willst du wieder zu Fuß nach Hause laufen? Ich dachte, diese Debatte sei erledigt.«

»Aber warum er?«

»Erstens finde ich ihn nett. Zweitens weiß ich nicht, ob was auf dem Computer ist und was das ist. Wenn wir was finden, möchte ich nicht, dass unser Bekanntenkreis sich darüber das Maul zerreißt. Diese Gefahr besteht bei ihm nicht. Und drittens«, sie sah Rainer lange an, »lasse ich mir von dir nicht vorschreiben, was ich zu tun und zu lassen habe.«

Ohne seine Antwort abzuwarten, ging sie zurück ins Wohnzimmer.

»Stört es Sie, wenn ich etwas Musik mache?«, rief sie hinüber ins Schlafzimmer.

»Nee, gar nicht.«

Als Esch einige Minuten später mit dem Kaffee das Wohnzimmer betrat, lag Stefanie auf der Couch. Im Schlafzimmer musterte der Türke interessiert den Monitor.

Rainer setzte sich in den Sessel, hörte der Musik zu und wartete.

Nach etwa einer halben Stunde rief Cengiz Kaya nach Stefanie.

»Ich habe hier gut zwei Dutzend Textdateien gefunden und sie geöffnet. Ich musste sie allerdings lesen, um zu beurteilen ...«

»Schon gut, Sie brauchen sich nicht zu entschuldigen. War da etwas dabei?«

»Nein, nichts. Aber es gibt noch drei Dateien, die mit einem Kennwort geschützt sind.«

»Kennwort?«, fragte Rainer Esch, der seiner Freundin ins Schlafzimmer gefolgt war.

»Ja, um zum Beispiel unbefugtes Lesen der Texte zu verhindern. Haben Sie eine Ahnung, welches Kennwort er benutzt haben könnte? Den Namen seiner Freundin vielleicht?«

Stefanie schüttelte den Kopf. »Nein, er hatte keine Freundin. Glaub ich jedenfalls. Vielleicht den Namen unserer Mutter, Erna.«

Kaya tippte das Wort in die Tastatur. »Nein, Pech gehabt. Das war es nicht.«

»Vielleicht seinen eigenen Namen«, schlug Rainer vor.

»Unwahrscheinlich, aber mal sehen.« Cengiz gab ›Klaus‹ ein. »Wieder nichts.«

»Die Dateien heißen ›test.doc‹, ›takeoff.doc‹ und ›pütt .doc‹. Sagt Ihnen das was?«

»Nein, nichts.« Stefanie Westhoff sah ihren Freund fragend an. »Dir?«

»Nee, null.«

»Ich versuch's mal mit Ihrem Namen.« Der Türke tippte das Wort ›Stefanie‹. Die Aufforderung des Programms, das Kennwort einzugeben, verschwand. »Bingo«, sagte Cengiz. »Das war's.«

Sie warteten einen Moment. Der Bildschirm blieb leer. »In der Datei steht nichts. Ich probier's jetzt mit ›pütt .doc‹.«

›Pütt.doc‹ entpuppte sich als ein Aufsatz über neue Managementkonzepte auf einem Bergwerk.

»Mit was für einem Mist sich Menschen doch beschäftigen können«, stöhnte Esch.

»Okay, jetzt die letzte Datei.« Kaya hantierte erneut mit Maus und Tastatur.

Kurz darauf flossen Textzeilen über den Bildschirm. Cengiz sagte nach einem Blick auf den Monitor leise: »Das, glaube ich, sollte ich mal ausdrucken.«

Als der Druckvorgang beendet war, reichte er Stefanie Westhoff die Seiten. Sie begann zu lesen:

In meinem ganzen Leben habe ich nie ein Tagebuch geführt, und ich will jetzt auch nicht damit anfangen. Aber manchmal ist es ganz gut, dass man etwas aufschreibt, wenn man seine Gedanken ordnen möchte. Und genau das hab ich vor, ich möchte meine Gedanken ordnen, mir darüber klar werden, was ich als nächstes tun oder was ich besser bleiben lassen sollte.

Vielleicht beschreibe ich zunächst mal, wie ich in die ganze Sache reingerutscht bin.

Vor einigen Monaten, schon lange nach Schichtende, kam mein Kumpel F. H. zu mir ins Büro und fragte mich, ob ich später noch ein Bier mit ihm trinken würde. Ich sagte zu, und wir verabredeten uns bei Alberts.

Nach einigen Bieren kam er zur Sache. Er hätte da, erzählte er mir, ein Bombenangebot, wie man leicht und ohne viel Arbeit jede Menge Geld verdienen könnte. Ich müsste nur einen bestimmten Betrag, zum Beispiel 2.000 DM investieren, und mit etwas Glück und Geschick würden einige Wochen später zigtausende Märker zurückkommen.

Als sein Kollege sei ich der erste, dem er dieses Angebot machen würde. Wenn ich kein Interesse hätte, sei das kein Problem, er habe natürlich keine Schwierigkeiten, andere zu finden. Ich fragte ihn sofort, ob an dieser Art, Geld zu verdienen, etwas faul sei. Er versicherte mir, alles sei völlig legal, man müsse nur rechtzeitig einsteigen, dann wäre man ganz vorne mit dabei.

Ich gebe gerne zu, ich war damals sehr naiv. Aber F. H. ist mein Kollege, ich vertraute ihm, und ich konnte ein paar Mark zusätzlich gut gebrauchen, ich hatte damals vor, mir ein Motorboot zu kaufen. Mit Sparen alleine würde das Boot noch für Jahre ein schöner Traum bleiben, also zeigte ich Interesse.

F. H. erzählte, er sei durch Zufall auf diese Geldquelle gestoßen. Es gebe da eine Investmentgesellschaft namens ›Take off‹, die beteilige sich an aufstrebenden

Hightech-Firmen in Lateinamerika, Firmen, die Hard- und Softwareentwicklung übernehmen. Lateinamerika sei ein Markt, auf dem sich viele hochqualifizierte Arbeitskräfte tummelten, ohne adäquat beschäftigt zu sein. Außerdem seien die Löhne und Gehälter extrem niedrig. Ich hätte doch bestimmt schon davon gehört, dass auch Siemens zum Beispiel in Indien anspruchsvolle Programmierarbeiten durchführen ließe. Ich hatte. Und so sei es auch in Lateinamerika, mit dem Unterschied, dass diesen Firmen das nötige Kapital fehle. Risikokapital natürlich. Hier setze ›Take off‹ an. ›Take off‹ sammle Kapital, um in Lateinamerika zu investieren.

F. H. sah mich erwartungsvoll an. Ich meinte, das sei doch nun wirklich nichts Neues, außerdem wohl auch nicht ganz risikofrei. Die Zeitungen wären doch voller Warnungen vor Investments in Ländern der Dritten Welt, alles hochspekulativ.

Den Einwand, sagte F. H., habe ich erwartet. Hier kommt nun das Neue von ›Take off‹ ins Spiel. Du kaufst nicht nur einen Anteil an der Firma und eine Option auf den Gewinn, sondern erwirbst mit deinem Anteil das Recht, weitere Anteile zu verkaufen. Und dafür erhältst du eine Provision, die so hoch ist, dass du nicht nur dein eingesetztes Kapital wieder herausbekommst, sondern sogar noch einen Gewinn machst.

Ich verstand nicht sofort, also erklärte mir F. H. das Ganze ausführlicher.

Pass auf, sagte er, du kaufst eine Option im Wert von 2.000 DM. Dieser Anteil bleibt dir erhalten, den kannst du später, wenn die Firmen an der Börse sind, mit Sicherheit mit Gewinn verkaufen. Gleichzeitig erhältst du Informationsmaterial wie dieses hier. Er griff in seine Aktentasche und holte mehrere Hochglanzbroschüren heraus, die er mir gab. Mit diesem Material und dem Recht, weitere vier Anteile zu verkaufen, suchst du neue Interessenten.

So wie du jetzt mich?, fragte ich.

Genau, lachte er. Und von deren Investition in Höhe der 2.000 DM darfst du 750 DM behalten, als Provision. 250 DM erhält ›Take off‹ als Unkostenerstattung. Für Werbung und so. Die anderen 1.000 DM fließen in unsere Firmen. – Er sagte wirklich ›unsere‹, das fiel mir auf. – Das bedeutet, dass du, wenn du die vier Anteile verkauft hast, 3.000 DM an Provision eingenommen hast, so dass dir, abzüglich der Kosten für deinen eigenen Anteil, 1.000 DM Gewinn bleiben. Das ist eine fünfzigprozentige Rendite, eine Lizenz zum Gelddrucken. Und dein Anteil bleibt dir ja auch. Du musst dann nur etwas warten, bis die Firmen nennenswerte Marktanteile haben, und dann kassierst du noch mal.

Er zeigte mir ein Formular. Das ist die Einzugsermächtigung, sagte er. Und deine Kontonummer, auf die später die Gewinne, die die Firmen abwerfen, überwiesen werden sollen, trägst du hier ein. Hier steht mein Name, der des Werbers. Damit alles seine Richtigkeit hat. Die Provision fließt natürlich direkt in bar. Wegen der Steuer, verstehst du.

Ich verstand, meinte zumindest zu verstehen. Und unterschrieb. Die Einzugsermächtigung und einen Scheck für F. H.

Einige Tage später bekam ich prompt mit der Post einen großen Umschlag zugestellt. Er enthielt neben dem Infomaterial, das ich schon kannte, eine Urkunde, aus der hervorging, dass ich mit einem Anteil im Wert von 1.000 DM Anteilseigner der Firma ›Globaldata Ltd.‹ in Costa Rica geworden war. Die Unterschriften konnte ich zwar nicht lesen, aber die Urkunde war mit einer Registriernummer und einigen amtlich aussehenden Stempeln versehen, so dass ich mir keine Sorgen machte. Außerdem eine schriftliche Berechtigung, weitere vier Anteile verkaufen zu dürfen. Und vier Formulare, in die mein Name als Werber bereits eingedruckt war, nebst den da-

zugehörigen Einzugsermächtigungen. Dazu eine Einladung zu einer Anteilseignerversammlung, die in den nächsten Monaten stattfinden sollte.

Schon am nächsten Tag begann ich, bei meinen Arbeitskollegen neue Mitinvestoren zu werben. Und hatte Erfolg. In nur zwei Tagen verkaufte ich vier Anteile und war um 3.000 DM reicher. Einige Tage später erhielt ich erneut Post von ›Take off‹. Ein ›Twice President‹ beglückwünschte mich zu meinen Verkaufserfolgen und gewährte mir das Recht, als Bonus quasi, weitere drei Anteile zu verkaufen, wenn ich 1.500 DM, oder ein Vielfaches davon, für entsprechend mehr Verkaufsberechtigungen, überweisen würde.

Ich kaufte drei Anteile. Kurze Zeit später erhielt ich die Berechtigung. Auch diese drei Anteile verkaufte ich, allerdings war das schon nicht mehr so einfach. Viele, die ich ansprach, hatten bereits Anteile gekauft und wollten selbst verkaufen. Mein Gewinn war nun auf 3.750 DM gestiegen.

Und wieder schickte mir ›Take off‹ ein Glückwunschschreiben, diesmal unterschrieben von einem ›President‹. Mit Anteilsurkunde an der Firma ›Globaldata Ltd.‹. Und dem Angebot weiterer Verkaufsberechtigungen. Zum Preis von 500 DM pro Stück. Ich kaufte zwei.

Einige Tage später, ich versuchte die Anteile auf einer Versammlung der AT-Angestellten des Bergwerks an den Mann zu bringen, nahm mich ein mir flüchtig bekannter Obersteiger zur Seite. Hören Sie, sagte er zu mir, Sie verkaufen hier Anteile von ›Take off‹. Ich möchte Sie warnen. Einige unserer Beschäftigten haben sich verschuldet, um Anteile zu kaufen, die sie nun nicht mehr loswerden. Überlegen Sie mal, das ist doch ein Schneeballsystem. Die letzten beißen die Hunde. Beteiligen Sie sich nicht daran. Sie bereichern sich am Unglück Ihrer Kollegen.

Zu Hause rechnete ich nach. Und da fiel es mir wie Schuppen von den Augen. Der Obersteiger hatte recht. Ich war rechtzeitig eingestiegen.

Mehrere Aufforderungen von ›Take off‹, weitere Anteile zu kaufen, ließ ich unbeantwortet. Vorsichtiges Nachfragen auf dem Pütt bestätigten die Angaben des Obersteigers. Zahlreiche Kollegen hatten sich in Erwartung der schnellen Mark hoch verschuldet, blieben mit Zigtausenden an Verlusten auf Anteilen sitzen, die keiner mehr haben wollte. Alle Banken, bei denen ich nach*gefragt habe, kennen keine Firma ›Globaldata Ltd.‹. Ein Windei.*

Und ich bin dafür mitverantwortlich, hätte es besser wissen können, ja, müssen. Für mich stellt sich nun die Frage, wie ich den von mir angerichteten Schaden wiedergutmachen kann, wie ich mit meiner Schuld fertig werde. Ich habe das Gefühl, dass mir morgens am Schacht nur vorwurfsvolle Blicke zugeworfen werden. Der da, der da war's. Der hat uns ›Take off‹ verkauft. Der ist schuld. Und mich quält die Frage nach den Hintermännern.

Hinzu kommt der berufliche Ärger. Ich bin da auf etwas gestoßen, das ich noch nicht erklären kann.

Stefanie warf die Blätter auf den Schreibtisch. Sie weinte.

Cengiz Kaya saß betroffen daneben und gab sich größte Mühe, möglichst unbeteiligt auszusehen. Rainer Esch versuchte, seine Freundin zu trösten.

»Das war also der Grund«, schluchzte sie. »Hier, lies vor.« Sie drückte ihm die Seiten in die Hand. »Los, mach schon. Bitte.«

Esch begann, laut vorzulesen.

Cengiz Kaya schüttelte bei einigen Passagen leicht den Kopf. Als Rainer geendet hatte, stöhnte Stefanie erneut auf. Sie ging wortlos ins Wohnzimmer, öffnete das Barfach der Schrankwand und goss einen Dreifachbrandy in einen Cognacschwenker, drehte den Verstärker auf und ließ sich in den Sessel fallen.

Einige Minuten später kam Esch aus dem Schlafzimmer. In der Hand hielt er einen Prospekt.

»Hier, sieh mal.«

»Was ist das?« Stefanie schien nicht besonders interessiert.

»Ein Prospekt von Take off. So eine Art Werbematerial. Das Ding lag auf dem Schreibtisch. Ich habe es letztes Mal schon gesehen, mir aber nichts dabei gedacht. Steht im Grunde das drin, was Klaus geschrieben hat. Hier ist auch eine Adresse. Da kann man weiteres Material anfordern.« Er reichte ihr das Faltblatt.

»Hoyerswerda«, las sie. »Wo ist das denn?«

»In Ostdeutschland«, antwortete Cengiz Kaya, der unbemerkt ebenfalls das Wohnzimmer betreten hatte, »da gab es vor einiger Zeit ausländerfeindliche Krawalle.«

»Ach ja, ich erinnere mich. Finke, Lausitzer Platz 7«, las Stefanie weiter. »Keine Telefonnummer. Warum ist Klaus da nur eingestiegen, verdammt noch mal?«

»So dumm hört sich das mit Take off doch gar nicht an«, meinte Rainer. »Quasi ohne Risiko reich werden. So auf die Schnelle. Und dann mit Computertechnik. Ist doch verlockend.«

»Leider nur so lange, wie man nicht nachdenkt«, schränkte Cengiz ein.

»Wieso?«, fragte Stefanie.

»Unterstellen wir einmal, dass zu den Gründern von Take off fünf Personen gehören. Und diese fünf werben jeder wirklich nur vier weitere Mitspieler, von denen jeder vier weitere wirbt und so weiter. Nach nur vier, nennen wir es mal: Durchläufen, sind schon 1.280 Mitspieler beteiligt. Nach weiteren acht«, er nahm die Rückseite des Schreibens von Klaus Westhoff zu Hilfe und rechnete kurz, »sind es schon fast 84 Millionen, mehr Mitspieler, als die Bundesrepublik Einwohner hat. Nach nur zwölf Durchläufen. Für die Initiatoren ist das ein gigantischer Gewinn. Natürlich kommt es nie zu so vielen Mitspielern. Aber nach nur fünf Runden, und Ihr Bruder hat ja selbst drei mitgemacht, erhalten die Initiatoren alleine an Provision 350.000 DM. Hinzu kommen noch die Gelder, die angeblich in die Firmen fließen. Das sind, einen Moment«, er rechnete erneut, »fast 1,3 Millionen Mark. Zusammen also mehr als einhalb Millionen.«

»Mann.« Rainer Esch war wirklich verblüfft. Der junge Türke stieg gewaltig in seinem Ansehen. Für ihn war jede Zahl, die größer war als sein verfügbares Monatseinkommen, nur schwer vorstellbar. Und es gab Monate, da tendierte sein Einkommen gegen Null, von der negativen Zahlenskala aus betrachtet.

»Und deshalb hätte Ihr Bruder eher darauf kommen müssen. Leider. Take off ist zweifellos Betrug.«

Cengiz schwieg. Stefanie kippte den Rest des Brandys herunter und reichte Rainer wortlos das Glas. Esch schnappte sich auch einen Schwenker, füllte beide und erinnerte sich rechtzeitig daran, dass sie nicht alleine waren. »Auch was?« Er blickte den Türken an.

Dieser nickte. Esch goss den Schnaps in ein drittes Glas und reichte es dem Gast. Sie sahen sich stumm an. Stefanie brach das Schweigen.

»Wie wär's, wenn wir das blöde Sie weglassen? Ich heiße Stefanie. Das ist Rainer.«

»Und ich bin Cengiz.«

Nach der ersten gemeinsamen Runde verzichtete Rainer ganz entgegen seinen Gewohnheiten auf ein weiteres Glas Alkoholisches. Zu seiner Überraschung forderte seine Partnerin weiteren Nachschub, so dass ihm nichts anderes übrigblieb, als auch Cengiz Brandy nachzugießen. Nach dem dritten Glas war Stefanies Stimme nicht mehr ganz klar.

»Irgendwie hab ich das blöde Gefühl, was tun zu müssen«, nuschelte sie.

»Was willst du denn tun?«, fragte Rainer.

»Weiß nicht genau, irgendwas«, antwortete sie »Wir können doch jetzt nicht einfach so weitermachen wie bisher.«

»Na gut. Dein Bruder hat sich von einem angeblichen Kumpel belabern lassen und sich an der ganzen Scheiße beteiligt. Später hat er dann ein schlechtes Gewissen bekommen, den Brief geschrieben und dann ...« Rainer sprach seinen Gedanken nicht aus. »Aber wir können doch auch nichts mehr ändern. Klaus ist tot, und die von Take off Geschädigten sind ihr Geld los. Was willst du denn da noch machen?«

»Weiß ich eben nicht. Aber irgendwas muss man doch machen. Irgendwas«, maulte sie.

»Ich finde, sie hat recht«, schaltete sich Cengiz ein. »Stefanies Bruder hat doch auch davon gesprochen, seine Schuld wiedergutmachen zu wollen.«

»Was? Seid ihr beide denn noch ganz dicht? Erklärt mir mal, was ihr überhaupt machen wollt? Die Knete zurückzahlen vielleicht? An wen den? Und von was denn?« Esch dachte mit Schrecken an das für den Urlaub angesparte Geld. »Und selbst Anzeige erstatten ist nicht so einfach. Wir sind nicht geschädigt. Die Staatsanwaltschaft muss schon der Auffassung sein, dass es sich nicht um ein Antragsdelikt, sondern ein Offizialdelikt handelt. Und selbst wenn die ermitteln ... Bis die was rauskriegen, haben die Hintermänner längst Wind von der Sache bekommen und sind über alle Berge. Bitte, bleibt mal auf dem Teppich.«

»Wenn ich allerdings Geschädigter wäre ...« sinnierte Cengiz.

»Entschuldigung, wir kennen uns zwar noch nicht sehr lange, aber bist du blöd? Willst du da einsteigen, bloß um Anzeige erstatten zu können? Du hast wohl zu lange im anatolischen Bergland Schafe gezählt. Du hast es doch gehört. Zweitausend Mäuse musst du für den Spaß auf den Tisch legen. Und für was?«

»Dafür, dass Klaus nicht umsonst gestorben ist.« Stefanie unterbrach den Redeschwall ihres Freundes. »Vielleicht hast du recht. Vielleicht ist das ja wirklich totaler Quatsch.«

»Worauf du dich verlassen kannst«, bestätigte Esch.

»Aber für mich hat das eine andere Bedeutung«, unterbrach ihn Stefanie. »Da geht es um mehr als Geld. Ich glaube, Klaus hätte das so gewollt.«

»Oh Herr, lass Hirn regnen. Ich wusste gar nicht, dass drei Brandys so eine Wirkung haben können. Bei mir funktioniert das nie.«

»Die Macht der Gewohnheit. Aber du brauchst uns jetzt nicht für volltrunken zu erklären, Rainer. Du kannst ja gerne morgen Anzeige erstatten. Mir reicht das aber nicht. Und wenn du nicht mitmachst, hilft mir bestimmt Cengiz, oder?«

Sie warf ihrem Verbündeten, der die Frage mit einem Nicken bejahte, einen Blick zu, der Esch überhaupt nicht gefiel. Er schnappte sich seinen Schwenker, goß Veterano nach, dachte kurz an seinen Dispositionskredit und die nette Bankangestellte, an die Rücklagen für den geplanten Urlaub und an seine ohnehin schon beschädigte Beziehungskiste, nahm einen tiefen Schluck und zündete sich eine Reval an.

»Ihr beide seid zwar wirklich total bescheuert, aber wenn ich nicht auf euch aufpasse, macht ihr wirklich noch irgendeinen Blödsinn. Also gut. Unter folgenden Bedingungen. Erstens gehe ich morgen zu den Bullen und erzähle, was wir wissen. Zweitens wird unser Urlaub deshalb nicht verschoben. Und drittens, wir sind weder die Polizei noch eine Detektei. Und amerikanische Krimiserien«, er warf Stefanie einen, wie er meinte, strengen Blick zu, »bleiben Kintopp. Sind keine Realität. Was im übrigen«, ergänzte er, »auch für die Romane gilt, die du dir beliebst reinzuziehen. Wir hören uns also nur ein bisschen um. Sollte die Angelegenheit auch nur ansatzweise außer Kontrolle geraten, finito. Und zwar umgehend. Einverstanden?«

»Einverstanden.« Ihr neuer Freund grinste.

»Danke, Rainer.« Stefanie schenkte ihm ein Lächeln.

»Ich werde mich in den nächsten Tagen mal auf dem Pütt umhören«, bekräftigte Kaya ihre Abmachung.

»Und du, mein Lieber, fährst so schnell wie möglich in die neuen Bundesländer. Nach Hoyerswerda. Da kannst du dann die theoretische Grenze in deinem Kopf gleich praktisch überwinden.«

»Das ist nicht dein Ernst, Stefanie.«

»Mein voller Ernst.«

Rainer atmete tief durch. Er war sich jetzt nicht mehr so sicher, ob seine Bereitschaft, Stefanies Kreuzzug gegen Take off zu unterstützen, nicht doch ein Fehler war. Andererseits war ein Ausflug in die ehemalige Teterä ein insgesamt recht geringer Preis, um seine Beziehung zu Stefanie für die nächste Zeit zu stabilisieren.

»Na gut. Aber bitte, lasst uns die Details nicht weiter in dieser Wohnung besprechen.« Er wollte raus aus dieser Bude. Das auch deshalb, weil die Veteranoflasche fast geleert war.

19

Esch verließ nach einem schnellen Seitenblick auf seine Deutschlandkarte die Autobahn A 13, die Dresden mit dem Berliner Ring verbindet, an der Anschlussstelle Ruhland. Er bog links auf einen Autobahnzubringer ein und durchquerte nach einigen Kilometern die Lausitzmetropolen Brieske-Ost und Brieske, um schließlich Senftenberg zu erreichen. Hier waren zahlreiche Starenkästen installiert, die auf zu schnell fahrende Kundschaft warteten. So konnte die marode Haushaltslage der gebeutelten ostdeutschen Kommunen aufgebessert werden.

Rainer ließ die wahrlich imposante Fußgängerzone der Bergarbeiterstadt rechts liegen und fuhr auf eine Kreuzung zu, deren Ampel ihn zum Halten aufforderte. Gelangweilt schaute er zur Seite und blickte genau auf ein augenscheinlich besetztes Haus, dessen Fassaden von Parolen übersät waren, die nicht nur den Staat und seine uniformierten Freunde und Helfer abgrundtief verdammten, sondern letzteren auch noch drohten, ihnen würden sowieso und unausweichlich ihre edelsten Teile abgeschnitten.

Vor dem Haus lagerten eine Handvoll Punks, die genau so aussahen, wie sich sicherlich brave Senftenberger Bürger Punks in ihren schlimmsten Alpträumen vorstellten.

Esch grinste in sich hinein und schwelgte einige Minuten in Erinnerungen an seine eigene, anarchosyndikalistische Vergangenheit. Das waren noch Zeiten, als seine Genossen und er in schwere ideologische Kämpfe mit den Dogmatikern von der KPD/ML über den korrekten Weg zur Weltrevolution verwickelt waren. Leider wollte die KPD/ML damals ums Verrecken nicht einsehen ... Lautes Hupen schreckte ihn aus seinen Gedanken. Wild gestikulierend versuchte ein aufgeregter Trabbi-Fahrer, ihm klarzumachen, dass die Ampel viel grüner nun wirklich nicht mehr werden könnte und ihm die Weltrevolution zumindest in diesem Teil Deutschlands gründlich am Arsch vorbeiginge. Rainer machte eine beschwichtigende Handbewegung und fuhr zügig an, gerade noch rechtzeitig, um die Kreuzung bei Gelb zu passieren. Der Trabbi-Fahrer bremste abrupt und schickte Esch ein wütendes Aufblendlicht hinterher.

Kurz nachdem er die Häuser der Innenstadt hinter sich gelassen hatte, sah er rechts von sich einen See.

Rainer erinnerte sich, auf der Autobahn eines jener braunen Schilder gesehen zu haben, die den Vorbeifahrenden überall in Deutschland auf Sehenswürdigkeiten links und rechts der Strecke aufmerksam machen sollten. Sehenswürdigkeiten, die eigenartigerweise in der Regel von der Autobahn nicht zu sehen waren. Dazu war üblicherweise die Benutzung der nächsten Abfahrt erforderlich, was die meisten der Reisenden mangels Interesse oder Zeit nicht tun würden. So wurden nur diejenigen durch die Schilder angesprochen, die ohnehin in die jeweilige Gegend wollten. Auf dem Schild, an dem Esch vor etwa einer halben Stunde vorbeigefahren war, hatte Senftenberger Seen gestanden. Und das Gewässer vor Rainer war ohne Zweifel einer von diesen.

Der See lag etwas tiefer als die ihn umgebende Landschaft und war am Horizont von Waldgebieten gesäumt. Eigentlich war der Anblick ganz idyllisch, wenn man die am Horizont aufragende Silhouette eines Kraftwerkes ignorierte. So etwas gab es allerdings auch im Ruhrgebiet, so dass Esch sich an dem Industriekomplex nicht weiter störte.

Einem Straßenschild entnahm er, dass die kleine Neubausiedlung links der Straße Kleinkoschen hieß. Wären da nicht einige Häuser im DDR-typischen Grau gewesen, hätte man das Neubauviertel in nichts von Orten in Deutschland-West unterscheiden können.

Nachdem er einige weitere kleine Ortschaften durchquert hatte, deren Namen ihm genauso wenig sagten, deuteten mehrere Autohäuser und Baumärkte auf der grünen Wiese an, dass er sich einer größeren Stadt näherte. Hoyerswerda stand auf dem Ortseingangsschild, und darunter Wojerecy. Esch erinnerte sich an eine Fernsehdokumentation, die er an einem verregneten Vormittag im Bildungsangebot eines der dritten Fernsehprogramme gesehen hatte. Die Region, durch die er fuhr, nannte sich Lausitz. Und diese Lausitz war das angestammte Siedlungsgebiet der Sorben, eines slawischen Volksstammes. Die Sorben hatten schon in dem untergegangenen Arbeiter- und Bauernparadies eine gewisse kulturelle und ethnische Souveränität mit eigenen Schulen und eigener Sprache genossen. Nach der Vereinigung der beiden Deutschlands galten die Sorben als einzige ethnische Minderheit in der Bundesrepublik, wenn man von den Dänen in Nordschleswig-Holstein mal absah. Wojerecy musste also der sorbische Name für Hoyerswerda sein.

Zufrieden mit seinem guten Gedächtnis steuerte Rainer die erste Tankstelle an, um zu tanken und sich einen Stadtplan von Hoyerswerda zu besorgen. Einen kurzen Moment dachte er darüber nach, in welcher Sprache er mit einem eventuell nur des Sorbischen mächtigen Tankwart reden sollte, verwarf seine Überlegung, es mit Englisch zu versuchen, aber recht schnell wieder. Schließlich war auch die Lausitz noch Deutschland, wenn sie auch, aus seiner Perspektive betrachtet, am anderen Ende knapp vor Polen lag.

Wie erhofft, hatte Esch weniger Schwierigkeiten bei der Kommunikation mit dem Tankstellenpächter als befürchtet. Der sprach zwar nicht sorbisch, sondern sächsisch, was im Grunde für Rainer auf ein und dasselbe hinauslief. Aber nach mehrmaligem Nachfragen war der Pächter bereit, in ein Sprachidiom zu wechseln, welches dem Hochdeutschen ähnelte, so dass ihre Verhandlungen dann doch für beide Seiten zufriedenstellend abgeschlossen werden konnten. Beim Hinausgehen tröstete Esch sich mit dem Gedanken, dass er auch in Oberbayern nicht in der Lage war, mit einem

Einheimischen mehr als die tägliche Grußformel auszutauschen. Zum Glück war wenigstens das Schriftbild vertraut und nicht etwa kyrillisch. Dermaßen beruhigt begann Rainer, den Lausitzer Platz im Stadtplan zu suchen. Der Karte nach musste er leicht zu finden sein.

Das angepeilte Ziel lag mitten in der Neustadt Hoyerswerdas. Esch kurvte lange um den von Hochhäusern in Plattenbauweise gesäumten Platz herum, bis er einen Parkplatz in der Nähe eines Einkaufszentrums fand. Lausitz Center stand über dem Eingang. In der Hoffnung erfahren zu können, wo sich das Haus mit der Nummer 7 befand, stiefelte Esch in das Einkaufszentrum.

Leise Musik empfing ihn, kaum dass er das Gebäude betreten hatte. Warenhäuser und Supermärkte, Boutiquen, Kosmetikgeschäfte, ein Buchhändler, Friseure und Reinigungen, kurz: Annähernd das komplette Ensemble spätkapitalistischer Konsumtempel hatte sich hier angesiedelt. Wie in Recklinghausen, nur etwas größer, dachte Rainer.

Zwanzig Minuten und zehn erfolglose Versuche später, Passanten den Weg zum Lausitzer Platz 7 zu entlocken, verließ er das Einkaufsparadies wieder und stand vor einer kleinen Pinte, deren Anblick ihm schlagartig klarmachte, dass er seit fast einem Tag nicht einen Tropfen Alkohol zu sich genommen hatte. Der Jurastudent ließ sich an einem der Tische nieder, die zwischen den hochaufragenden Betonwänden eines Plattenbaus und dem Einkaufszentrum aufgestellt waren, und bestellte ein großes Pils.

»Warsteiner oder Radeberger?«, wollte der Kellner zu Rainers Überraschung in verständlichem Deutsch wissen.

»Radeberger.« Warum nicht, dachte er, Jugend forscht.

»Kommt gleich.«

Als der Kellner das Bier servierte, fragte ihn Esch, ob er ihm sagen könne, wo der Lausitzer Platz 7 sei.

»'türlich.«

»Und wo ist der?«

»Ganz in der Nähe. Wenn Sie da vorne rechts gehen«, der Kellner zeigte auf die Hausecke drei Meter weiter, »dann sehen Sie hinten ein gelbes Hochhaus. Da ist es.«

»Danke für die Auskunft.«

»Schon gut.«

Das Radeberger war irgendwie nicht sein Ding, dennoch trank Rainer es mit ein paar kräftigen Zügen aus. Sein Durst war stärker als sein Lokalpatriotismus. Er zahlte, hinterließ ein der Auskunft angemessenes Trinkgeld und schlenderte zufrieden mit sich und der restlichen Lausitz um die Ecke; in die Richtung, die ihm der Kellner gewiesen hatte.

Vor ihm ragten zehn Stockwerke in Beton gegossene Abscheulichkeit in den Himmel Wojerecys. Vier Stufen und eine schmale Rampe, die wahrscheinlich zum Transport von Fahrrädern dienen sollte, überbrückten den Höhenunterschied zwischen Pflaster und Eingangstür. Rechts neben der Tür waren die Klingelknöpfe. Rainer begann, systematisch die Reihen der Namensschilder abzusuchen, und hörte bei 50 auf, die Namen zu zählen. In der vierten Reihe, siebtes Schild von oben wurde er fündig. In sauberen, kleinen Druckbuchstaben stand da Finke. Einfach nur Finke. Rainer drückte auf den Klingelknopf. Es passierte nichts. Er wartete einen Moment und klingelte erneut. Diesmal ließ er seinen Finger unanständig lange auf dem Knopf liegen.

»Ja, bitte«, krächzte eine männliche Stimme aus einem Lautsprecher.

»Guten Tag, mein Name ist Rainer Esch. Wir kennen uns nicht. Würden Sie mich trotzdem hereinlassen?«

Möglicherweise wäre es ein Fehler, sofort mit der Tür ins Haus zu fallen.

»Warum?«

Esch dachte fieberhaft nach. »Weil, ich hätte da was mit Ihnen zu besprechen. Was Wichtiges.« Er hoffte, dass sein Gesprächspartner neugierig werden würde.

»Was denn Wichtiges?«

»Das würde ich Ihnen gerne persönlich sagen.«

»Ich hab jetzt keine Zeit mehr für solchen Quatsch. Wiedersehen.«

»Halt, bitte warten Sie.« Esch schrie fast in die Gegensprechanlage. »Also gut. Es geht um Take off.«

Die Gegensprechanlage schwieg.

»Hallo, sind Sie noch da?«

Kein Krächzen.

»Hallo, ich kann Sie nicht hören.«

»Nu. Zehnter Stock. Dann links. Wohnung 1004.«

Der Türöffner summte.

Als der Aufzug mit einem martialischen Krachen das Erdgeschoß erreichte, beruhigte sich Esch beim Betreten der Kabine mit dem Gedanken, dass solche Transportmittel nur in Actionfilmen mit Bruce Willis oder ähnlich großartigen Mimen abstürzen und ihre nichtsahnenden Insassen, mit Ausnahme des Hauptdarstellers, plötzlich in die Tiefe reißen.

Anscheinend als Folge der Mangelwirtschaft in der früheren DDR, konnte der Aufzug, den Haltknöpfen nach zu urteilen, nur auf der vierten, siebten und zehnten Etage gestoppt werden. Hellere Stellen auf der Holzverkleidung des Kabineninnenraumes und leere Schraublöcher legten die Vermutung nahe, dass hier einmal Fabrikationsschilder oder andere Hinweistafeln angebracht gewesen waren, die allerdings mittlerweile, von wem und aus welchem Grund auch immer, abgeschraubt waren. Esch vermutete, dass sich hier jugendlicher Vandalismus angesichts der Trostlosigkeit der Umgebung ein Ventil geschaffen hatte.

Er drückte auf die Zehn und wartete darauf, dass sich der Aufzug in Bewegung setzte. Nichts passierte. Er drückte erneut auf den Knopf, und plötzlich fiel die Aufzugstür zu, und die Kabine setzte sich mit einem heftigen Ruck in Bewegung.

Erstaunlicherweise funktionierte die Beleuchtung der Halteknöpfe, so dass Esch erkennen konnte, dass er gleich die zehnte Etage erreichen würde. Die Zehn leuchtete auf, und der Aufzug hielt an, um unmittelbar darauf mit einem Knall etwa einen halben Meter durchzusacken, bevor sich die Tür öffnete. Esch schwor sich, das Haus über die Treppe zu verlassen. Man sollte sein Glück nicht herausfordern.

Es roch etwas seltsam in dem Flur. Außerdem war es stickig warm. Die Tapeten an den Wänden waren teilweise abgerissen, roher Putz kam an diesen Stellen zum Vorschein. Der Boden war mit einer Art Linoleum belegt, Dekor und Ausführung original fünfziger Jahre West. In einer Ecke lag eine Plastiktüte auf dem Boden, aus der Abfall herausquoll. Daneben stand eine leere Weinflasche. Esch grinste. Willkommen im real existierenden Sozialismus, feixte er still.

Er wandte sich nach links, kam an einem im Flur abgestellten Fahrrad vorbei und erreichte, eine Ecke umquerend, das Treppenhaus. Esch blickte hinunter und sah, dass jeweils nach etwa drei, vier Geschossen Gitter im Treppenschacht gespannt waren; wahrscheinlich um zu verhindern, dass sich der sozialistische Werktätige, aus lauter Begeisterung über diesen Prachtbau im Treppenhaus Freudensprünge veranstaltend, irrtümlich zu Tode stürzte.

An der Wohnungstür fand sich kein Namensschild. Nur die Nummer 1004. Esch klopfte und bemerkte, dass sich die Lichtverhältnisse im Türspion veränderten. Der Wohnungsinhaber beobachtete ihn.

Rainer klopfte erneut.

Die Tür öffnete sich einen Spalt. Das Krächzen fragte: »Wer sind Sie? Was wollen Sie? Sie sind doch nicht von den Grünen, oder?«

»Wieso Grüne?«

»Mensch, Bullen, Polente, Polizei. Sind Sie so dämlich, oder tun Sie nur so? Nee, von den Grünen sind Sie nicht. Also, wer sind Sie? Was wollen Sie? Was hab ich mit Take off zu tun?«

»Mein Name ist Rainer Esch. Das sagte ich ja bereits. Aber können wir das denn nicht drinnen besprechen?« Rainer versuchte, durch den Spalt auszumachen, wer da so krächzte. Es blieb beim Versuch.

»Es ist wirklich wichtig. Bitte.«

Abrupt fiel die Tür ins Schloss. Esch hörte eine Sicherungskette klappern, dann wurde die Tür wieder geöffnet.

»Nu, kommen Sie rein.«

Das Krächzen gehörte zu einem Mittfünfziger mit schütteren, halblangen blonden Haaren, der unrasiert und mit leichtem Bauchansatz vor Esch stand. Der Mann trug einen blauen Trainingsanzug von Adidas und braune Pantoffeln. Die Jacke stand offen und ließ so den Blick auf ein früher mal weißes T-Shirt frei, das die Brust des Besitzers mit einer Donald-Duck-Figur zierte. Der Mann trat einen Schritt zurück und bedeutete Esch mit einer Armbewegung einzutreten.

»Gradaus, ins Wohnzimmer. Na, machen Sie schon.«

Beim Betreten des Raumes blieb Esch unwillkürlich stehen und holte tief Luft. So etwas hatte er noch nie gesehen: Das höchstens zehn Quadratmeter große Wohnzimmer wäre für einen Heimatforscher, der auf der Suche nach Exponaten für eine Ausstellung zum Thema ›Der sozialistische Spießbürger‹ war, eine wahre

Fundgrube gewesen. Rechts an der Wand stand ein Wohnzimmerschrank, der zu einem Zeitpunkt gefertigt worden sein musste, an dem nur eine Stilrichtung etwas galt: die Josef Stalins. Der Schrank hatte in seiner Mitte zwei kleine Glastüren, hinter denen sich verblichene Fotografien in Silberrähmchen verbargen. Direkt vor dem Schrank befand sich ein ehemals vermutlich eichenfurnierter Wohnzimmertisch, der auch schon bessere Tage gesehen hatte. Links und rechts eskortierten den Tisch zwei Cocktail-Sessel, einer mit grünem und der andere mit zartrosa Stoff bezogen, welcher an den Kanten schon so durchgescheuert war, dass man die Sprungfedern erahnen konnte, sofern Sessel wie diese überhaupt gefedert waren. An der Wand waren in rahmenlosen Bildhaltern mehrere Urkunden aufgehängt; eine konnte Esch entziffern: Für den Sieger im sozialistischen Komplexitätswettbewerb.

Bevor er sich fragen konnte, was das zum Teufel nun war, wurde seine Aufmerksamkeit von der weiteren Gestaltung des Raumes wieder vollständig in Anspruch genommen.

An der linken Seite sah Rainer eine Art Liege, die mit einer braunen Tagesdecke überzogen war. Auf der Liege waren sorgfältig drei Kissen mit Brokatbesatz drapiert, wobei der mittige Kniff an der Oberseite der Kissen nicht fehlte. Zwischen den Kissen thronte eine Puppe in einem riesigen, hellblauen Spitzenkleid, welches ausladend über das Sofa floss. Über dem Sofa hing tatsächlich ein goldeingefasstes Gemälde mit einem röhrenden Hirsch im Morgennebel – das kannte Esch bisher nur aus Horrorerzählungen. In der Ecke stand auf einem Stilhocker ein Trum von einem Fernsehgerät, darunter auf dem Boden ein Videorecorder von Sony, das neueste Modell. Ein Haufen Videokassetten lag daneben. Gekrönt wurde das Ganze durch einen Kronleuchter, der den Raum noch überladener wirken ließ, als er ohnehin schon war.

»Schön haben Sie's hier«, bemerkte Rainer.

»Nu.«

»Wie bitte?« Mit diesem eigentümlichen Laut konnte Esch nichts anfangen.

»Nu.«

»Ach so.« Der Wessi verstand nur Bahnhof.

»Setzen Sie sich.«

Donald Duck wies auf einen der beiden Sessel. Esch entschied sich für zartrosa und war überrascht, dass die Sitzgelegenheit nicht unter ihm zusammenbrach.

»Also, was wollen Sie?«

»Ich nehme an, Sie sind Herbert Finke?«

»Muss ja wohl, oder?«, knurrte Finke. »Und wer sind Sie? Nicht Ihren Namen, den kenne ich ja schon. Was wollen Sie von mir? Wer schickt Sie? Und jetzt mal ein bisschen plötzlich, Männeken. Ich hab noch was anderes vor, als mit Ihnen hier zu plaudern.«

»Ich habe Ihren Namen und Ihre Anschrift aus einem Werbeprospekt. Sie firmieren da als Geschäftsführer oder so was ähnliches der Firma Take off. Dem Prospekt nach zu urteilen, ist hier in Hoyerswerda, Lausitzer Platz, die Zentrale des Unternehmens. Das hier sieht mir aber nun nicht gerade nach einem Büro aus.«

»Geht Sie das was an?« Das Krächzen klang bedrohlich.

»Eigentlich nicht. Aber ich möchte gerne wissen, wer denn nun eigentlich Take off repräsentiert.«

»Ich nicht.«

»Wer denn sonst?«

Finke zog die Schultern hoch. »Noch mal. Was wollen Sie?« Der Blonde bemühte sich, gelassen zu wirken.

»Okay. Ein guter Freund von mir ist vor einigen Tagen auf mysteriöse Weise ums Leben gekommen. Die Polizei geht von Selbstmord aus, für die ist die Sache erledigt. Ich dagegen ...«

»Sie glauben das nicht.« Das war keine Frage, mehr eine Feststellung.

»... möchte seine Beweggründe verstehen. Ich weiß, dass mein Freund Kontakte zu Take off hatte. Und ich möchte wissen, was er dort gemacht hat. Mit wem er zusammengearbeitet hat. Ob vielleicht hier ein Grund für seinen Freitod liegt.«

»Jetzt hören Sie mir mal zu. Ich glaube Ihnen die Geschichte. Aber ich gebe Ihnen einen guten Rat. Lassen Sie die Finger davon. Das kann ungesund werden. Und nun hauen Sie ab.« Finke stand auf.

»Moment mal!« Esch war klar, mit Samthandschuhen kam er hier nicht weiter, es mussten größere Kaliber eingesetzt werden. »Das hier ist doch 'ne reine Briefkastenadresse, kein Büro. Da ist doch was faul. Ich könnte mir schon vorstellen, dass sich das Finanzamt oder auch die Staatsanwaltschaft dafür interessiert.«

Finke sah Rainer einen Moment entgeistert an und prustete dann los. »Männeken, du Würstchen willst mir komisch kommen? Du? Ich könnte mich kugeln. Meinste, die sind doof? Meinste, nur du kannst lesen? Nichts haben die mir gekonnt, gar nichts.« Finke wurde wieder ernst. »Männeken, du gefällst mir. Hast Mut. Aber jetzt mach dich vom Acker. Und denk nicht mehr dran. Das Ding is eine Nummer zu groß für dich.«

Der Ossi zog Rainer mehr aus dem Sessel, als dass er selbständig aufstand. Finke schob seinen ungebetenen Gast mit der Linken Richtung Tür, die er mit der Rechten öffnete.

»Mach's gut. Gute Heimfahrt. Wo kommen Sie eigentlich her?«

»Aus dem Ruhrgebiet.«

»War ich noch nie. Aber kann ja noch werden. Obwohl: Soll ja ziemlich dreckig sein, da bei euch.«

Bevor Esch seiner Empörung über die Verunglimp-fung seiner Heimat Ausdruck verleihen konnte, schob Finke ihn in den Hausflur. Die Wohnungstür 1004 fiel krachend ins Schloss. Rainer wurde schlagartig bewusst, dass er etwas Wichtiges vergessen hatte. Erneut klopfte er an die Tür, die sich sofort öffnete.

»Was wollen Sie noch?«

»Sagen Sie, was bedeutet eigentlich das Wörtchen ›Nu‹?«

»Nu?«

»Ja.«

»Das is hier in der Lausitz der Ausdruck für ›ja‹ oder ›in Ordnung‹. So 'ne Art von Zustimmung.«

»Alles klar. Danke.«

»Nu.« Finke verschwand.

Auf dem Weg über die Treppe nach unten wurde Esch klar, dass er wieder einiges gelernt hatte. Erstens würde er nie wieder in Hoyerswerda oder anderswo in Neufünfland mit einem Aufzug fahren. Zweitens nirgendwo auf der Welt mehr freiwillig Radeberger trinken. Und drittens konnte er ab sofort in der Lausitz sprachlich korrekt seine Zustimmung ausdrücken.

Er zweifelte allerdings im stillen sehr heftig daran, dass sich für diesen Erkennisfortschritt die Fahrt nach Sachsen gelohnt hatte.

20

Das Förderband bewegte sich mit einer Geschwindigkeit von etwa 15 Stundenkilometern durch die dunkle Strecke, die nur alle 50 Meter von einer verstaubten Lampe spärlich beleuchtet wurde. Cengiz Kaya und seine Kollegen lagen hintereinander auf dem Band; zum Teil auf Kohle, die aus dem Streb kam, den sie vor einigen Minuten verlassen hatten. Die Kohle war wärmer als die Umgebungsluft und wirkte deshalb wie ein Heizkissen. Der Schein ihrer Helmlampen warf bizarre Schattenbilder auf die Wände. Das monotone ›Klackklack‹ der Bandrollen verhinderte jede Unterhaltung. Sie hörten leises Motorengeräusch, das von Minute zu Minute zunahm, je geringer die Entfernung zwischen ihnen und der Geräuschquelle wurde. Zu dem Wummern der Motoren gesellte sich der Klang einer Hupe. Auch die Lautstärke des Hupens steigerte sich von Meter zu Meter. Lichtblitze zuckten über das Band. Die ersten Kumpel, weit vor Kaya, richteten sich auf und gingen in die Hocke. Einige Sekunden später schlugen Cengiz Stofflappen ins Gesicht, die über dem Band in geringer Höhe befestigt waren. Lappen, Hupe und Lichtblitze sollten erreichen, dass Kumpel, die auf dem Band nach einer anstrengenden Schicht eingeschlafen waren, nicht über die Abstiegsstelle hinaus mit dem Band fuhren und dann in einen Gesteinsbrecher, einen Kohlenbunker oder ähnliches stürzten. Ein Unfall, den zu überleben reine Glücksache war. Auch der junge Türke nahm die Absprunghaltung ein, ähnlich wie ein Sprinter im Startblock. Als rechts neben ihm das Gitter auftauchte, richtete er sich zur vollen Größe auf, sprang vom Band auf das Rost, lief einige Meter mit der gleichen Geschwindigkeit wie das Band, bis er kurz vor dem Ende der Auslaufstelle zum Stehen kam. Er wartete, bis der Kollege, der vor ihm abgesprungen war, die Leiter freigegeben hatte, und verließ dann über diese die Abstiegsstelle, um die letzten Meter durch eine Wettertür zum Haltepunkt der Grubenbahn zu Fuß zurückzulegen.

Er zwängte sich durch die enge Tür ins Innere des letzten Wagens und quetschte sich auf einen der freien Plätze in der Nähe des Eingangs. Im Wagen war es bis auf die Helmleuchten dunkel, so dass Cengiz sein Gegenüber, das schwarz wie die Nacht war, nur dadurch erkennen konnte, dass er ihm mit der Lampe direkt ins Gesicht schien. Dies wurde jedoch nur zur Identifikation des anderen akzeptiert, da der helle Lichtschein blendete. Normalerweise wurde der Schein der Lampe so eingestellt, dass er lediglich den Boden ausleuchtete. So blieben Oberkörper und Gesicht der Kumpel stets im Halbdunkel. Gesprächsfetzen aus dem vorderen Teil des Wagens drangen zu Cengiz durch.

»Haste gestern das Spiel der Nationalmannschaft gesehen?«

»Warum der immer noch den Klinsmann aufstellt, weiß auch keiner.«

»Musste morgen auch auf Mittagsschicht?«

»Nee, ich hab Frühschicht.«

»Scheiß Gekicke.«

»Da hat doch wieder einer im Mittwochslotto zwei Millionen abgeräumt.«

»Was würdste denn mit so viel Kohle machen?«

»Versaufen.«

Einige lachten.

»Hier auf'm Pütt kommste doch sowieso auf keinen grünen Zweig. So viel Überstunden kannze doch gar nicht kloppen.«

»Und die Hälfte davon tut sich Vater Staat inne Taschen. Kannze doch vergessen.«

»Jetzt wollen die nun doch die Mehrwertsteuer erhöhen. Und alles nur wegen der Ossis.«

»Red kein Quatsch. Dat is wegen dem Euro. Wegen der Drei vor dem Komma.«

»Wat für 'ne Drei?«

»Ich sach dir, dat is nur für die Wiedervereinigung. Wegen mir könnense die Mauer wieder aufbaun. Aber noch höher als vorher.«

»Du bis wohl völlig bekloppt. Mauer wieder aufbaun. Dann aber du aufer anderen Seite, nich hier bei Muttern, ob dat klar is.«

»Wer is hier bekloppt?«

»Ich find, die sollen erstma Asylanten nach Hause schicken.«

»Mensch, bist doch selber Ausländer, red doch nich so 'n Scheiß.«

»Is meine Meinung.«

»Deine Meinung kannze dir irgendwohin stecken.«

Heftige Erschütterungen der Wagen warfen die Bergarbeiter kurz nach links und rechts. Lautes Fahrgeräusch ließ die Unterhaltung wieder einschlafen. Jeder hing seinen Gedanken nach, plante den bevorstehenden Feierabend.

In die entstandene Stille hinein fragte Kaya: »Sagt mal, das da mit Take off. Kann man da noch einsteigen?«

Der Schein einer Lampe suchte sein Gesicht. Für einen Moment sah er nichts mehr.

»Wer hat denn da den Furz abgelassen. Ach, du.« Der Lichtstrahl verschwand. »Halt bloß die Schnauze. Damit kannze hier auf'm Pütt keinen Blumentopf mehr gewinnen. Haben schon viele zu viel draufgezahlt.« Die Kumpels schwiegen ihn an.

»Ich mein ja nur.« So kam er nicht weiter, das war Cengiz klar.

»Meinen kannze. Aber mehr besser nich.« Das war die Stimme seines Steigers, der ergänzte: »Und schon gar nich bei mir im Drittel, klar?«

»Klar, Steiger.«

Nach dem Duschen und Umziehen sprach ihn auf dem Weg zum Parkplatz ein Kollege an, der, wie sich Kaya erinnerte, im Zug neben ihm gesessen hatte.

»Wart ma, Kollege.«

Cengiz blieb stehen. »Ja, was gibt's?«

»Ich hab da vorhin gehört, du interessierst dich für Take off?«

»Ja, weißt du, ich bin neu hier auf'm Pütt. Ich habe davon gehört. Damit soll man auf die Schnelle 'ne gute Mark machen können.«

»Stimmt. Aber wir sollten uns nicht hier unterhalten. Komm mit zu meinem Wagen, da redet es sich ungestörter.«

Cengiz folgte dem Bergmann zu einer großen, neuen BMW-Limousine.

»Mensch, tolle Karre«, sagte er beim Einsteigen.

»Hmm. Pass auf, du hast ja eben schon gemerkt, dass hier auf Eiserner Kanzler der Zug mit Take off abgefahren ist.«

»Ja, klar. Aber warum?«

»Hier haben sich einige zu dämlich angestellt. Und jetzt is hier nichts mehr zu verdienen. Aber du, woher kommst du eigentlich, von welchem Pütt?«

»Ich war bis vor drei Wochen auf Friedrich Gustaf.«

»Haste da noch Kumpels?«

»Einige schon«, antwortete der junge Türke.

»Dann könntest du da neu einsteigen. Wenn du willst. Und wenn du nicht zu viel redest und ein paar Mark auf der Tasche hast.«

»Wie viel paar Mark denn?«

»Kommt darauf an. Zwei Riesen is Minimum. Geht aber auch mehr. Hängt ganz von dir ab.«

Der Bergmann deutete Kayas Zögern falsch. »Du kannst dir das noch überlegen. Aber nicht zu lange. Sprich dann mich an oder den Fritz Hülshaus. Kennze den?«

Natürlich kannte er Hülshaus. F. H., der Unbekannte aus dem Schreiben Westhoffs. »Flüchtig. Aber wie funktioniert das denn genau mit Take off?«

»Ich erklär's dir. Das is 'ne todsichere Sache. 'ne Investition in die Zukunft.«

Mit blumigen Worten erläuterte Cengiz' Gesprächs-partner das Konzept von Take off. Natürlich nicht ohne darauf hinzuweisen, dass sein Gewinn um so größer sein würde, je höher der Betrag wäre, mit dem er ein-steigen würde.

»Und«, so beendete der Kollege seine Werbung, »kau-fen kannze bei mir oder auch bei Hülshaus. Wir sind Partner. Kaufen und verkaufen gemeinsam, wenn du verstehst, was ich meine.«

Kaya verstand. Er überlegte nicht lange. Schließlich hatte er es Stefanie versprochen. »Also gut, ich glaube, ich bin mit zweitausend dabei.«

»Prima. Glaub mir, du wirst es nicht bereuen. Hast du heute Abend Zeit?«

»Kein Problem.«

»Gut, treffen wir uns ... sag mal, wo wohnst du eigent-lich?«

»Herne.«

»Ich auch. Also treffen wir uns um acht inner Eisdiele am Hauptbahnhof?«

»In Ordnung. Bis dann.« Der Türke öffnete die Wagen-tür und stieg aus. »Tschüs.«

»Bis später dann. Ich bring alles mit. Und du vergiss die Knete nicht.«

Cengiz ging zu seinem Wagen und sah auf die Uhr. Viertel nach drei. Er musste sich beeilen, um noch rechtzeitig vor Schalterschluss bei der Sparkasse zu sein. Da er sein Konto noch nicht von Dinslaken nach Herne verlegt hatte, musste er zunächst nach Hause, Schecks besorgen. Auf der Fahrt dorthin überlegte er, ob Rainer nicht doch recht hatte. Er schmiss 2.000 DM zum Fenster hinaus, nur um Informationen über ein Gewinnspiel zu bekommen, die sie eigentlich ohnehin schon hatten. Und selbst wenn er dann Anzeige erstat-ten würde, war ja nun wirklich keinesfalls sicher, dass die Hintermänner geschnappt und vor allem auch verurteilt wurden.

Andererseits erzeugte allein der Gedanke an Stefanies Lächeln ein Gefühl in Cengiz, welches, wenn es denn erwidert werden würde, ihn noch zu ganz anderen Höhenflügen verleiten könnte. Und bestimmt gab es sinnlosere Dinge, für die man sein Geld ausgeben konnte. Allerdings fiel ihm trotz angestrengten Nachdenkens auf die Schnelle nichts dieser Art ein. Und so musste er sich der überraschenden Erkenntnis stellen, dass ihm das Lächeln dieser Frau zwei große Braune wert war.

Der Take off-Werber war der einzige Gast in der Eisdiele und saß direkt rechts neben dem Eingang.

»'n Abend«, begrüßte er Kaya. »Setzt dich. Hast du das Geld dabei?«, fragte er leise und unvermittelt.

»Hallo. Ja, hab ich.«

»Gut. Hier sind die Unterlagen, von denen ich dir erzählt habe. Du musst hier unterschreiben.« Der Werber schob ein Formular über den Tisch. »Es ist günstiger, wenn wir das alles in bar abwickeln. Dann gibt's auch keine Schwierigkeiten mit dem Finanzamt. Wo nichts über Konten geht, müssen auch keine Gewinne versteuert werden.«

Kaya unterschrieb.

»Eigentlich würde dir Take off deine Anteilsbescheinigung und die Berechtigung, Anteile zu verkaufen, zusenden. Aber wie gesagt, Barzahlung hat ihre Vorteile. Und deshalb kriegst du die Unterlagen jetzt auch sofort von mir.« Er reichte dem Türken einen braunen DIN-A4-Umschlag.

»Deinen Namen haben wir mit der Maschine schon eingesetzt. Du kannst sofort loslegen. Fahr auf deinen alten Pütt, und du wirst sehen, du machst die große Kohle. Übrigens ...«, der Kollege erhob sich, »... nächste

Woche findet hier im Kulturzentrum eine Anteilseigner-versammlung von Take off statt. Die Einladung ist im Umschlag. Du solltest kommen. Da bekommst du Tips, wie man neue Eigner wirbt. Viel Glück.« Beim Hinaus-gehen drehte sich der Kumpel noch mal um und zeigte auf den Kaffee, der auf dem Tisch stand. »Übernimmst du den? Ich hab's eilig. Mach's gut.«

»Ja, bis dann.«

Cengiz war perplex. So schnell war er noch nie 2.000 DM losgeworden. Und fast noch mehr als die Abge-zocktheit bei dem Verkauf von Take off-Anteilen ärgerte ihn die Dreistigkeit, mit der der Kerl sich um die Bezah-lung des Kaffees drückte.

Wütend legte Kaya vier Mark auf den Tisch und ver-ließ leise vor sich hin fluchend die Eisdiele, bog in die Bahnhofstraße ein und machte sich auf den Fußweg nach Hause.

21

Der Versuch, aus Finke brauchbare Informationen über Take off herauszuholen, war ein völliger Reinfall gewesen. Frustriert stand Esch vor dem Hochhaus und überlegte, was er nun tun sollte. Er war mittlerweile seit mehr als zwölf Stunden unterwegs, und die Rück-fahrt ins Ruhrgebiet würde mindestens sieben Stun-den beanspruchen, vorausgesetzt, er würde nicht im Stau stehen. Und Staus waren auf den überfüllten Au-tobahnen in Ost-West-Richtung die Regel, nicht die Ausnahme. Da spielte es auch keine Rolle, ob er die Nordroute über Berlin benutzen oder die Südroute über Dresden vorziehen würde.

Einer plötzlichen Eingebung folgend, ließ sich Rainer wieder in der Pinte an der Ecke nieder, die er vor einer guten halben Stunde verlassen hatte.

»Na, gefunden?«, fragte ihn der Kellner. »Wieder ein großes Radeberger?«

»Erstens: ja, danke. Zweitens: nein, diesmal ein Warsteiner. Aber groß trotzdem.«

Der Kellner schob ab, um das Bier zu holen.

Als das Pils serviert wurde, bestellte sich Esch sofort ein neues.

»Sie scheinen ja großen Durst zu haben«, amüsierte sich der Ober.

»So isses.«

Zwei weitere Pils später war Esch klar, dass sich die heutige Heimfahrt erledigt hatte. Er bezahlte und fragte, ob es in Hoyerswerda denn schon Hotels gebe.

»Wir leben doch hier nicht hinterm Mond. Wenn Sie dort geradeaus gehen«, der Kellner wies in eine Richtung zwischen dem Einkaufscenter und einer Art Stadthalle, »kommen Sie da vorne an eine große Straße. Die fahren Sie«, der Ober korrigierte sich, »nein, besser gehen Sie links runter. So lange, bis Sie rechts das Achat-Hotel sehen. Ist nicht weit. Höchstens zehn Minuten. Und, nichts für ungut, auch nicht übermäßig teuer.«

Das Achat fand Rainer ohne Schwierigkeiten. Und ebenso problemlos bezog er ein Zimmer. Zwar hasste er es, morgens wieder in die Unterwäsche des Vortages steigen zu müssen, aber in der Not ... Und die Hotelbar war wie geschaffen für einen kleinen Absacker.

Als Rainer am nächsten Morgen aufwachte, spürte er den bekannten, schalen Geschmack im Mund. Zwar warteten im Badezimmer Shampoo und Seife auf den vergesslichen Gast, Zahnbürste und Zahnpaste suchte er jedoch vergeblich. Er sondierte deshalb die nichtalkoholischen Getränke der Minibar, um den Geschmack zu bekämpfen; leider nur mit dem Erfolg, dass seine Hotelrechnung drastisch anstieg.

Erst mit dem Frühstück kehrten auch Rainers Lebensgeister zurück. Er versuchte sich zu erinnern, wo er seinen Golf gestern Nachmittag abgestellt hatte, und hoffte, nachdem es ihm wieder eingefallen war, dass er nun zwischen all den gleich aussehenden Plattenbauten auch den Parkplatz wiederfinden würde.

Nach einer rund einstündigen Odyssee durch die Neustadt Hoyerswerdas stand Esch auf einem Parkplatz, von dem er hoffte, dass es der Richtige sei. Suchend ging er die Reihen abgestellter Fahrzeuge entlang und dachte daran, dass vor der Wende hier vermutlich nur Trabbis, Wartburgs und Barkas, seltener ein Lada geparkt hatten. Damals hätte er seine Rostschleuder auf Anhieb gefunden, aber nachdem auch die ehemaligen Traditionsmarken der DDR-Fahrzeugindustrie abgewickelt worden waren, standen hier fast ausschließlich Westprodukte. Trabbis und Wartburgs waren zu Liebhaberfahrzeugen mutiert.

Endlich glaubte er, seine Karre drei Reihen weiter entdeckt zu haben, als ihm ein Mann auffiel, der ihn mächtig an Finke erinnerte. Esch drückte sich hinter einen VW-Bus und beobachtete den Mann durch die Scheiben des abgestellten Wagens. Kein Zweifel, der Kerl war Finke. Schnellen Schrittes überquerte er den Parkplatz, um am gegenüberliegenden Ende auf einen BMW zuzusteuern. Kurz entschlossen spurtete Esch gebückt zwischen den Autoreihen zu seinem Wagen, schloss auf und schmiss sich auf den Fahrersitz. Der BMW rollte langsam zu einer Ausfahrt. Rainer startete den Motor und machte sich auf die erste Verfolgungsfahrt seines Lebens.

Trotz des frühen Samstagvormittags herrschte einiger Verkehr, so dass Esch hoffte, Finke nicht aufzufallen. Der kannte zwar ihn, nicht aber seinen Wagen. Bei ausreichendem Abstand dürfte da nichts anbrennen. Obwohl ein Golf mit Recklinghäuser Kennzeichen in dieser Gegend Deutschlands nicht gerade häufig anzutreffen war, glaubte Rainer nicht, dass der Ossi darauf achten würde.

Der BMW verließ die Neustadt Hoyerswerdas südlich in Richtung Bautzen. Nach einigen Kilometern bog er nach rechts auf eine Landstraße ein, die nach Spohla führte. Spohla war ein kleiner Ort mit typisch sorbischer Architektur: Winzige, geduckte Häuser mit angrenzenden Stallungen waren durch mehr als mannshohe Außenmauern so miteinander verbunden, dass der Eindruck eines geschlossenen Karrees entstand, das keinen Einblick in das Hofinnere erlaubte. Die Nobelkarosse fuhr nach links auf eine breitere, baumbewachsene Straße, um nach etwa hundert Metern rechts in einer Toreinfahrt zu verschwinden.

Esch parkte seine Schleuder rund fünfzig Meter vor dieser Einfahrt links am Straßenrand, wartete einige Minuten, stieg aus und folgte Finke dann vorsichtig. Hotel und Restaurant Schweinekoben las der Recklinghäuser auf einem Schild neben der Einfahrt. Im Hof standen lediglich Finkes BMW und ein großer, schwarzer Mercedes. Rainer versuchte, so unbeteiligt wie möglich auszusehen, und näherte sich der Eingangstür des Restaurants. Die Fenster der Gaststätte waren nicht sehr groß und von innen durch Pflanzen verstellt. Trotzdem gelang es ihm, einen Teil des Gastraumes einzusehen. Die Gaststätte war, soweit Rainer es erkennen konnte, leer. Nur an einem Tisch in der hinteren Ecke des Raumes saßen mit dem Rücken zum Fenster Finke und ihm gegenüber ein Mann in einem dunklen Anzug, dessen Gesicht Esch nicht sehen konnte, da es von Finkes Gestalt verdeckt wurde. Der dunkel Gekleidete redete gestikulierend auf seinen Tischpartner ein, und Esch hatte den Eindruck, dass dieses Gespräch nicht gerade freundschaftlich verlief. Der Dunkle schlug einige Male mit der Hand auf den Tisch und fasste sich an die Stirn – eine Geste, die keinen Zweifel darüber aufkommen ließ, welche Meinung der Mann von Finke hatte. Plötzlich stand der Ossi auf und bewegte sich Richtung Ausgang. Rainer rannte in gebückter Haltung los und suchte mit einem Hechtsprung Deckung hinter dem schwarzen Mercedes. In diesem Moment trat Finke durch die Tür und schaute sich zögernd um. Esch glaubte schon, Finke habe seinen Verzweiflungssprung bemerkt, und drückte sich tiefer in den sandigen Boden der Lausitz. Aber der andere steuerte zielstrebig seinen BMW an, stieg ein und fuhr davon.

Als der Wagen den Hof verließ, richtete sich Rainer halb auf. Scheiße, dachte er, der ist weg. In den Filmen, die er gesehen hatte, lagen die Verfolger nie im Staub, ruinierten ihre letzten sauberen Jeans und ließen ihre Beobachtungsobjekte einfach davonfahren. So gut es ging, klopfte er den Dreck von der Hose. Er wollte schon zu seinem Fahrzeug zurückkehren, als sein Blick auf das Nummernschild des Mercedes fiel. HERNE 77. Da Rainer keine weiteren Gäste im Lokal gesehen hatte und auch keine anderen Fahrzeuge im Hof parkten, ließ das eigentlich nur einen Schluss zu: Finkes Gesprächspartner kam aus dem Ruhrgebiet. Und genau dahin wollte Rainer nun auch. Und zwar sofort.

22

Rainer Esch schellte bei Stefanie und wartete, dass sie die Haustür öffnete. Sie hatten sich mit Cengiz Kaya verabredet, um auszutauschen, was sie erfahren hatten, und um ihr weiteres Vorgehen zu besprechen.

Der Öffner summte, und er drückte die Haustür auf. Stefanies Wohnungstür war nur angelehnt. Rainer betrat ihre Wohnung. »Hallo, Stefanie, wo steckst du?«

»Im Wohnzimmer.«

Dort fand er seine Freundin inmitten von Kissen und einer Decke auf der Couch. Auf dem Tisch stand eine Teekanne auf einem Stövchen.

»Wenn du ausnahmsweise ’ne Tasse Tee trinken willst, du weißt ja, wo du Tassen findest«, sagte sie, ohne von ihrem Buch aufzusehen.

Esch ging in die Küche, holte eine Tasse, goss Tee ein und setzte sich auf den Sessel.

»Wann kommt Kaya?«, fragte er. Keine Antwort.

»Stefanie, ich habe dich gefragt, wann der Türke kommt.«

»Jetzt sag doch nicht immer ›der Türke‹ zu ihm. Er hat auch einen Namen.«

»Gut, gut. Also, wann kommt er?«

»Gleich. Weiß nicht. Bitte lass mich das Kapitel hier noch lesen. Bin gleich fertig.«

»Sag mal, kannst du eigentlich auch mal ohne Bücher leben?«

»Hmm.«

Esch gab auf. Wenn Stefanie in ein Buch vertieft war, konnten nur Bombeneinschläge sie daran hindern, ihrer Leselust zu frönen. Von ihr stammte auch der denkwürdige Ausspruch, fast noch wichtiger als der Inhalt eines Romans sei sein Umfang. Hauptsache dick, hatte sie damals gesagt. Es blieb Rainer also nicht anderes übrig, als zu warten.

Nach einigen Minuten legte Stefanie endlich das Buch zur Seite.

»Das hier ist ein neuer Krimi aus dem Grafit-Verlag«, sagte Stefanie. »Zwar nicht sehr dick, aber ganz gut geschrieben. Die Heldin heißt so wie dein zweiter Lieblingsschnaps. Nämlich Grappa.«

»Und?« Eschs Interesse hielt sich in Grenzen. Von Schnäpsen zu schreiben, war die eine Seite. Eine ganz andere war, sie zu trinken.

»Ist von einer Frau geschrieben. Die war früher mal Redakteurin der WAZ in Wanne-Eickel. Müsstest du aus deiner Zeit in Wanne eigentlich kennen.«

»Ach, tatsächlich?«

»Ja, ihr von der linken Szene habt die doch immer ›Waswollensieüberhaupt‹ genannt, weil sie so eure Bitten um den Abdruck irgendwelcher Pamphlete beantwortete.«

»Du meinst doch nicht ...«

»Doch, genau die.«

»Die schreibt jetzt auch Krimis? Versucht sich wohl jeder dran. Trotzdem. Scheiß Kriminalromane. Wir wissen doch spätestens seit dem Theater nach dem ersten Schimanski-Tatort, dass Krimis und Realität nichts gemein haben. Die Kripo in Duisburg hat damals doch lautstark genug protestiert. Außerdem mangelt es den Romanen fast immer an gesellschaftspolitischer Bedeutung.«

»Na und? Und was ist mit dir, hä? Ziehst dir Hefte mit bunten Bildern über kleine Eisenbahnen rein, die im Kreis fahren. Hat das etwa gesellschaftliche Relevanz, du Schwätzer?«

Das Schrillen der Wohnungsklingel unterbrach ihren halb scherz-, halb ernsthaft geführten Dialog.

Einen Moment später betrat Cengiz mit Stefanie das Wohnzimmer.

»Hallo, Rainer«, grüßte er.

»Tach.«

»Hier, bitte. Ich hab dir was mitgebracht.« Kaya reichte Stefanie eine kunstvoll verpackte Flasche. »Hoffentlich magst du Sekt.«

»Immer«, antwortete Esch, »is ja schließlich auch aus Trauben.«

»Hast du nicht zugehört?«, blaffte ihn daraufhin seine Freundin an. »Der Sekt ist für mich. Du kannst deine Sauforgien bei dir zu Hause oder im Drübbelken durchziehen.« Dann wandte sie sich an ihren Besuch. »Danke, Cengiz. Wirklich nett von dir.«

Sie küsste ihn auf die rechte Wange, was Esch mit Bestürzung registrierte. Er verfluchte sich für seine vorlaute Klappe.

»Setz dich doch.« Stefanie räumte bereitwillig Kissen und Decke zur Seite. »Möchtest du auch eine Tasse Tee?«

Kaya verneinte.

»Vielleicht sollte Rainer zuerst erzählen, was er in Ostdeutschland erlebt hat«, regte Stefanie an. »Und wenn du was Neues weißt ...«, sie sah Kaya fragend an.

Der nickte.

Die junge Frau wandte sich wieder Esch zu. »Okay, Rainer, aber mach's kurz. Die Beschreibungen der Kneipen kannste dir schenken.«

»War ja nur eine. Also gut.« Rainer gab eine kurze Zusammenfassung seiner zwei Tage in der Lausitz.

»Und jetzt«, schloss er seinen Bericht, »weiß ich auch nicht sehr viel mehr als vorher.«

Kaya schilderte, dass und wie er einen Take off-Anteil gekauft hatte und dass er am nächsten Samstag zu der Veranstaltung im Herner Kulturzentrum gehen wolle. »Nach dem, was mir der Verkäufer erzählt hat, versteckt sich hinter der Abkürzung F. H. im Schreiben von Klaus Fritz Hülshaus, Reviersteiger auf Eiserner Kanzler. Ob uns das aber weiterbringt? Warst du denn bei der Polizei?«, fragte er Esch.

Als der nickte, setzte Cengiz fort: »Und? Was sagen die?«

»Tja, was sollen die schon sagen? Hauptkommissar Brischinsky war nicht da, ich hab mit dem anderen, Baumann heißt der, glaub ich, gesprochen. Ich zeigte ihm das Schreiben von Klaus. Ließ den aber ziemlich kalt. Da wäre ja dann das fehlende Motiv, hat er nur gesagt. Und auf meine Frage, ob er denn der Sache nicht nachgehen wolle, hat mich Baumann gefragt, ob ich auch Geld verloren hätte. Als ich verneinte und ihn an Klaus erinnerte, meinte er, Selbstmord sei nicht strafbar und die Tatsache, dass sich jemand umbringt, zwar bedauerlich, aber schließlich kein Fall für die Mordkommission. Und außerdem wäre ich im falschen Kommissariat. Sie seien nur für Mord und Totschlag zuständig, nicht für Betrug. Aber ohne Schaden wäre das sowieso schwierig. Er hat mir empfohlen, alles auf sich beruhen zu lassen. Ich hab's euch ja gleich gesagt. Wir sollten wirklich die Finger davon lassen.«

»Scheiß Bullen«, schimpfte Stefanie. »Und du rätst uns auch noch aufzuhören. Was hat sich denn eigentlich seit unserer letzten Diskussion verändert? Doch wohl nichts. Hast du denn schon vergessen, dass Cengiz 2.000 DM da reingesteckt hat?«

»Nein, das habe ich nicht vergessen. Aber habt ihr beide eigentlich vergessen, dass ich ihn genau davor gewarnt habe? Zumindest kann er ja jetzt Anzeige erstatten.«

»Das werde ich auch tun. Aber erst gehe ich noch auf diese Veranstaltung.«

»Schwachsinn, völliger Schwachsinn. Aber des Menschen Wilhelm ist sein Himmelreich.«

Sie schwiegen sich eine Zeitlang an.

Rainer versuchte, die Situation zu entspannen. »Ich mache euch einen Vorschlag. Cengiz geht auf diese Veranstaltung und hört sich weiter bei seiner Arbeit um. Nach unserem Urlaub treffen wir uns wieder. Wenn wir dann nicht mehr wissen als jetzt, erstattet er sofort Anzeige, und wir überlassen den Rest Polizei und Staatsanwaltschaft. Und an deinem Verlust«, er sah sein Gegenüber an, »werde ich mich schon irgendwie beteiligen.«

Stefanie nickte stumm.

Und auch Kaya gab seine Zustimmung. »Mit deiner Beteiligung aber, das kannst du vergessen. Ich hab das so gewollt. Da stehe ich dann auch allein für grade.«

Ihre weitere Unterhaltung plätscherte so dahin.

Nach einer halben Stunde sagte Stefanie: »So ihr zwei. Ich bin müde und möchte ins Bett. Ich schmeiß euch jetzt raus.«

Cengiz stand auf, Rainer sah seine Freundin mit offenem Mund erstaunt an. »Wie, ich auch?«

»Du auch. Alle beide.«

Kaya grinste, Esch schmollte.

Vor der Haustür überlegte Cengiz, ob er Rainer noch auf ein Bier einladen sollte, ließ es dann aber. Irgendwie schien sein neuer Bekannter dafür nicht in der Stimmung zu sein. Und diese schlechte Laune beobachtete er mit wachsender Schadenfreude. Stefanie hatte ihn geküsst und Rainer mehrmals kritisiert. Und sie dann beide vor die Tür gesetzt. Vielleicht gab sie ihrem Freund ja den Laufpass. Cengiz wäre sich nicht zu schade, Eschs Stelle einzunehmen. Aber jetzt flogen die beiden zunächst gemeinsam in den Urlaub. Nach Samos.

Der Türke seufzte. Schließlich können gemeinsame Urlaubsfreuden in südlicher Sonne auch angeschlagene Partnerschaften kitten. Er konnte nicht mehr tun, als zu warten. Und etwas zu hoffen.

23

Der Flieger legte sich auf die Seite und beschrieb einen weiten Linksbogen. Er sah aus dem Fenster. Unter ihnen glänzte blausilbrig die Ägäis. Am oberen Rand des kleinen Fensters war die Insel Samos zu erkennen. Braun, etwas grün. Am Druck auf seinen Ohren merkte Rainer, wie schnell die Boeing an Höhe verlor. Der Monitor an der Kabinendecke gab Aufschluss: Höhe über NN 1500 Meter, 1400 Meter, 1300 Meter. Noch immer konnte Esch keinen Flugplatz erkennen. Die Flugangst kam langsam wieder angekrochen. Noch 130 Meter Höhenunterschied trennten ihn vom sicheren Boden. Links war nur das Meer zu sehen. Er griff nach Stefanies Hand und hielt sie fest. Stefanie war wie immer die Ruhe selbst.

»Wir sind ja gleich unten«, versuchte sie ihn zu beruhigen, »der Kapitän weiß schon, was er macht.«

»Na hoffentlich«, knurrte Rainer.

Als die Maschine mit einem leichten Ruck aufsetzte, applaudierten die Passagiere.

Sicher gelandet, hatte Rainer wieder Oberwasser. »Idioten. Klatscht eigentlich irgendjemand bei mir, wenn ich ihn sicher vor seiner Haustür absetze? Das ist doch sein Job. Die sind doch keine Schauspieler, oder?« Er sah Stefanie an, die nicht antwortete. »Wirklich blöd.«

Das Auschecken und die Zollformalitäten gingen erfreulich schnell vonstatten. Der Bus des Reiseunternehmens stand direkt vor dem kleinen Flughafengebäude. Sie verstauten ihre Koffer, stiegen ein und warteten auf die Abfahrt.

Vor dreizehn Jahren war Rainer Esch das erste Mal in den Ferien auf Samos gewesen, damals in Pythagorion. Jetzt, im Oktober, hatte ihnen ihr Reisebüro geraten, nach Kokkari zu fahren, da dort um diese Zeit angeblich noch mehr Touristen seien und deshalb auch mehr Restaurants geöffnet hätten. Sie waren dem Rat gefolgt und hatten eine Unterkunft im Norden der Insel gebucht.

Kokkari war etwa zehn Kilometer von der Inselhauptstadt Samos entfernt. Beurteilte man den Ort lediglich von der Umgehungsstraße aus, käme niemand auf die Idee, dort seinen Urlaub zu verbringen. Halbfertige Hausskelette aus Beton säumten die Straße. Auto- und Motorradverleiher konkurrierten miteinander um Kunden und überboten sich mit großflächigen Reklametafeln; vereinzelte Restaurants und Bars buhlten – in der Nachsaison vermutlich vergeblich – mit dem Hinweis auf die Frische ihrer Speisen um Gäste.

Rainer Esch erschrak. Das war nicht das Samos, das er kannte. Trotzdem lächelte er, als sie an der Hauptstraße aus dem Bus stiegen, ihre Koffer nahmen und den Weg zu ihrer Pension einschlugen, den ihnen der Busfahrer gewiesen hatte. Esch wollte Stefanie nicht schon am ersten Tag den Urlaub durch dumme Bemerkungen versauen; wie er sich kannte, kam das ohnehin noch.

Sie durchquerten einige kleine Gassen, die schon über erheblich mehr Charme verfügten als die Hauptstraße; vorbei an weißen, einstöckigen Häusern, eingerahmt von wildem Wein und Kletterpflanzen mit blauen Blüten, deren Namen sie nicht kannten; bogen um eine Ecke und sahen das Meer. Direkt vor ihnen. Sie waren überwältigt.   Der Reisekatalog hatte nicht gelogen: »Eine kleine, familiäre Pension, nur durch eine Promenade vom Strand getrennt.« Pension Poseidon lag wirklich unmittelbar am Meer, am östlichen Rand der Bucht.

Auch der Besitzer des Poseidons versuchte – wie fast alle Anwohner an der Meerseite –, mittels einer Taverne das Urlaubsbudget der Touristen zu schmälern. Rainer und Stefanie bezogen ihr Zimmer mit Balkon zum Meer. Zehn Minuten später saßen sie an einem Tisch direkt am Wasser und genossen ihren Begrüßungsouzo, zumindest Rainer tat dies. Um ihre Gastgeber nicht zu enttäuschen, machte Stefanie gute Miene zum bösen Spiel und nippte ebenfalls an ihrem Glas.

Abends bummelten sie durch die Gässchen des Ortes. Sie aßen schließlich in einem kleinen Lokal, etwas entfernt vom eigentlichen Zentrum. Das Restaurant war Rainer aufgefallen, weil dort auf einer Tafel in fehlerfreiem Deutsch auf Kaninchen-Stifado und vor allem selbstgekelterten Wein vom Fass hingewiesen wurde.

Das Stifado war geschmacklich erstklassig, nur die Portion für Rainer etwas zu klein. Stefanie verzehrte mit Genuss in Speckscheiben gewickelte, gegrillte Scampi. Der hausgekelterte Wein war trocken und naturtrüb. Zum Nachschenken benutze der Wirt einen großen, weißen Kanister, was an den Nebentischen zu Rainers Vergnügen eine gewisse Verblüffung auslöste.

Das Restaurant war klein; ein Orangenbaum mit noch grünen Früchten überdeckte mit seinem Blätterdach fast die gesamte Fläche des Gartens.

»Sag mal«, fragte Stefanie, »erinnert dich der Wirt nicht an jemanden?«

Rainer stutzte. »Eigentlich schon. Ich weiß nur nicht, an wen.«

»Der Schauspieler, der Franzose. Der mit der Nase.« Stefanie fasste sich an die Nase und tat so, als ob sie diese langzöge.

»Sooooo.«

»Na klar, du meinst Louis de Funes. Der sieht ja echt so aus. Is ja irre.«

Später, sie tranken bereits Mocca und Metaxa, stürmte eine Meute neuer Gäste das Restaurant.

»Ey, fast voll.«

»Egal. Nimma da den Tisch. Wir schieben zusammen.«

»Für mich erstma ein Pilsken.«

»Für mich auch.«

»Wartma. Lass doch erstma gucken.«

»Chef, tu ma sechs Ouzo.«

»Mann, der versteht dat doch nich.«

»Na und?«

Am lautesten grölte ein Mittvierziger. Sein T-Shirt war verschwitzt und trug die sinnige Aufschrift: Diesen Körper formten Gott und Pils. So sah er auch so. Schwammig und feist.

Stefanie stieß Rainer an. »Komm, lass uns zahlen.«

»Ist gut. I wonna pay, please«, rief er Louis de Funes zu.

»Okay. Please, come inside.«

Später saßen sie auf den für Griechenland typischen Stühlen mit der Sitzfläche aus geflochtenem Korb an den niedrigen Tischen in der Bar Manos. Das Manos lag an einer Ecke, an der sich drei Gassen trafen. Auf kleinster Fläche befanden sich sechs Restaurants und Bars. Jede der Kneipen versuchte, die Konkurrenz musikalisch zu übertrumpfen. Im Grunde handelte es sich bei diesem Wettbewerb aber lediglich um die Frage, wessen Lautsprecher mehr Watt vertrugen.

Sie tranken zunächst Metaxa, später Samena, einen trockenen Weißwein. Rainer war nicht mehr ganz nüchtern. Im Manos tönte ein grundehrlicher Blues aus den Boxen. Auch die Stones haben den Blues, dachte Esch und trank den Rest Weißwein aus seinem Glas in einem Zug. Gerade wollte er Stefanie fragen, ob er noch eine Flasche bestellen sollte, da wandte sie sich ihm zu.

»Hör mal. Das ist aber schön«, freute sie sich.

»Was? Diese Schmonzette?« Rainer fiel fast das Glas aus der Hand.

»Mann, ist ja gut. Auch die Beatles haben tolle Songs gemacht. Gerade die frühen Sachen. Und mir gefällt ›I want to hold your hand‹ eben. Du machst ja in selffulfilling prophecy. Mit ›I can't get no satisfaction‹ redest du dir eine vorgezogene Midlife-Crisis geradezu ein.« Stefanie war wirklich wütend. »Neben den Stones gibt es auch was anderes, wenn du's nicht gemerkt haben solltest.«

Da war er schon, der erste Krach.

»Okay. War scheiße. Trinkst du noch einen mit?,« fragte er versöhnlich und bestellte nach ihrem zustimmenden Nicken noch eine Flasche Samena.

24

Cengiz Kaya sah zum dritten Mal an diesem Samstagmorgen auf die Einladung:

Take off

Innovative Investments für intelligente Investoren
Geschlossene Anteilseignerversammlung

Samstag, den 15. Oktober 1996, 10.00 Uhr,
Einlass ab 9.30 Uhr. Kulturzentrum Herne

Tagesordnung
1. Eröffnung und Begrüßung durch den Vorsitzenden der
Hauptversammlung, Herrn Dieter Fasenbusch
2. Bericht über die wirtschaftliche Entwicklung in der Hard- und Softwareindustrie Lateinamerikas, Herr Prof. Dr. Guacho, Universität Ecuador
3. Bericht über die Beteiligungsunternehmen,

Herr Dieter Fasenbusch
4. Gemeinsamer Mittagsimbiss
Diese Einladung gilt als Eintrittskarte. Sie ist beim Betreten des Veranstaltungsortes an der Eingangskontrolle vorzulegen. Die Veranstaltung ist nicht öffentlich. Die Einladung ist nicht übertragbar.
gez. Der Vorstand

Kaya zog sich Jeans und sein neues dunkles Sakko an und machte sich gegen neun auf den Weg ins Kulturzentrum der Stadt Herne, das sinnigerweise KuZ abgekürzt wurde. Cengiz folgte der Mont-Cenis-Straße und kreuzte in Höhe des City Centers, einer Bausünde aus den siebziger Jahren, die Bahnhofstraße am oberen Ende der Fußgängerzone.

Seit einigen Monaten tobte in der einzigen Lokalzeitung, über die Herne verfügte – sofern man von den Wochend-Werbeblättchen mal absah –, ein Streit von überwiegend selbsternannten Experten über die zukünftige Gestaltung der Herner Innenstadt, speziell die der Fußgängerzone. Einig waren sich die meisten Leserbriefschreiber und auch Lokalreporter immerhin darin, dass die Verkaufspavillons, die die Straße zierten, ersatzlos abgerissen werden müssten. Dies würde zumindest die Inlineskater freuen, die dann noch mehr Platz für ihr Hobby inmitten von einkaufenden Herner Bürgern finden würden.

Die Bahnhofstraße war, obwohl das Wetter mitspielte, um diese Zeit noch so tot wie nach acht Uhr abends. Cengiz ließ das relativ neu gebaute Kaufhaus von C & A rechts liegen und erreichte nach dem Überqueren eines Parkplatzes das KuZ, das mit dem Charme einer Wanderdüne an einer Straßenecke lag. Ähnlich wie der Palast der Republik in Berlin hatte es auch im KuZ Probleme mit asbestverseuchten Bauteilen gegeben; in Herne waren die Stadtväter zu der zugegeben kostengünstigeren Entscheidung gelangt, das Bauwerk nicht abzureißen, obwohl es dem Stadtbild sicher gutgetan hätte. So hatte Cengiz es noch am Morgen in der WAZ gelesen.

Andererseits, der Türke blickte sich um, waren das Schwimmbad gegenüber, das Hochhaus mit der aparten Zündkerze auf dem Dach und der grüne Klotz von gut zwei Dutzend Stockwerken Höhe hinter der Fußgängerzone nun auch nicht gerade das, womit Städteplaner und Architekten in den neunziger Jahren Preise gewinnen würden. Unter diesem Aspekt hätte der Abriss des KuZ auch nicht viel geändert. Die Entscheidung der Stadtväter, der Not leerer Kassen gehorchend, das Gebäude zu sanieren, erschien Cengiz deshalb nachvollziehbar. Er hatte aber den dumpfen Verdacht, dass diese das KuZ auch bei ausreichenden Geldmitteln für schön und erhaltenswert gehalten hätten.

Kaya folgte einigen anderen Leuten, von denen er hoffte, dass sie ebenfalls zur Veranstaltung von Take off wollten, die Treppe hinunter zu einer mehrflügeligen Tür, von der nur ein Teil geöffnet war. So waren die Besucher gezwungen, das Gebäude hintereinander zu betreten. Im Windfang zwischen den zwei Glastüren stand ein grobschlächtig wirkender Mann, bekleidet mit einem um die Bauchregion etwas zu engen Anzug. Der Zerberus sah nicht gerade so aus, als ob er ständig in solchen Klamotten herumlief.

»Bitte die Einladung«, brummte er.

Kaya zog seine Karte aus der Tasche und hielt sie dem Türsteher unter die Nase.

»Danke.«

Der Türke betrat das untere Foyer des KuZ. An der Rückwand der Halle befanden sich die Garderoben, links vom Eingang führten Treppen in die oberen Räumlichkeiten. Dort waren Tische im Halbkreis aufgestellt, an denen hübsche junge Frauen Kaffee, Sekt und Säfte servierten. Kaya ließ sich einen Kaffee geben, platzierte sich an einem der Stehtische etwas abseits und beobachtete die anderen Gäste.

Der Großteil von ihnen wäre auch in einem Feinschmeckerrestaurant am zweiten Weihnachtstag nicht underdressed gewesen. Nur wenige trugen Alltagskleidung, Männer ohne Schlips und Sakko sah Cengiz keine. Die weiblichen Besucher waren noch mehr gestylt, fast alle sahen so aus, als ob sie am Vortag ihren Frisör bemüht hätten.

Das Alter der Teilnehmer lag wohl zwischen Mitte Zwanzig und Ende Sechzig. Wie Betrüger sahen sie eigentlich nicht aus. Diesen Gedanken korrigierte Kaya sofort. Betrüger, dachte er, dürfen, um ihren Job effektiv erledigen zu können, eben nicht so aussehen, wie sich brave Bürger vorstellen, dass sie aussehen. Außerdem war den meisten Anwesenden vermutlich nicht einmal klar, dass es sich bei Take off um eine kriminelle Organisation handelte.

Drei melodische Gongschläge gaben ein Zeichen. Die Türen zum Festsaal wurden von jungen Damen in phantasievollen Kostümen geöffnet. Leise Musik wehte der Gesellschaft entgegen. Cengiz betrat mit den anderen den weitgehend verdunkelten Saal. Er identifizierte den Song als Marilyn Monroes ›Diamonds are the girls best friend‹ und suchte sich einen freien Platz im hinteren Bereich.

Es dauerte ein paar Minuten, bis sich der Raum gefüllt hatte und die Türen geschlossen wurden. Das Licht verlosch. Nach einigen Sekunden blendete ein greller Blitz die überraschten Gäste. In ohrenbetäubender Lautstärke hämmerte die Ouvertüre zu Wagners ›Ritt der Walküre‹ auf sie ein. Auf einer überdimensionalen Leinwand erschien ein Flugzeug, Kaya erkannte es als Boeing 747, das über Wolkenberge zur Wagnerschen Musik schwebte. Auf dem Bug der Maschine prangte gut lesbar der Schriftzug Take Off. Die Musik wurde leiser. Eine sonore Männerstimme schallte durch den Raum und übertönte die Musik im Hintergrund.

»Take off. Innovative Investments für intelligente Investoren. Wir fördern die Zukunft. Wir sichern die Zukunft. Wir sind die Zukunft.«

Beifall setzte ein.

Die Stimme wurde lauter: »Take off. Innovative Investments für intelligente Investoren. Wir fördern Eliten. Wir sichern Eliten. Wir sind die Elite.«

Der Beifall steigerte sich. Der Flieger drehte auf der Leinwand weiter seine Kreise.

Die Lautstärke der Stimme erreichte fast die Schmerzgrenze: »Take off. Innovative Investments für intelligente Investoren. Wir fördern Reichtum. Wir sichern Reichtum. Wir werden reich.« Die letzten drei Worten schrie die Stimme.

Der Beifallssturm erreichte Orkanstärke.

Plötzlich erlosch die Musik. Die Leinwand wurde dunkel. Ein Lichtkegel erhellte das Stehpult, hinter dem sich ein Mann im dunklen Anzug mit roter Krawatte postiert hatte. Erneut brauste tosender Beifall auf. Der Mann hob beide Arme. So stand er wortlos ein, zwei Minuten und ließ seinen Blick durch den Saal schweifen. Es schien Kaya, als ob er die Bewunderung der anderen für diesen Mann fast körperlich spüren könnte. Auch er selbst tat sich schwer, sich dieser geschickt inszenierten Suggestion zu entziehen. Der Mann hinter dem Pult senkte die Arme, nickte dankend mit dem Kopf und gab durch seine Gestik zu verstehen, dass nun genug applaudiert worden sei. Langsam verebbte der Beifall. Schließlich hätte man eine Stecknadel fallen hören können.

»Take off.« Das war dieselbe sonore Stimme wie gerade, erkannte Cengiz. »Take off. Innovative Investments für intelligente Investoren. Wir sind die Zukunft. Wir sind die Elite. Wir werden reich. Wir sind Take off.«

Der Applaus brandete ein weiteres Mal auf. Wieder die abwehrende Gestik.

»Meine Damen und Herren, verehrte Anteilseigner, herzlich willkommen zur Anteilseignerversammlung von Take off.«

Beifall.

»Denjenigen unter Ihnen, die mich noch nicht persönlich kennen, möchte ich mich zunächst vorstellen. Mein Name ist Dieter Fasenbusch, Vorsitzender der Hauptversammlung von Take off, der Investorengemeinschaft der Zukunft.«

Beifall.

»Ich darf Ihnen jetzt die Tagesordnung bekanntgeben. Im Anschluss wird uns Herr Professor Doktor Guacho von der Universität Ecuador einen interessanten Einblick auf die Entwicklung der lateinamerikanischen Computerindustrie geben. Ich freue mich ganz besonders, dass es uns gelungen ist, mit Herrn Professor Doktor Guacho einen ausgewiesenen Experten für unsere heutige Veranstaltung zu gewinnen. Herr Professor Doktor Guacho wird ...«

Cegiz Kaya war verblüfft. Alles hatte er erwartet, nur nicht das. Die ganze Aufführung erinnerte schon jetzt eher an die liturgische Feier einer religiösen Sekte und nicht an die Werbeveranstaltung illegaler Abzocker. Er schaute vorsichtig nach rechts und links zu seinen Nachbarn. Manche hingen mit fast überwältigter Hingabe an den Lippen des Redners, und Kaya meinte, in ihren Augen wie bei Dagobert Duck Dollarzeichen zu erkennen. Andere nickten unaufhörlich mit dem Kopf, ein Hinweis auf ungeteilte Zustimmung.

Bei fast jeder Banalität über Geld, Reichtum und Zukunft, die Fasenbusch am Rednerpult von sich gab, applaudierte die Versammlung im Saal. Es schien so, als ob lediglich der Gedanke an die Knete, die sie verdienen könnten, die Anwesenden in eine Art ekstatische Verzückung geraten ließ.

Der Redner kam zum Schluss: »Und deshalb sage ich Ihnen: Wenn wir wollen, werden wir reich sein. Sie haben es selbst in der Hand. Sie sind Ihres Glückes eigener Schmied. Kaufen Sie Take off-Anteile. Und werben Sie für den Kauf von Take off-Anteilen. Kaufen Sie Zukunft. Werden Sie reich. Ich danke Ihnen.«

Es hielt niemand mehr auf den Sitzen. Alle sprangen auf und spendeten Fasenbusch stehend Ovationen. Auch Cengiz konnte sich dem Gruppendruck nicht entziehen und applaudierte mit, was ihn noch Monate später ärgern sollte.

Der nachfolgende Professor Doktor Guacho entpuppte sich als kleiner, unscheinbarer Mensch, der fehlerfreies Deutsch mit leichtem Akzent, wenn auch ohne Betonung, sprach. In seiner dreißigminütigen Rede versicherte er den faszinierten Zuhörern, dass der Computer auch in Lateinamerika weiter auf dem Vormarsch sei und deshalb auch dort die Zukunft bedeuten würde. Immer mehr internationale Konzerne investierten in dieser Region, und daher ...

Kaya schaltete ab. Der Informationsgehalt dieser Rede tendierte gegen Null, und das wenige, was über der Nullinie lag, konnte er in jeder Tageszeitung nachlesen. Trotzdem waren die anderen Besucher sehr angetan. Es fehlte zwar die Begeisterung, die dem charismatischen Fasenbusch entgegengebracht worden war, aber auch Guacho hatte durchaus interessierte Zuhörer und bekam am Schluss heftigen, zustimmenden Beifall.

Danach erfolgte erneut ein Auftritt des Vorsitzenden der Hauptversammlung, der genauso in Szene gesetzt wurde wie der erste. Im Grunde erzählte Fasenbusch der jubelnden Menge den gleichen Sermon wie bei seiner Begrüßungsrede, nur in anderer Reihenfolge. Das hielt seine Anhänger jedoch nicht im Geringsten davon ab, jedes seiner Worte wie eine Heilsbotschaft überschwänglich zu feiern.

Fasenbusch endete unter tosenden Beifallsstürmen, wie er begonnen hatte: »Take off. Innovative Investments für intelligente Investoren. Vergessen Sie das nicht. Vielen Dank für Ihr Kommen. Die Versammlung ist geschlossen. Selbstverständlich sind Sie alle zu einem kleinen Imbiss eingeladen. Auf Wiedersehen. Und viel Erfolg. Wir sind Take off.«

Licht durchflutete den Saal. Cengiz schien es, als würden einige aus einer Art Trance erwachen. Auch er hatte sich ja nicht die ganze Zeit unter Kontrolle gehabt und war der geschickten Inszenierung einmal erlegen. Die hübschen Frauen öffneten die Türen. Im Foyer entpuppte sich der kleine Imbiss als opulentes Büffet, unter dem sich die Tische bogen.

Kaya zögerte keine Minute. Sein in langen Jahren der Evolution entwickelter Überlebensinstinkt ließ ihn als einer der ersten nach einem der größten vorhandenen Teller greifen und sich einen repräsentativen Querschnitt der angebotenen Speisen auf denselbigen schaufeln. Cengiz scheute sich auch in keiner Weise, einen zweiten und auch dritten Gang ans Büffet zu wagen, als die Warteschlange vor den Tischen erfolgversprechend klein war. Er hatte gerade mit Genuss ein kleines Stück Gorgonzola als Abschlusshappen verzehrt, als ihn jemand von hinten ansprach.

»Hat's geschmeckt?«

Kaya drehte sich um und erkannte den Parkplatzwerber vom Pütt wieder. In dem Anzug hätte er ihn, wenn ihn dieser nicht angesprochen hätte, nicht erkannt.

»Ja, danke. War wirklich toll. Kriegt man nicht alle Tage. Besser als bei uns auf'm Pütt in der Kantine.«

»Dat kannze laut sagen. Na, schon neue Interessenten gefunden?«

»Bin dabei«, log der Türke.

»Sieh man zu. Ich hab mit unserem Boss gesprochen. Du hast ihn ja eben gehört. Steht dahinten irgendwo.« Der Kollege zeigte mit einer Kopfbewegung in die Menschenmenge.

Kaya schaute in die angegebene Richtung, konnte Fasenbusch aber nicht entdecken.

»Wenn du auf Friedrich Gustaf Erfolg hast, kannze haupt- oder auch nebenberuflich bei uns ins Management aufsteigen.«

»Bringt das denn was?«

»Ob dat was bringt? Dat erfährste, wenn's so weit ist. Bis dann.« Cengiz' Gesprächspartner verschwand in der Menschenmenge.

Der Türke genehmigte sich noch etwas Eis zum Nachtisch, einen doppelten Espresso und machte sich satt und leicht beunruhigt auf den Heimweg. Ihm war nach dem Gespräch klargeworden, dass die Organisatoren von Take off von ihm den Zugang zu neuen Märkten erwarteten. Unklar war ihm allerdings, wie sich die Kerle verhalten würden, wenn diese Marktöffnung durch ihn nicht erfolgte. Und das war schon etwas, was einen beunruhigen konnte.

25

Ihr zweiter Tag auf Samos verlief wunschgemäß. Der Himmel war schon zum Frühstück tiefblau, die Sonne schien, und es war warm, sehr warm sogar. Stefanie und Rainer erkundeten Kokkari und Umgebung, fanden eine etwa zwei Kilometer entfernte Bucht und aalten sich nachmittags am Strand. Bevor ihre nicht gerade sonnengewöhnte Haut vollends verbrannte, verließen sie die Bucht und ruhten sich in ihrer Pension von den gewaltigen Anstrengungen des Tages aus. Etwa eine halbe Stunde diskutierten sie, wo sie denn das Abendessen und die anschließenden ›Absacker‹ einnehmen sollten. Ihr Disput verlief ohne greifbares Ergebnis. Sie einigten sich schließlich darauf, durch den Ort zu gehen und spontan zu entscheiden.

Rainer Esch war zufrieden, sehr zufrieden sogar. So konnte, ginge es nach ihm, auch der Rest der Woche verlaufen. Lange schlafen, etwas baden, davon ausruhen und als einziger Stress die Entscheidung, welches Restaurant aufgesucht und welches Gericht gewählt werden sollte. Das war Urlaub, wie er ihn sich wünschte. Und für Stefanie war es auch gut, auf andere Gedanken zu kommen.

Am nächsten Abend nahmen sie ihre Absacker in der Korbstuhlkneipe ein. Der Laden hieß anders, aber Stefanie hatte ihn so genannt, weil man dort in gut gepolsterten Rattansesseln saß. Er gehörte zu einer ganzen Reihe von Lokalen, die an der Strandpromenade direkt am Meer lagen. Die Getränke waren in diesen Kneipen natürlich etwas teurer als in den anderen einfachen Tavernen; da die Preise aber westdeutsches Niveau noch nicht erreichten, war Rainer das egal.

Die Lichter der Lokale ließen das Meer silbrig schimmern. Im Schein der Lampen watschelten zwei Enten am Strand entlang.

»Sieh mal«, sagte Stefanie und zeigte auf die Tiere.

Rainer reagierte ungehalten. Zum einen waren die Viecher nun wirklich nicht zu übersehen, zum anderen hasste er es, wenn seine Freundin ihre romantische Ader entdeckte, da sie dann häufig einfach nur kitschig war.

»Kann man die hier essen?«, antwortete er.

»Arschloch. Geht's bei dir eigentlich immer nur ums Fressen und Saufen?«

Esch schwieg. Tatsächlich hatte auch er noch nie Enten gesehen, die sich im Salzwasser aufhielten. Wenn er so weitermachte, würde die Urlaubswoche in einer mittleren Katastrophe enden. Bevor er seine Entschuldigung loswerden konnte, sprach sie jemand von der Promenade aus an.

»Hallo, ihr zwei. Haben wir uns nicht schon gestern Abend gesehen?«

Der, dessen Körper von Pils und wer weiß was noch geformt worden war, baute sich vor ihrem Tisch auf. »Na«, grinste er Stefanie an, »schon schön braun geworden? Überall?«

Rainer erhob sich langsam. Stefanie legte beschwichtigend ihre Hand auf seinen Oberschenkel.

»Setzt dich«, flüsterte sie.

»Is was?«, meinte der Pilsbauch provozierend. »Oder was?«

»Nee, lass mal gut sein.« Esch hob mit einer friedfertigen Geste beide Arme. »Schon in Ordnung. Komm, trink einen mit.« Ihm stank es unheimlich, mit diesem feisten Arsch auch noch zu trinken, aber Stefanie zuliebe ...

Als Trost stellte er sich vor, dass seine Faust in das Gesicht von Pilsbauch flog, das Nasenbein zerschmetterte. Glücklicherweise verabscheute Stefanie Schlägereien. Und Rainer war sich – wenn er ehrlich war – auch nicht ganz sicher, wer sich darüber eigentlich mehr freuen sollte: er oder Pilsbauch.

»Gut. Drei Ouzo. Einen für mich, zwei für die da«, schrie Pilsbauch dem Kellner zu, der noch einige Meter entfernt war. Pilsbauch stierte Rainer an.

»Du bist selbstverständlich eingeladen«, schnaubte der wütend und erntete für diese diplomatische Großtat unter dem Tisch einen anerkennenden Stups von Stefanie.

Pilsbauch ließ sich ächzend in einem der noch freien Sessel nieder. »Gut. So kommen wir uns näher«, lachte er. »Ich heiße übrigens Adolf. Meine Freunde nennen mich Adi.«

Der Kellner brachte die Getränke, und der unerwünschte Tischpartner schnappte sich ein Glas: »Jamas. Hau weg die Scheiße, wie wir im Kohlenpott sagen.« Er kippte den Ouzo in sich rein, ohne darauf zu warten, dass seine Gastgeber angetrunken hatten. »Gut, wa? Hör ma Teufel«, rief er Richtung Kellner, »mach ma noch drei.« ›Adi‹ hielt das Ouzoglas und drei Finger hoch. »Und drei Bier. Birra, verstehn? Drei.« Wieder hielt er die drei Finger hoch.

»Eigentlich trink ich kein Bier«, protestierte Rainer.

»Jetzt scheiß dich hier nich an. Is für lau. Ich geb einen aus. Heute ist mein letzter Abend. Morgen früh geht's ab zu Mama. Oder hasse was dagegen, mit mir einen zu trinken?«, fragte er gefährlich leise.

Wieder kam ein Rempler von Stefanie. Und wieder spielte Rainer Diplomat. Sollte er jemals sein Studium beenden, schwor er sich, würde er nie in den auswärtigen Staatsdienst eintreten. Er an einem Tisch mit Idi Amin. Oder mit Karadzic. So in etwa wie jetzt mit dem Spinner. Das wäre ja widerlich. »Nee, so hab ich das nicht gemeint. Schon in Ordnung.«

»Prost«, mischte sich Stefanie ein.

»Prost, meine Süße«, meinte Adolf.

Nach weiteren vier Runden Ouzo und Bier leerte Stefanie ihre Gläser heimlich über die Mauer. Rainer, dessen Sitzplatz zu weit von der Mauer und zu nah bei Pilsbauch lag, hatte so ein Privileg nicht. Tapfer hielt er Runde um Runde mit, bis er der Meinung war, dass Bier und Ouzo in Kombination getrunken geradezu göttlich schmeckte. Auch Idi Amin erschien ihm schon bei weitem nicht mehr so unzumutbar.

Stefanie beobachtete mit Sorge den körperlichen und geistigen Verfall ihres Freundes.

»Rainer, meinst du nicht, wir sollten so langsam ins Bett gehen?«

»Wiescho Bett. Warum en dasch? Hier issches doch scho schön. Lasch uns noch wasch bleiben.«

»Genau«, assistierte Adolf.

»Genau«, bestätigte Rainer.

»Außerdem sind wir jetzt Freunde.« Pilsbauch hob sein Glas. Rainer versuchte das gleiche. »Und Freunde bleiben zusammen.«

»Genau«, bekräftigte Rainer. »Wir schind Freunde. Genau.«

»Genau. Weil dat so is, erzähl ich euch gezz, wie ihr schnell zu jeder Menge Kohle kommen könnt.« Adi beugte sich nach vorne. »Dürft ihr abba nich drüber reden. Klar?«

»Genau«, meinte Esch.

»Also, schon ma wat von Take off gehört?«

Stefanie stockte der Atem. Ihr Freund starrte mit glasigen, leicht stieren Augen auf sein Gegenüber.

»Wat hasche gesacht?«, nuschelte er.

»Take off. Der Knüller überhaupt. Kann ich euch verkaufen. Abba erst ma Prost.« Adi hob erneut das Glas. Mit Todesverachtung leerte Rainer seinen Halben, ohne abzusetzen.

»Mann, du hast ja richtig wat drauf«, bewunderte ihn sein Saufkumpan.

»Genau«, sagte Esch. Dann fiel er vom Stuhl.

Den nächsten Morgen, den er erlebte, würde er so schnell nicht wieder vergessen. Stefanie behauptete zwar, es handele sich um den späten Nachmittag, aber für Rainer war es zum Zeitpunkt seines Aufwachens immer Morgen. Er folgte da einer eisernen Regel, in langen Jahren mit äußerster Disziplin antrainiert. Sein Herz raste, sein Kreislauf, sofern er überhaupt noch einen hatte, jagte Wogen von Übelkeit durch seinen Körper, da, wo normalerweise sein Kopf saß, befand sich eine hämmernde Pauke, kurz: Rainer war völlig am Ende.

»Ich sterbe, Stefanie, sofort. Ruf den Notarzt, Rettungsflieger, Lazarettschiffe, irgendwas.«

»Musst du auch so viel saufen?«

»Nicht so laut, bitte. Gibt's in diesem Land Aspirin?«

»Neben dir auf dem Tisch. Die Apotheke unten neben der Pension verkauft anscheinend nur Aspirin, Durchfallmittel und etwas gegen Sonnenbrand. Um Nachschub jedenfalls musst du dir keine Sorgen machen.«

Er löste zwei Brausetabletten in einem Glas Wasser auf und trank das Gebräu. »Was heißt hier eigentlich, musst du so viel saufen? Wer wollte denn gestern Abend keinen Streit. Wer hat mich denn genötigt, mit dem Kerl ein Bier zu trinken?«

»Ein Bier?« Stefanie lachte auf. »Wenn du nicht vom Stuhl gefallen wärst, hätte der Wirt uns rausgeschmissen.«

»Warum? Was haben wir gemacht?«

»Nichts. Aber Bier und Ouzo waren alle.«

Esch bekam einen Lachanfall. Auch seine Freundin prustete erneut los.

»Und stell dir vor, Adi wollte uns Anteile von Take off verkaufen.«

»Was, hier?«

»Ja. Du brauchst dir aber keine Sorgen zu machen. Er ist heute abgereist.«

»Gott sei Dank. So ein Besäufnis überstehe ich nur einmal im Monat.«

»Hoffentlich. Und jetzt steh auf und geh unter die Dusche. Du stinkst wie ein Schnapsfass. Lass uns zum

Strand gehen. In drei Tagen geht unser Flieger. Und heute Nacht gehen wir früher ins Bett. Nüchtern. Besoffen kann ich dich dann nicht gebrauchen.«

Schlagartig waren Rainers Kopfschmerzen davongeflogen. Es ging doch nichts über die richtige Medizin.

26

Cengiz Kaya war zwar in Deutschland geboren worden, vergaß seine türkische Herkunft jedoch nie. Besonders die Speisen der Heimat seiner Eltern hatten es ihm angetan. Er verschmähte allerdings auch nicht die kulinarischen Highlights der Region: den Bottroper Feinschmeckerteller, Currywurst mit Pommes rot-weiß, in eingeweihten Kreisen auch Pommes Schranke genannt oder die amerikanisierte Version, Hackfleisch zu verarbeiten.

Heute jedoch musste es türkisch sein. Cengiz hatte Stefanie und Rainer nach ihrer Rückkehr aus Griechenland zum ersten Mal in seine neue Wohnung eingeladen und wollte sie mit türkischen Spezialitäten überraschen. Besonders Stefanie wollte er zeigen, dass ein türkischer Mann auch im Haushalt zu gebrauchen ist. Deshalb hatte er seine Wohnung drei Tage lang von oben bis unten geputzt.

Ein gewisses Problem bei der Planung des Abends entstand, als Cengiz das verfügbare Geschirr einer Inspektion unterzog. Die Wohnung war zwar möbliert vermietet worden, Frau Köster hatte jedoch die Küche mehr als spartanisch ausgestattet, wohl in der nicht ganz unberechtigten Annahme, dass ein alleinstehender Mann eher selten auf solche Utensilien zurückgreifen würde.

Seine Nachbarin von gegenüber hatte ihm aber netterweise die notwendigen Gerätschaften, die sie erübrigen konnte, zur Verfügung gestellt; allerdings waren diese untereinander und auch zu seinen vorhandenen Beständen nicht ganz kompatibel, so dass sich nun auf dem gedeckten Tisch mit weißer Tischdecke zwei Teller mit blauem Rand und einer mit grünen Hähnen befanden. Beim Besteck fielen die Unterschiede nicht ganz so gravierend aus, wenn man davon absah, dass auf einem Messer, einer Gabel und einem Löffel das Wort Karstadt eingraviert war.

Sein Gläsersortiment ließ auch etwas zu wünschen übrig; die ursprünglich als Wassergläser vorgesehenen Zahnputzbecher hatte Cengiz schließlich durch sechs neue, bei Woolworth erworbene Weingläser mit Kristallschliff und weitere sechs Multifunktionsgläser ersetzt.

Bei den Getränken hatte er sich auf Mineralwasser und Pfälzer Weißwein beschränkt, was zwar für einen türkischen Abend nicht ganz stilecht war, aber der Geschmacksrichtung seiner Gäste wohl eher entsprach. Auf Raki, Ouzo oder Veterano hatte er mit Rücksicht auf Stefanie völlig verzichtet, dafür aber für Rainer extra eine CD von den Rolling Stones erworben, mit der Cengiz seine neue Stereoanlage vorführen wollte.

Das Abendessen war wie geplant um kurz vor acht fertig. Cengiz zündete die Kerzen auf dem Tisch an und schaltete das Radio für etwas Hintergrundmusik ein. Seine neuen Freunde erschienen pünktlich zur verabredeten Zeit. Stefanie nahm ihn zur Begrüßung in den Arm, Rainer schlug ihm freundschaftlich auf die Schulter. »Na, alles klar?«

Stefanie war schon in die Küche gegangen. »Hmm, was riecht das hier gut. Ist das für uns?«, fragte sie.

»Ich habe mir gedacht, dass ihr nach den ganzen griechischen Grilltellern und Mousakas auch mal Spaß an der Küche des Landes haben könntet, dessen Küste ihr auf Samos quasi vor der Haustür hattet. Aber bitte, setzt euch doch.«

»Hier, auch von uns ein Mitbringsel.« Rainer stellte eine Flasche Metaxa auf den Tisch. »Ich hoffe, du trinkst Metaxa, auch wenn's der Schnaps eures Erbfeindes ist.«

»Wenn's denn sein muss.«

»Muss nicht«, warf Stefanie ein. »Was gibt's denn Gutes?«

»Abwarten.« Cengiz schenkte Wein ein. »Auf eure Rückkehr.«

Sie prosteten sich zu.

»Nun erzählt mal. Wie war's denn? Etwas braun seid ihr in der Woche ja geworden.«

Stefanie und Rainer berichteten von ihren Urlaubserlebnissen. Cengiz legte derweil letzte Hand an das Menü und brachte den ersten Gang auf den Tisch. »Bitte, lasst es euch schmecken.«

»Sieht toll aus.« Stefanie probierte. »Und schmeckt auch toll. Was ist das?«

»Auf türkisch heißt das ›Imam Bayildi‹. Was so viel bedeutet wie ›Der Imam fiel in Ohnmacht‹. Vor Begeisterung, versteht sich.«

»Hmm, lecker. Und wie hast du das gemacht?«, fragte Stefanie mit vollem Mund.

»Das ist ein reines Gemüsegericht. Kann man auch als Hauptspeise essen. Also, du brauchst vier Auberginen, die bei zweihundert Grad im Backofen fünfzehn Minuten geröstet werden. Du musst sie dabei öfters wenden. Dann ziehst du ihnen die Haut ab, halbierst sie und höhlst sie aus. Lass aber einen zwei Zentimeter großen Rand stehen, damit sie später nicht auseinanderfallen. Das Fruchtfleisch wird kleingeschnitten. Drei Zwiebeln werden in Ringe geschnitten und fünfhundert Gramm Tomaten unter heißem Wasser gehäutet und zerkleinert. Drei Knoblauchzehen oder mehr, je nach Geschmack, hacken oder auch pressen. Ich hab sieben genommen, also wenn ihr Morgen was vorhabt ...« Kaya grinste.

»Oh, Mann.«

»Die Zwiebeln werden in Öl angebraten. Dann kommen die Tomaten und der Knoblauch dazu und werden fünf Minuten gedünstet. Ein Lorbeerblatt, eine Zimtstange, etwas Zucker und Salz, ein Esslöffel gehackte Petersilie und das Auberginenfleisch kommen auch noch in den Topf und werden noch mal rund zehn Minuten gedünstet. Das Lorbeerblatt und den Zimt wieder rausnehmen, und zwei Esslöffel gehackte Mandeln unterrühren. Schließlich alles in die Auberginenhälften füllen und auf einem eingeölten Blech, mit Olivenöl natürlich, im Backofen fünfzehn bis zwanzig Minuten überbacken. Vorher noch mit etwas Olivenöl beträufeln. Ist gar nicht schwer«, schloss Cengiz seine Ausführungen.

»Total gut«, bekräftigte Rainer. »Übrigens, in Kokkari wollte uns ein Typ Take off verkaufen. Auf Samos. Kannste dir das vorstellen?«

»Eigentlich nicht«, antwortete Cengiz. »Ich dachte bis jetzt, das gibt es nur in Recklinghausen.«

Stefanie nahm einen Schluck Wein. »Na ja, der Mensch kam aus dem Ruhrgebiet. Hat er jedenfalls gesagt. Ist jetzt Rainers bester Freund.« Sie grinste breit.

Rainer protestierte sofort. »So 'n Quatsch. Wenn's nach mir gegangen wäre, läg der jetzt immer noch auf der Intensivstation des Krankenhauses von Samos-Stadt. Aber ich durfte ja nicht, wie ich wollte.«

»Eben. Und aus lauter Protest hast du dich deshalb bis zur Besinnungslosigkeit betrunken. Soll ich dir mal erzählen«, sie wandte sich ihrem Gastgeber zu, »wie ich den ins Bett gekriegt habe?«

»Gleich. Ich muss mich eben ums Essen kümmern.«

Einige Minuten später stand der Hauptgang auf dem Tisch. »Nehmt ihr die gebrauchten Teller? Ich hab nicht mehr und müsste sonst spülen«, entschuldigte sich Kaya.

»Klar.« Esch leckte sich die Lippen. »Und wie heißt das jetzt?«

»Fleischtopf mit Reis. Taskebaple Pilav.«

»Das Rezept möchte ich auch haben«, rief Stefanie spontan nach dem ersten Bissen.

»Natürlich. Also, du musst für den Eintopf 400 Gramm Lammfleisch wie Gulasch schneiden. Ebenso zwei Zwiebeln. Das Fleisch dann in zwei Esslöffeln Butter anbraten und dann die Zwiebeln, etwa ein Teelöffel Paprikapulver, etwas Pfeffer, einen Teelöffel Pimentpulver und eine Gewürznelke dazugeben. Das lässt du alles etwa zehn Minuten dünsten. Dann kommt da noch ein Viertelliter kochendes Salzwasser dazu. Deckel drauf, und dreißig bis vierzig Minuten kochen lassen. Und jetzt kommt das Besondere. Der Reis. Dazu musst du noch mal drei Esslöffel Butter in einem Topf zergehen lassen. Darauf gießt du drei Tassen Salzwasser und lässt das aufkochen. Dann eineinhalb Tassen Reis dazufügen, und das Fleisch darauf verteilen. Den Reis köcheln lassen, bis die Flüssigkeit ganz verdampft ist. Das dauerte noch mal so fünfzehn Minuten. Fertig.«

»Hört sich auch nicht schwierig an.«

»Ist es auch nicht.«

Nachdem sie auch den letzten Bissen vertilgt hatten, legte Cengiz seine neue CD auf.

»Stones«, stellte Rainer nach den ersten Takten fest. »›Let it bleed‹. Sag mal, Cengiz, wie war das denn bei dir? Du warst doch am Samstag auf der Take off-Veranstaltung?«

»Das ähnelte mehr einer Gehirnwäsche. Der ganze Ablauf war minutiös vorgeplant. Platz für Fragen oder kritische Diskussionen war da nicht die Bohne. Die Initiatoren haben die Besucher regelrecht in eine Art Trance versetzt. Hier ist das Programm.« Der Türke ging zum Küchenschrank und suchte unter einem Stapel Zeitungen. »Hier.« Er reichte den beiden die Einladung.

»Wie es aussieht, ist dieser Dieter Fasenbusch der Chef?«, fragte Stefanie.

»Seh ich auch so. Oder es gibt noch den berühmten Unbekannten im Hintergrund.«

»Hast du noch 'nen Schluck Wein?«, fragte Rainer und nahm sich die Flasche.

»Bedien dich. Fühl dich ganz wie zu Hause.«

»Besser nicht«, spottete Stefanie.

Ihr Freund nahm einen tiefen Schluck aus dem Glas und zündete sich eine Zigarette an. »Okay. Wir wissen, dass Take off Betrug ist. Wir wissen, dass Klaus da mitgemacht hat und sich aus Scham, Schuld oder was weiß ich umgebracht hat. Wir wissen, oder meinen zu wissen, wer der Chef von dem Verein ist. Und wir wissen, dass Fritz Hülshaus und der Typ, der Cengiz die Anteile verkauft hat, da mit drinstecken. Wir wissen auch, dass ohne Geschädigten, den wir jetzt ja glücklicherweise haben«, er grinste Kaya an, »die Bullen nichts unternehmen. Und das war's dann auch schon. Oder?« Triumphierend sah er die beiden anderen an.

Stefanie und Cengiz antworteten nicht.

»Dann lasst es mich so formulieren. Cengiz erstattet in den nächsten Tagen Anzeige. Und dann lassen wir«, Rainer nahm noch einen Schluck, »Take off Take off sein. Ende aus. Finito.«

Zögernd stimmten die beiden anderen zu. »Gut. Dann lasst uns jetzt zum gemütlichen Teil des Abends übergehen. Cengiz, hast du zufällig Cognacschwenker da?«

Zwei Stunden später meinte Stefanie, dass es Zeit sei zu gehen. »Cengiz, was ich noch sagen wollte, bitte versteh das jetzt nicht falsch, Klaus hat soviel Zeug in seiner Wohnung, das ich nicht brauche, Geschirr, Gläser, sicher auch das eine oder andere Möbelstück«, sie sah sich um, »so richtig eingerichtet bist du doch noch nicht. Also, wenn du willst ...?«

»Nee, geht schon in Ordnung.«

»Schön«, freute sich Stefanie. »Ich ruf dich ... hast du eigentlich schon Telefon?«

»Nee, noch nicht. Vielleicht hole ich mir in den nächsten Tage ein Handy.«

»Rufst du mich dann an?«

»Ja. Gerne.«

Stefanie strahlte Cengiz an.

Rainer machte gute Miene zum bösen Spiel. Obwohl sich auf Samos ihre Beziehung etwas stabilisiert hatte, traute er dem Braten nicht so ganz. Diese Vertrautheit zwischen den beiden verunsicherte ihn ganz erheblich. »Dann lass uns gehen, Stefanie. Vielen Dank, Cengiz. War wirklich lecker. Bis die Tage.«

»Tschüs, Cengiz«, verabschiedete sich seine Freundin.

»Bis dann. Vielen Dank für euren Besuch.«

27

»Rainer, hast du an die Bananenkisten aus dem Supermarkt gedacht? Und pack doch bitte altes Zeitungspapier ein, damit nachher nichts kaputtgeht.«

Stefanie war schon seit zwanzig Minuten dabei, sich alte Anziehklamotten aus ihrem Schrank herauszusuchen, nur um einige Kisten mit Geschirr in der Wohnung ihres Bruders zu packen. Rainer stank der ganze Aufwand gewaltig. Er musste sich seinen freien Abend mit dem Zusammenklauben von Geschirr um die Ohren schlagen, während der glückliche Empfänger wahrscheinlich gemütlich in seiner Bude saß und sich einen Spielfilm in der Flimmerkiste reinzog. Eigentlich müsste es genau umgekehrt sein.

Besonders ärgerlich fand er Stefanies schon penetrant fröhliche Laune. Seine Freundin konnte sich an einem solchen Abend anscheinend nichts Schöneres vorstellen, als Kisten zu packen.

»Denkst du bitte an Kordel? Ist unten im Schrank in der Küche. Und vergiss die Schere nicht, die hängt da, wo die Kochlöffel sind.«

»Ich komm mir vor wie 'n Angestellter der Firma GEMA. Geh ma dahin, geh ma dorthin«, murrte er.

»Stell dich nicht so an.«

»Hatte denn dein Bruder nicht auch solche Sachen in seiner Wohnung?«

»Doch, schon, sicher. Aber ich weiß nicht, wo die sind. Da muss ich dann gleich die ganze Bude auf den Kopf stellen, um die zu finden.«

»Müssen wir sowieso«, maulte Rainer leise. »Und hier stelle ich die Bude auf den Kopf, weil die Dinger nie da sind, wo sie sein sollten.«

»Was hast du gesagt?«, kam die fröhliche Antwort aus dem Schlafzimmer.

»Nichts.«

»Ich bin gleich fertig.«

Hoffentlich, dachte Esch.

»Geh doch mal eben in den Flur. Da hängt der Schlüssel zu Klaus' Wohnung am Brett, ja. Ich komme gleich.«

»Sag ich ja. Firma GEMA.« Er ging wie befohlen zum Schlüsselbrett. »Hier hängt ein Bund mit drei und eines mit vier Schlüsseln. Welches ist es denn?«, rief er.

Verwundert antwortete Stefanie: »Vier? Wieso vier Schlüssel?«

»Woher soll ich das denn wissen? Sind eben vier und drei«, rief er zurück.

»Du brauchst nicht so zu schreien.« Stefanie kam aus dem Schlafzimmer zu ihm an die Wohnungstür. Sie trug enge Jeans und ein weißes T-Shirt. Um die Schultern hatte sie sich einen dunkelblauen Sweater gelegt. Sie sah einfach umwerfend aus, fand Esch.

»Zeig mal.« Sie streckte die Hände aus und ließ sich beide Schlüsselbunde geben. »Komisch. Das ist hier sind die Schlüssel, die in Klaus' Wohnung lagen. Der andere mit dem gelben Schlüsselanhänger ist meiner.«

»Was ist denn daran komisch?«

»Na, der hat vier Schlüssel. Ist mir noch gar nicht aufgefallen.«

»Na und? Einer für die Haustür, einer für die Wohnungstür, der kleine da«, er zeigte auf den Bund, »ist wahrscheinlich für den Briefkasten und der letzte für den Keller.«

Stefanie schwieg. Dann sagte sie nachdenklich. »Du könntest recht haben. Nur ...«, sie zögerte.

»Was nur?«

»... die Wohnung von Klaus hat überhaupt keinen Keller.«

Jetzt war es an Rainer, verblüfft zu gucken.

»Lass mal sehen.«

Er nahm die Schlüssel und unterzog sie einer gründlichen Musterung. Nach einiger Zeit sagte er: »Das hier«, er hielt seiner Freundin einen der vier Schlüssel entgegen, »ist kein Türschlüssel. Sieht eher aus wie von einem Tresor oder Schließfach. Oder so was in der Art.«

»Tresor? So was hatte Klaus nicht. Das hätte er mir gesagt.«

Esch hielt den Schlüssel gegen das Flurlicht, um ihn besser begutachten zu können. »Hier, sieh mal. Da ist eine Zahl eingeprägt.« Er drehte den Schlüssel etwas, um durch das Spiel von Licht und Schatten noch mehr entziffern zu können. »Eins, zwei, fünf. Einhundertfünfundzwanzig. Das ist ein Schließfachschlüssel.«

»Ein Schließfachschlüssel?«, sagte sie überrascht. »Was will er denn damit?«

153

»Wollte, Stefanie, wollte. Klaus ist tot. Und ich habe nicht die geringste Ahnung.«

»Rainer«, seine Freundin wurde ernst, »da ist bestimmt was über Take off im Schließfach. Er wollte den Schlüssel bestimmt deshalb bei mir aufheben, weil er da nach seiner Meinung sicherer war. Jetzt fällt's mir auch wieder ein. So zwei, drei Wochen vor seinem Tod hat er mich um meinen Schlüssel für seine Wohnung gebeten. Er habe seinen drinnen liegengelassen, hat er mir gesagt.« Es sprudelte geradezu aus ihr heraus. »Und da hat er bestimmt den Schließfachschlüssel dran gemacht. Ich bin mir ganz sicher, so muss es gewesen sein. Rainer, wir müssen sofort das Schließfach aufschließen und nachsehen, was da drin ist. Komm, los, sofort.« Sie zog ihn zur Wohnungstür.

Esch wehrte sich sanft. »Stefanie, langsam, langsam. Komm mal wieder auf den Teppich. Du zitterst ja vor Aufregung.« Er nahm seine widerstrebende Freundin in den Arm. »Überleg mal, welches Schließfach denn? Wir wissen doch nicht, zu welchem Fach der Schlüssel passt.«

»Ja, du hast recht. War dumm von mir. Entschuldigung.«

»Du brauchst dich nicht zu entschuldigen.«

Sie überlegte. »Am Hauptbahnhof, Rainer. Da sind Schließfächer. Komm, wir fahren da hin.«

»Das wäre eine Möglichkeit. Aber die Wahrscheinlichkeit, da was zu finden, ist eher gering. Klaus ist jetzt über drei Wochen tot, wenn in die Fächer am Bahnhof kein Geld eingeworfen wird, werden die nach einiger Zeit geöffnet. Ich weiß allerdings nicht genau, nach wie langer Zeit. Vielleicht kann man da ja ein Fach auch länger mieten.«

»Komm, wir fahren zum Bahnhof. Das dauert doch nicht lange«, bettelte sie.

»Na gut. Dann los.«

Obwohl Stefanie ihn drängelte, schneller zu fahren, hielt sich Rainer im Großen und Ganzen an die vorgeschriebene Geschwindigkeit. Er erreichte den Wall und bog rechts ab Richtung Hauptbahnhof. Um diese Zeit dürften sie keine großen Probleme haben, einen Parkplatz zu finden. In einigen Monaten würde dies schon schwieriger werden. Dann begannen die Umbauarbeiten zur Neugestaltung des Recklinghäuser Bahnhofsvorplatzes. Esch hatte dafür relativ wenig Verständnis. Die Millionen, die da aus kosmetischen Gründen verbuddelt würden, wären nach seiner Meinung sinnvoller in sozialen Projekten angelegt.

»Da vorne ist ein Parkplatz, Rainer. Los, mach schon.«

»Ist ja gut. Die Schließfächer laufen nicht weg.« Er steuerte seinen Wagen in die freie Lücke. Noch bevor er den Motor abgestellt und die Wagentür geöffnet hatte, stürmte Stefanie aus dem Auto Richtung Hauptbahnhof. Rainer hatte Mühe, ihr zu folgen. Sie rannte durch die Eingangstür nach links, wo sich die Gepäckaufbewahrung befand. Vor der Wand mit den Schließfächern blieb sie stehen. Atemlos suchte sie die Reihen ab. Enttäuscht wandte sie sich ihrem Freund zu.

»Nichts. Hier gibt es nur Nummern bis Fünfzig.« Sie stampfte mit dem Fuß auf. »Verdammt.«

»Pech gehabt. Hatte ich aber eigentlich nicht anders erwartet.«

Stefanie wurde wütend. »Nicht anders erwartet! Ich habe von dir nichts anderes erwartet. Immer der Obercoole mit dem vollen Durchblick, der seinem kleinen Weibchen erklärt, wie die Welt funktioniert.«

»Jetzt mach aber mal halblang. Ich kann doch nichts dafür, dass hier nicht einhundertfünfundzwanzig Fächer aufgestellt sind und der Schlüssel dann auch noch passt. Ruf den Vorsitzenden der Bahn AG an und mach den zur Sau, aber bitte nicht mich.«

»Stimmt. War nicht in Ordnung. Vergessen?« Sie sah ihn mit dem Hundeblick ›Willst du, dass ich tot bin‹ an, von dem sie wusste, dass er dabei dahin schmolz like ice in the sunshine.

»Vergessen.«

Auf der Rückfahrt fragte sie: »Ob der Schlüssel von Klaus' Bank ist? Er hatte sein Konto bei der Deutschen Bank, glaub ich. Ich bin mir nur nicht sicher, bei welcher Filiale.«

»In seiner Wohnung liegen doch die Kontoauszüge. Da steht's sicher drauf«, antwortete Esch.

»Gute Idee. Also fahren wir zu Klaus.«

»Zu seiner Wohnung«, korrigierte Rainer. Während der folgenden Minuten spekulierten sie darüber, warum die Kripobeamten den Schlüssel nicht bemerkt hatten. Esch schloss sich der Auffassung seiner Freundin an, dass Alltägliches immer am wenigsten auffällt. Und da jeder an einem Schlüsselbund Schlüssel vermutete, war es mehr als wahrscheinlich, dass der Schlüssel den Polizisten deshalb nicht aufgefallen war, weil sie nicht nach selbigem suchten. Außerdem stammte der Bund aus der Wohnung der Schwester des Toten, was ihn per se uninteressant erscheinen ließ.

Aus den Kontoauszügen war zu entnehmen, dass Klaus seine Geldgeschäfte über die Deutsche Bank, Filiale Recklinghausen-Mitte, abgewickelt hatte.

»Da gehe ich morgen Nachmittag sofort hin und sehe nach«, meinte Stefanie.

»So einfach ist das nicht. Hast du denn schon einen Erbschein?«

»Nein, wieso?«

»Ich erklär's dir, wenn du mich nicht nachher wieder als Klugscheißer beschimpfst.«

»Leg los, du Idiot.«

»Das hört sich schon besser an. Also, das ist so: Du gehst zum Amtsgericht und fragst dort nach dem Nachlassgericht. Dann suchst du da einen Rechtspfleger und beantragst einen Erbschein. Wenn du die einzige Erbin bist, geht das schnell.«

»Ich bin die einzige Erbin, das weißt du doch.«

»Ich ja, aber nicht das Gericht.«

»Und wie lange muss ich auf den Erbschein warten?«

»Wenn's schnell geht, ein bis zwei Wochen. Ohne Erbschein kommst du an gar nichts ran. An kein Konto, an keine Versicherung und natürlich auch an kein Schließfach.«

»Puh, zwei Wochen? Das dauert mir zu lange.«

28

Stefanie Westhoff verlebte, auch ohne ihren Freund, eine unruhige Nacht. Sie wälzte sich im Bett von links nach rechts. Das mutmaßliche Schließfach und dessen Inhalt ließen sie nicht schlafen. Es war sehr ungewöhnlich von ihrem Bruder, ein Schließfach zu mieten und den Schlüssel bei ihr zu deponieren, ohne ihr etwas davon zu erzählen. Da musste einfach mehr dahinter stecken. Bis zur Erteilung des Erbscheines jedenfalls konnte und wollte sie nicht warten. Sie verstand Rainers Ruhe nicht.

Plötzlich kam ihr ein Gedanke. Ja, so könnte es gehen. Aber auf Rainers Hilfe konnte sie nicht setzen, er würde ihren Plan als Schnapsidee ad acta legen. Und wenn sie es sich recht überlegte, wäre er bei der Durchführung auch eher hinderlich. Stefanie sprang aus dem Bett und suchte in ihren Unterlagen, bis sie die Karte fand, mit der Klaus – angeblich durch sie geworben – ein Zeitschriftenabo bestellt hatte. Sie hatte es übernommen, die Postkarte abzuschicken, um so das Werbegeschenk zu kassieren. Sie legte ein weißes Blatt Papier über die Karte und versuchte, die Unterschrift ihres Bruders mit einem Kuli nachzuziehen.

Erst nach mehreren Versuchen war sich Stefanie sicher, dass die Fälschung nicht auf den ersten Blick bemerkt würde. Dann setzte sie mit der Schreibmaschine ein paar Zeilen über die gefälschte Unterschrift, mit denen sie sich die Vollmacht erteilte, das Schließfach ihres Bruders öffnen zu dürfen. Stefanie ging zu Bett und fiel in einen kurzen, von Alpträumen gestörten Schlaf.

Um kurz vor sieben stand sie auf, rief bei ihrer Arbeitsstelle an und erklärte, sie müsse dringend zum Arzt. »Eine Frauengeschichte, verstehen Sie.«

Sie suchte ihr bestes Kostüm aus dem Schrank, die dazu passende Handtasche und legte mehr Make-up auf als üblich. Sie betrachtete sich im Spiegel und war zufrieden. Ungeduldig lief sie in ihrer Wohnung herum, schaltete das Radio ein und aus und starrte auf ihre Uhr, deren Zeiger sich nicht bewegen wollten.

Kurz vor halb zehn verließ sie ihre Wohnung, um in die Innenstadt zu fahren. Sie parkte ihr Fahrzeug auf dem Parkplatz neben dem Rathaus und ging zu Fuß zur Filiale der Deutschen Bank. Vor dem Eingang verharrte sie und atmete tief durch. Sie wollte das Gebäude gerade betreten, als ihr der Fehler in ihrem Plan bewusst wurde. Was würde sie den Mitarbeitern der Bank erklären, sollte sich herausstellen, dass der Schlüssel nicht zu einem Schließfach der Deutschen Bank gehörte? Da ihr als Antwort auf diese Frage nichts, aber auch rein gar nichts einfallen wollte, tat sie das Vernünftigste, was sie sich in ihrer Situation vorstellen konnte: Sie verdrängte das Problem.

Entschlossen betrat sie die Bankhalle und steuerte den ersten freien Schalter an. »Guten Morgen, ich möchte an das Schließfach meines Bruders.«

»Da sind Sie hier falsch. Bitte da drüben, bei dem Kollegen«, antwortete die Bankangestellte und zeigte auf einen jungen Mann in Blau zwei Schalter weiter.

»Danke.« Stefanie Westhoff wandte sich in die angegebene Richtung.

»Guten Morgen, mein Name ist Westhoff.« Sie wiederholte ihren Wunsch.

»Guten Morgen. Gerne. Darf ich um die Nummer bitten? Sicher haben Sie eine Vollmacht?«

Jetzt galt es. Stefanie schenkte ihrem Gegenüber ihr schönstes Lächeln. Schlange, dachte sie. »Natürlich. Einhundertfünfundzwanzig. Und hier ist die Vollmacht.« Sie reichte dem Mann hinter dem Tresen die Fälschung. Ihr Gehirn arbeitete fieberhaft. Was mach ich, wenn es die Nummer nicht gibt? Bitte, bitte, lass es die Nummer geben. Und was passiert, wenn der Banker die Fälschung erkennt? Sie zitterte leicht. Der Bankangestellte hantierte an seinem Computer. Er sah auf.

Stefanie hatte das Gefühl, er mustere sie prüfend. Wahrscheinlich überlegt er noch, ob er sofort die Polizei rufen oder mich erst noch etwas zappeln lassen soll, befürchtete sie.

»Frau Westhoff, dürfte ich Ihren Ausweis kurz sehen?«
Ihre Knie wurden weich. Mit schweißnassen Händen fingerte sie ihren Personalausweis aus ihrer Handtasche. Der Bankangestellte sah nur kurz auf den Ausweis.

»Danke. Wenn Sie hier unterschreiben würden, Frau Westhoff.« Er schob ihr ein Formular zu. Sie kam seinem Wunsch nach.

»Bitte folgen Sie mir.«

Der Stein, der ihr vom Herzen fiel, riss ein Loch in den Boden der Bank. Stefanies Herz hüpfte. Sie hatte es geschafft.

Der Banker führte sie in einen Kellerraum, in dem sich die Schließfächer befanden.

»Hier, bitte. Ich warte draußen.«

Stefanie war endlich allein. Sie tupfte sich den Schweiß von der Stirn und suchte mit den Augen die Schließfachreihen ab. Ziemlich weit unten war das Fach mit der Nummer 125. Der Schlüssel passte. Stefanie öffnete das Fach und musste sich tief bücken, um hineinzusehen. Darinnen befand sich eine Metallkassette. Deutsche Bank stand auf der Box.

Sie nahm langsam den Deckel ab. Die Kassette enthielt einen dünnen Schnellhefter. Sonst nichts.

Einen Moment lang war Stefanie enttäuscht. Dann schüttelte sie über ihre eigenen Erwartungen den Kopf, rollte den Schnellhefter zusammen, stopfte ihn in ihre Handtasche, verstaute die Box wieder im Fach, schloss ab und verließ den Raum.

Der Bankangestellte war in ein Gespräch mit einer anderen Kundin vertieft und sah kurz auf. Stefanie Westhoff nickte ihm freundlich zu und verließ mit schnellen Schritten die Bank.

Das war ein Clou. Robert Redford war nichts dagegen. Von wegen Erbschein! Sie hatte die Unterlagen, ohne dass jemand Verdacht geschöpft hatte. Ihr wurde klar, warum Trickbetrüger wie die von Take off Konjunktur hatten. Sicheres Auftreten und gute Nerven waren schon fast alles, was man für diese Profession benötigte.

Obwohl Stefanie vor Neugier fast platzte, verkniff sie es sich, schon auf der Straße in den Schnellhefter zu schauen.

Das Bären Café auf dem Wall links neben dem Erlbruch hatte erst seit einigen Minuten geöffnet. Es war noch leer, und Stefanie konnte sich einen Platz aussuchen. Sie entschied sich für den zweiten Tisch am Fenster, der auf einem kleinen Podest stand. Sie bestellte einen Cappuccino, nahm den Schnellhefter und begann, den Inhalt durchzublättern.

Der Hefter enthielt fotokopierte, chronologisch sortierte Unterlagen, die auf den ersten Blick wie Geschäftskorrespondenz der Bergwerks AG und des Bergwerkes Eiserner Kanzler aussahen.

Die ersten zwei Blätter waren das Angebot einer Firma Dekontent GmbH, Dekontaminierung und Entsorgung, mit Sitz in Cottbus vom Sommer letzten Jahres. Dekontent bot in diesem Schreiben dem Zentraleinkauf der Bergwerks AG an, Alt- und Hydrauliköle zu entsorgen, die leicht oder auch stark Dioxin-verseucht waren. Die Dekontaminierung, so war dem Angebot zu entnehmen, sollte in den werkseigenen Anlagen in Bitterfeld erfolgen. Die Öle sollten dort bei sehr hohen Temperaturen verbrannt und die Abgase in speziellen Filteranlagen gereinigt werden. Der Preis für die Entsorgung inklusive Abholung ab Bergwerk sollte sich auf 3.500 bis 5.500 DM je Tonne belaufen, je nach Verschmutzungsgrad. Der Transport der Öle, so das Angebot, würde in speziellen Tankwagen entsprechend der Gefahrgutverordnung durchgeführt.

Im Anhang des Angebots befand sich ein Gutachten eines öffentlich vereidigten und bestellten Sachverständigenbüros aus Berlin, das den Verbrennungsanlagen der Firma Dekontent die Einhaltung aller technischen Sicherheitsstandards bescheinigte. Dies wurde durch eine Fülle von technischen Daten wie Kapazität der Anlage, Art und Anordnung der Filtersysteme, Entsorgung der Filterstäube, Verbrennungstemperatur und ähnlichem untermauert.

Nach der Lektüre von zwei Abschnitten und ohne ein Wort davon wirklich zu verstehen, schenkte sich Stefanie den Rest.

Bei den nächsten vier Schreiben handelte es sich um einen internen Briefwechsel der Bergwerks AG. Der Zentraleinkauf des Unternehmens, die Planungsstäbe des Bergwerkes Eiserner Kanzler und die Umweltschutzingenieure prüften Angebote verschiedener Entsorgungsfirmen, wobei technisches Know-how und Preiswürdigkeit im Mittelpunkt der Erörterung standen. Letztlich gab der insgesamt günstigere Preis den Ausschlag, die Firma Dekontent mit der Abwicklung zu beauftragen.

Unter einem der Schreiben entdeckte Stefanie Westhoff auch die Unterschrift ihres Bruders, der eine Einschätzung des Angebotes der Firma Dekontent vornahm.

Dahinter war die offizielle Auftragserteilung der Bergwerks AG vom vergangenen Winter an die Firma Dekontent abgeheftet. In diesem Schreiben verpflichtete der Bergbau den Entsorger, gemäß einem beiliegenden Pflichtenheft die Entsorgung der Altöle vorzunehmen und alle gesetzlichen und behördlichen Auflagen zu beachten. Die Bergwerks AG sagte zu, alle Altöle des Bergwerkes Eiserner Kanzler und der anderen Schachtanlagen des Unternehmens bis zu einer Menge von 2.000 Tonnen im Jahr exklusiv durch Dekontent entsorgen zu lassen. Die Auftragserteilung erfolgte zum 1. Januar dieses Jahres.

Am Schluss des Ordners entdeckte Stefanie im Original ein kleineres Blatt mit Berechnungen. Oben rechts stand als Datum der 4. August dieses Jahres. Sie meinte, die Handschrift als die ihres Bruders zu identifizieren, war sich aber nicht ganz sicher. Neben einer der Zahlen stand ein großes, rotes Fragezeichen.

Nachdenklich legte sie den Schnellhefter zur Seite. Ihr Bruder wäre kaum auf den Gedanken gekommen, einen Routinevorgang der Bergwerks AG in einem Bankschließfach zu deponieren. Also musste mehr hinter den Unterlagen stecken. Und was hatte Klaus da für Berechnungen vorgenommen?

Stefanie griff erneut zum Schnellhefter und sah sich die Seite noch mal an. Besonders konzentriert versuchte sie die Bedeutung der Zahlen zu ergründen, die links neben dem roten Fragezeichen standen.   Kap. Verbr.: 300 kg/std las sie. Und darunter:

13 Bw x 12 = 156 12 x 20 x 300 = 72.000.

Die Berechnungen konnte sie mathematisch nachvollziehen. Das war aber auch schon alles.

Resigniert bezahlte sie ihr Getränk, ging zum Parkplatz und fuhr zu ihrer Arbeitsstelle. Den ganzen restlichen Tag über ließ sie der Inhalt des Hefters nicht mehr los. Obwohl sie sich ihren Kopf zermarterte, kam ihr kein plausibler Grund für die Geheimniskrämerei ihres Bruders in den Sinn.

Im Laufe des Tages versuchte sie vom Büro des Optikerladens mehrmals erfolglos, Rainer telefonisch zu erreichen. Als sie es später von ihrer Wohnung aus erneut probierte, nahm er immer noch nicht ab. Sie hinterließ eine Nachricht auf seinem Anrufbeantworter und bat um Rückruf.

Ihre schon seit dem Morgen latenten Kopfschmerzen steigerten sich am späten Nachmittag. Sie hoffte, dass ein Entspannungsbad ihr helfen würde.

Zu Hause ließ sie Badewasser ein und gab wohlriechende, leicht ätherische Essenzen dazu. Kaum hatte sie es sich in der Wanne gemütlich gemacht, klingelte das Telefon. Wütend warf sie sich ihren Bademantel über und stürmte, kleine Wasserpfützen hinter sich lassend, zum Telefon.

»Westhoff. Rainer?«

»Nein, ich bin's, Cengiz.«

»Ach, hallo.«

»Tag, Stefanie. Ich wollte eigentlich nur mein neues Spielzeug ausprobieren. Ich habe mir heute ein Handy gekauft. Willst du dir meine Nummer notieren?«

»Ja, beziehungsweise nein. Jedenfalls nicht jetzt. Du hast mich aus der Badewanne gescheucht. Ich bin ganz nass, und mir ist etwas kühl. Kannst du später noch mal anrufen?«

»Klar. Natürlich. Bis dann.«

»Tschüs.« Sie legte auf und hüpfte zurück ins warme Wasser. Nach einigen Minuten lösten sich ihre Verspannungen im Nacken. Wohlig räkelte sie sich in der Wanne.

Das Bad hatte ihr gutgetan. Ihre Kopfschmerzen waren verflogen. Sie machte es sich auf dem Sofa bequem, bis sie der erneute Anruf ihres türkischen Freundes aufschreckte.

Stefanie schilderte Cengiz die Ereignisse des Vormittages und bat ihn, sich auf der Schachtanlage und bei seinen Kollegen nach einer Firma Dekontent zu erkundigen. Kaya versprach, sich darum zu kümmern.

Nach dem Telefonat goss Stefanie einen Tee auf, schnappte sich den angefangenen Roman und rollte sich wieder mit einer Decke, die sie bis zu den Ohren hochzog, auf der Couch zusammen. Nach einer guten halben Stunde schlief sie so fest, dass sie auch das lange Klingeln des Telefons nicht mehr aufweckte.

29

»Was willst du wissen? Ob ich eine Firma Dekontent kenne? Warum interessiert dich das?« Karl Müller, der Reviersteiger von Cengiz Kaya, war verblüfft. Einen türkischen Bergmechaniker, der sich für Lieferanten oder Kunden des Unternehmens interessierte, hatte es bis jetzt noch nicht in seiner Reviermannschaft gegeben.

Cengiz spulte seine zurechtgelegte Antwort ab. »Nur so. Ein Freund von mir ist Kraftfahrer. Der will sich da als Fahrer bewerben. Da aber sein alter Job langfristig sicher ist, möchte er vor seiner Kündigung wissen, ob das Angebot von der Firma auch 'ne wirkliche Perspektive für ihn ist. Er hat gehört, dass die Firma für die Bergwerks AG arbeitet. Deshalb hat er mich gefragt. Und ich frag dich.«

»Ach so. Ich weiß da auch nichts Genaues. Aber einmal in der Woche kommt von denen ein Tankwagen und pumpt das Öl an der Altölsammelstelle ab. Ich glaube sogar, der kommt heute. Wenn du mehr wissen willst, musst du dich an die Umweltheinis wenden. Wenn die dir überhaupt was sagen können oder wollen.«

»Danke für die Auskunft, Steiger.«

»Wenn's mehr nicht ist.«

Nach Schichtende ging Kaya zur Altölsammelstelle auf dem Zechenplatz und suchte nach dem Vorarbeiter.

»Glück auf. Hör mal, Kumpel«, sprach er den Lagerarbeiter an. »Wir wollen morgen auf Frühschicht in mehreren Revieren Getriebe wechseln. Mein Obersteiger lässt fragen, ob wir noch zwei- bis dreihundert Liter Getriebeöl bringen können oder ob das Lager voll ist.«

»Morgen? Null Problem. Der Tankwagen kommt heute noch. Holt die zwei-, dreitausend Liter raus. Ist dann alles leer.«

»Danke. Glück auf.«

»Auf.«

Cengiz Kaya dachte auf dem Weg zum Zechentor über seinen nächsten Schritt nach. Ohne sich über den Grund seiner Entscheidung klar zu sein, entschloss er sich, auf den Tankwagen zu warten und diesem dann zu folgen.

Kaya beeilte sich, zu seinem Wagen zu kommen. Er fuhr auf der Herner Straße am Bergwerk vorbei, bis er eine scharfe Linkskurve erreichte. Rechts an der Ecke befand sich eine ehemalige Gaststätte, die geschlossen war, seit sie als illegale Spielhölle von der Polizei ausgehoben worden war. Er stellte seinen Wagen so neben der Kneipe ab, dass er das Haupteinfahrtstor der Zeche auf der Herner Straße problemlos beobachten konnte, und lehnte sich im Sitz zurück, um es sich nach der anstrengenden Schicht etwas bequemer zu machen.

Das Martinshorn eines vorbeifahrenden Krankenwagens schreckte ihn auf. Scheiße, dachte er, eingeschlafen. Er sah auf seine Uhr. Es konnten nicht viel mehr als fünfzehn, zwanzig Minuten vergangen sein. Kaya hoffte, dass er den Tankwagen nicht verpasst hatte. Er verfluchte sich für seine Müdigkeit. Sicherheitshalber schaltete er sein Autoradio ein und hörte WDR 2. Das Mittagsmagazin meldete gerade die neueste Schätzung der Arbeitslosenquoten in NRW, als er einen blauen Tankwagen mit der Firmenaufschrift Dekontent auf das Werksgelände fahren sah.

Nach etwa einer halben Stunde verließ der Wagen das Bergwerk wieder und fuhr Richtung Süden. Kaya startete sein Fahrzeug und folgte dem LKW in einiger Entfernung.

Der Wagen der Firma Dekontent fuhr auf die A 2 Richtung Oberhausen und wechselte am Recklinghäuser Kreuz auf die A 43 nach Wuppertal. Am Herner Kreuz bog er auf den Emscherschnellweg ab und blieb auf der A 42 bis zur Abfahrt Herne-Börnig. Cengiz bemühte sich, den Abstand möglichst nicht zu groß werden zu lassen. Er beobachtete, dass sich der LKW, nachdem er die Autobahn verlassen hatte, links einordnete, in eine zweispurige Straße abbog und nach etwa einem Kilometer eines der Industriegebiete erreichte, die vielfach auf Zechenbrachen errichtet worden waren. Der Türke bemerkte ein Symbol für eine Fabrik, daneben den Namen Friedrich der Große auf einem Hinweisschild. Ihm fiel der Mann seiner Vermieterin ein, der hier früher gearbeitet haben musste.

Der Tankwagen fuhr auf ein umzäuntes Gelände, das direkt an einem Auslieferungslager des Paketdienstes UPS grenzte, und verschwand hinter einer Halle, die in tristem Grau gestrichen war.

Vor der Halle befand sich ein Bürocontainer. Cengiz stoppte den Wagen in fünfzig Meter Entfernung und stieg aus. Es begann leicht zu regnen. Er schlug den Kragen seiner Lederjacke hoch und näherte sich der Einfahrt, die das Tankfahrzeug vor wenigen Augenblicken passiert hatte. In diesem Moment kam ein recht dicker Mann hinter der Halle hervor und ging zügig Richtung Containertür. Kaya meinte, den Fahrer des Tankwagens zu erkennen. Er zog seinen Jackenkragen noch höher, aber der Mann nahm von ihm keine Notiz und betrat den Container, ohne sich umzusehen.

An der Einfahrt las Cengiz das Firmenschild: Schuffer GmbH & Co KG – Transporte, Im- und Export.

Von der Einfahrt aus konnte er an der linken Seite der Halle vorbei sehen. Dort standen zwei Fahrzeuge, ein schwarzer Mercedes und ein roter Golf. Dahinter war etwas, das er als Tankstelle identifizierte. Große Schläuche lagen auf dem Boden, und vor einer Art Zapfsäule parkte der Wagen, den der Türke verfolgt hatte.

Plötzlich öffnete sich die Tür des Containers, und ein elegant gekleideter Mann trat heraus. Kaya war sich sicher, dass er den Kerl schon früher irgendwo gesehen hatte, konnte sich aber nicht erinnern, wo und bei welcher Gelegenheit. Der Mann setzte sich in den Mercedes und fuhr Richtung Einfahrtstor. Kaya bückte sich, als ob er seinen Schuh zubinden wollte, wurde aber von dem Mercedesfahrer sowieso nicht beachtet. Da der Wagen direkt an ihm vorbeifuhr, konnte Cengiz aus den Augenwinkeln den Fahrer genauer in Augenschein nehmen. Sein erster Eindruck war richtig: Er kannte den Mann. Der Fahrer des Wagens war Dieter Fasenbusch.

Cengiz prägte sich das Autokennzeichen ein und erwog, auch dem Mercedes zu folgen, verwarf die Idee aber sofort wieder. Bevor er seinen Wagen erreicht hätte, wäre Fasenbusch außer Sichtweite gewesen.

Der Türke erholte sich in seinem Auto nur langsam von der Überraschung. Fasenbusch war nicht nur Chef von Take off, sondern hatte anscheinend auch Kontakt zur Firma Dekontent. Oder auch zur Firma Schuffer GmbH. Oder auch zu allen dreien. Egal, das konnte kein Zufall sein. Die ganze Sache stank zum Himmel.

Cengiz schnappte sich sein Handy und wählte Stefanie Westhoffs Nummer. Sie nahm nicht ab. Er rief bei Rainer an und hatte Glück. Stefanie war bei ihrem Freund. Sie verabredeten, dass Kaya sofort zu Eschs Wohnung kommen sollte.

Der Türke machte sich unverzüglich auf den Weg.

»Und dann wollte ich Fasenbusch hinterher, hätte aber sowieso nicht mehr geklappt«, schloss Cengiz seinen Bericht. »Das Gelände weiter beobachten, wär auch nicht gegangen, das war zu auffällig. Deshalb bin ich zurück.«

Stefanie und Rainer hatten ihrem Freund mit zunehmender Verblüffung zugehört.

»Das gibt's doch gar nicht«, stöhnte Esch, nachdem Kaya geendet hatte. »Is ja irre.« Er machte eine Pause und dachte nach. Dann fragte Rainer: »Ein dunkler Mercedes, sagst du? Weißt du das Kennzeichen noch?«

»Ja, war einfach zu merken. HER-NE 77.«

Esch lachte kurz auf. »Dann war Fasenbusch der Kerl, der sich mit Finke in der Kneipe in Spohla getroffen hat. Langsam schließt sich der Kreis.«

»Wir wissen aber immer noch nicht, warum Klaus die Unterlagen über Dekontent aufbewahrt hat. Und wie das alles zusammenhängt«, warf Stefanie ein.

»Stimmt vollkommen«, meinte ihr Freund etwas ratlos.

»Kann ich die Unterlagen mal sehen?«, fragte Cengiz.

»Klar.« Stefanie reichte ihm den Hefter, der auf dem Tisch lag. »Rainer hat die eben durchgesehen, ihm ist auch nichts aufgefallen.«

Der Türke lehnte sich zurück und begann zu lesen. Rainer und Stefanie unterhielten sich leise und schwelgten in Urlaubserinnerungen.

Plötzlich unterbrach Kaya ihre Unterhaltung. »Rainer, hast du einen Stift und etwas Papier?«

»Natürlich, aber wofür brauchst du das?«

»Wart's ab.«

Esch brachte ihm Block und Kuli, und Kaya vertiefte sich wieder in seine Lektüre. Immer wieder machte er sich Notizen und rechnete. Seine beiden Freunde sahen ihm aufmerksam zu, störten ihn aber nicht.

Nach einiger Zeit sah Kaya sie an. »Das is 'n Ding. Ich glaube, ich hab's.«

»Was hast du?«, fragten Stefanie und Rainer wie aus einem Mund.

»Ich glaube, ich hab die Lösung. Warum Klaus die Unterlagen im Safe deponiert hat.«

Stefanie wurde ungeduldig. »Nun sag schon.«

»Ihr habt doch die Unterlagen gelesen?«

»Ja, klar.«

»Aber nicht richtig, nicht sorgfältig genug. Zu dem Angebot der Firma Dekontent gehört auch ein Gutachten eines Sachverständigen, das technische Details der Anlage enthält, in dem das verseuchte Zeug verbrannt werden soll. Richtig?«

»Richtig«, antworteten beide.

»Gut. Und in dem Gutachten steht, dass die Verbrennungskapazität der Anlage bei maximal 300 Kilogramm pro Stunde liegt, macht rund 72 Tonnen im Monat.« Er sah die beiden erwartungsvoll an. »Na, immer noch nichts?«

»Nee, spann uns nicht länger auf die Folter«, meinte Rainer.

»Das dauert bei euch aber wirklich lange«, spottete Kaya. »Also, die Kapazität liegt bei 72 Tonnen pro Monat. Und der Auftrag beläuft sich auf bis zu 2.000 Tonnen im Jahr.«

»Du meinst ...«, Stefanie dämmerte es.

»... dass Dekontent mehr Altöle zu entsorgen vorgibt, als die von ihnen angeblich benutzte Anlage an Kapazität hat«, triumphierte Cengiz. »Genau das hat Klaus berechnet. Die Abkürzung Kap. Verbr. heißt Verbrennungskapazität. Bw bedeutet Bergwerke, dreizehn davon arbeiten noch im Revier. Bei einer durchschnittlichen täglichen Menge von 600 Kilogramm Altöl pro Bergwerk, die die Umweltingenieure in ihren internen Vermerken vorausgesetzt haben, liegt der monatliche Entsorgungsbedarf bei zwanzig Arbeitstagen bei 156 Tonnen, also mehr als doppelt so hoch wie die Kapazität der Anlage. Passt auf: Die Berechnung sieht so aus.«

Er zeigte ihnen seinen Aufzeichnungen:

13 Bergwerke x 12 Tonnen (600 kg x 20 Arbeitstage) = 156 Tonnen 12 Stunden/täglich x 20 Tage x 300 kg Kapazität am Tag = 72 Tonnen

»Und das heißt Betrug«, stellte Rainer trocken fest.

»Vielleicht noch mehr. Wohin, frage ich euch, schafft Dekontent denn das restliche Altöl? Die Bergwerke jedenfalls übergeben das Zeug ja tatsächlich an Dekontent«, ergänzte der Türke. »Und ich hab hier noch was ausgerechnet.« Er nahm seine Notizen. »Wenn nur 50

Tonnen im Monat nicht ordnungsgemäß entsorgt werden, macht das, bei durchschnittlichen Entsorgungskosten von sagen wir 4.000 DM für die Tonne, einen Reingewinn von über 2,4 Millionen im Jahr.«

»'ne Menge Geld«, sinnierte Stefanie. »Dafür würden viele vieles tun.«

»Warum ist das aber dem Einkauf der Bergwerks AG nicht aufgefallen?«, fragte Esch. »Ich denke, die in der Verwaltung bei euch sind so clever?«

»Keine Ahnung. Vielleicht war da einer geschmiert. Soll ja schon vorgekommen sein«, antwortete Cengiz. »Oder es hat keiner nachgerechnet. Oder auch das Gutachten nicht richtig gelesen. Der amtliche Stempel hat denen möglicherweise genügt. Auch Klaus ist ja, wenn ihr euch mal das Datum anseht, anscheinend erst später darauf gekommen.«

Stefanie warf einen Blick auf die Berechnungen ihres toten Bruders. »Stimmt. Aber warum ist er nicht zur Polizei gegangen? Ich meine, wenn er den Verdacht hatte, dass Dekontent die Bergwerks AG bescheißt, hätte er doch Anzeige erstatten oder wenigstens seine Vorgesetzten informieren müssen.«

»Daran habe ich auch gerade gedacht.« Rainer zündete sich eine Zigarette an. »Eigentlich gibt das keinen Sinn. Es sei denn, wir unterstellen, dass Klaus da irgendwie ...«

»Spinnst du jetzt total?« Stefanie unterbrach Rainer aufgebracht. »Willst du damit sagen, dass Klaus mit solchen Kerlen unter einer Decke gesteckt hat? Ich fass es nicht! Du kanntest doch Klaus. Du willst, du willst ...« Sie fing an zu schluchzen. »Und du sagst, dass du mich liebst. Und dann so was. Beschuldigst meinen Bruder des Betruges.«

Rainer beschwichtigte: »Stefanie, jetzt hör mal zu. Keiner beschuldigt Klaus hier wegen irgendetwas. Ich wollte doch nur sagen, dass dein Bruder einen Grund gehabt haben muss, keine Anzeige zu erstatten. Einen Grund, den wir nicht kennen. Noch nicht.«

Cengiz schaltete sich ein. »Vielleicht wollte er auch nur noch mehr Informationen sammeln. Ein Beweis sind das Angebot und die Berechnungen ja nicht gerade. Es ist immerhin möglich, dass Dekontent noch andere legale Entsorgungsmöglichkeiten in petto hatte, von denen durchaus die Bergwerks AG wissen kann. Klaus hat vielleicht nur einfach keine Unterlagen darüber gehabt. Wir zerbrechen uns hier den Kopf, und zumindest auf dem Gebiet der Entsorgung ist mit Dekontent alles in Ordnung.«

»Meinst du?« Stefanie war noch nicht versöhnt.

»Ist möglich.«

Esch, der das Gefühl hatte, in letzter Zeit nicht nur von einem Fettnäpfchen ins nächste zu treten, sondern sich die Dinger auch noch genau vor die Füße zu platzieren, trat die Flucht nach vorne an. »Ich denke, wir sollten der Sache auf den Grund gehen. Heute war der Tankwagen bei euch auf'm Pütt. Wenn ich mich recht erinnere, hast du gesagt, dass der Wagen einmal in der Woche kommt. Also unterstellen wir, dass er nächsten Dienstag wieder da ist. Wir beide«, er sah Kaya an, »fahren nach Herne, warten an dem Firmengelände und sehen, was passiert. Dann schaun wir mal. Einverstanden?«

»Ja, gut. Aber du kannst dich da nicht verstecken. Wenn du vorm Eingang stehst, sieht dich jeder, der im Bürocontainer sitzt. Da kannste gleich zur Tür reinspazieren und sagen: ›Hallo, hier bin ich. Ich wollt mal fragen, bescheißen Sie bei der Entsorgung?‹«

»Du hast doch gesagt, das Gelände liegt hinter dem UPS-Grundstück?«

»Ja, stimmt.«

»Gut. Ich kenne mich da etwas aus. Mein Opa war früher auf Teutoburgia.« Rainer grinste breit. »Kennze nich wa? Bis ja auch nich von hier. Teutoburgia ist ein Pütt ganz in der Nähe. Meine Großeltern haben in der Teutoburgia-Siedlung gewohnt, in der Schreberstraße. Ich hab als Kind öfters am Kanal gespielt. Da ist ein Waldstück, das direkt an das Gelände anschließt. Wenn du dich nicht geirrt hast. Von da müssten wir eigentlich das Grundstück einsehen können. Wir fahren einfach ein Stück weiter als die Stelle, an der du deine Karre geparkt hast. Da gibt's 'nen Trampelpfad zum Kanal. Direkt bei denen vorbei. Und viele Büsche und Bäume.«

»Gut. Ich bin dabei«, antwortete Cengiz. »Und wie hast du dir das vorgestellt?«

»Ganz einfach. Heute war der Wagen so gegen drei Uhr am Pütt und dann so gegen vier in Herne. Wir sind, um auf Nummer Sicher zu gehen, schon mittags auf Friedrich der Große. Da suchen wir uns ein Versteck und warten.«

»Einverstanden, ich nehme mir 'nen Tag frei«, sagte Cengiz. Und ergänzte: »Geniale Idee. Einfach und genial.« Nur schade, dass er nicht an das glaubte, was er sagte.

30

Es regnete in Strömen. Esch parkte seinen Wagen etwa 200 Meter hinter der Einfahrt zum Gelände der Firma Schuffer und hängte sich das Fernglas um, das er seit dem Gastspiel der Rolling Stones im Parkstadion Gelsenkirchen besaß. Rainer und Cengiz stiegen aus.

Am Ende der Straße begann ein kleiner Pfad, der erst durch Unterholz führte und dann an einem größeren Weg endete. Sie wandten sich nach links, und nach einer Biegung lag vor ihnen ein größerer Teich. Aus dem

Wasser ragten abgestorbene Baumstämme wie skelettierte Finger heraus. Am Ufer wuchs Schilf, und ein Hinweisschild informierte die Wanderer, dass es sich bei dem Teich und dem angrenzenden Waldstück um ein Naturschutzgebiet handelte.

Welche Ironie, dachte Esch. Viele Umweltschützer opponierten gegen den Kohleabbau, da dieser Bergschäden verursachte, und einige Jahrzehnte später wurden aus den ehemaligen Bergsenkungsgebieten wieder schützenswerte Feuchtbiotope. Alles eine Frage der Zeit.

Sie kletterten eine kleine Anhöhe hinauf und hatten von dort durch die Büsche hindurch einen freien Blick auf das, was Kaya für eine Tankstelle gehalten hatte. Der Bürocontainer war von ihrem Standort nur teilweise einzusehen; dessen Eingangstür wurde durch eine Hallenecke verdeckt.

»Los, hier rein«, sagte Esch und zwängte sich unter das Gehölz. Kaya folgte ihm, rutschte auf dem glitschigen Boden aus, geriet ins Stolpern und stieß heftig gegen einen Busch. Regenwasser lief herab und beiden in den Nacken.

»Verdammt, kannst du nicht aufpassen?«, knurrte Rainer.

»Meinst du, nur bei dir regnet's?«, blaffte Cengiz zurück.

»Wir hätten einen Regenschirm mitnehmen sollen. Hier wird man ja nass bis auf die Knochen.«

»Das hättest du dir eher überlegen sollen. Weißt du eigentlich, wie spät es ist?« Cengiz sah auf seine Armbanduhr. »Kurz vor halb eins. Wenn wir Pech haben, sind wir um fünf noch hier.«

Und sie hatten Pech. Zusammengekauert hockten sie unter den Büschen, die gegen den immer stärker werdenden Regen keinen Schutz boten. Sie waren völlig durchnässt.

Nach zwei Stunden hatte die Feuchtigkeit Eschs Zigaretten erreicht. Er versuchte mehrmals, eine Reval anzuzünden, deren Zigarettenpapier aber so aufgeweicht war, dass ihm die Kippe zwischen den Fingern zerbröselte.

»Rauchen ist eh ungesund«, spottete der Türke.

»Halt die Schnauze.«

»Is ja gut. Reg dich ab. Hab ich nicht so gemeint.«

Sie schwiegen wieder. Rainer fragte sich ernsthaft, ob eine Frau wie Stefanie es wert war, elend an einer Lungenentzündung zu krepieren. Kaya plagten ähnlich düstere Gedanken. Sicher waren sich beide darin, dass ihre Überlebenschancen mit jeder Minute, die sie sich länger im Unterholz aufhielten, drastisch sanken.

Der Deutsche brach sein Schweigen zuerst. »Wie lange sitzen wir jetzt hier? Vier Stunden.« Das war keine Frage, sondern eine Feststellung. »Noch 'ne Stunde, und meine Haut schält sich ab. Feuchtigkeitsschaden. Kommt sonst nur bei dem Versuch vor, den Ärmelkanal schwimmend zu durchqueren. Außerdem brauch ich 'ne Zichte, einen heißen Tee und 'nen Brandy. So 'ne Scheiße. Und ich Idiot komme selbst noch auf die Idee. Du hättest mich ruhig davon abhalten können.«

»Wie du richtig bemerktest, war es dein toller Einfall. Nur um bei Stefanie Boden gutzumachen, stimmt's?«

»Und warum lässt du dich auf den Mist hier ein? Könnten ähnliche Beweggründe dazu geführt haben, dass du hier mitmachst?«

Cengiz fühlte sich ertappt und antwortete nicht.

»Volltreffer. Mitten ins Schwarze. Der Kandidat hat hundert Punkte.« Esch wischte sich zum hundertsten Mal die Wassertropfen von der Stirn. »Hab ich mir doch gedacht.« Ein Kloß entstand in seinem Hals. Er würgte ihn hinunter. »Komm, ehrlich. Hast du was mit ihr?« Jetzt war es raus. Die nächsten Sekunden entschieden über sein Leben.

»Du bist wirklich ein Arschloch«, antwortete der Türke.

Rainer stand auf, baute sich drohend vor Kaya auf und schrie ihn wütend an: »Noch so 'ne Bemerkung, und ich werde ausländerfeindlich. Der Konflikt um Zypern ist gemessen an dem, was dir dann blüht, ein Hochzeitsspaziergang.«

Kaya zahlte mit gleicher Münze zurück: »Dann schlag doch zu, wenn das die einzige Antwort ist, die dir einfällt, du fleischgewordene teutonische Sekundärtugend. Du hast ein Machogehabe drauf, dagegen ist jeder Caféhausbesitzer in Ankara ein Waisenknabe. Du hast Probleme mit Stefanie, und der einzige Grund dafür kann natürlich nur ein anderer Kerl sein. Auf den Gedanken, dass du vielleicht das Problem sein könntest, bist du natürlich noch nicht gekommen.«

»Doch, bin ich. Aber es ist ja immerhin möglich, dass du nicht ganz unschuldig bist.«

»Wenn du damit auf deine eben gestellte Frage zurückkommen willst, kann ich dich beruhigen«, brüllte Cengiz. »Ich habe meine türkischen Finger bis jetzt von deiner Freundin gelassen und werde das, solange ihr zusammen seid, auch zukünftig tun. Ich bin zwar in diesem Scheißland geboren, habe aber ein Stück türkisches Ehrgefühl mit der Muttermilch eingesogen.«

Rainer wurde die Absurdität der Situation plötzlich bewusst, und er musste lachen. »Auch irgendwie Machoscheiße, was du da gerade gesagt hast. Trotzdem, find ich gut.«

Kaya stutzte. »Stimmt. Ist Quatsch. Aber auch wahr.«

Ihr emotionaler Ausbruch ebbte ab. Esch meinte versöhnlich: »Frauen. Lehr mich einer, die Frauen verstehen.«

Cengiz stimmte zu. »Da haste recht. Hat mein Opa auch schon gesagt. Nur auf türkisch. Deshalb sitzen in unseren Kaffeehäusern auch nur Männer rum. Gelebte Solidarität.«

»Gibt's da auch Wein?«

»Nee, nur Kaffee.«

»Scheiß Solidarität.«

Der Regen hatte aufgehört.

»Noch zehn Minuten«, sagte Esch. »Dann sollten wir uns vom Acker machen.«

»Bin dabei.«

Beide schauten gelangweilt auf das Betriebsgelände der Firma Schuffer. Cengiz sah den Tankwagen als erster. »Rainer, da kommt die Karre.«

Esch schnappte sich sein Fernglas und beobachtete den Wagen. Der LKW durchquerte den Hof und blieb an der Tankstelle stehen. Der Fahrer stieg aus und verschwand in Richtung Bürocontainer.

»Ich werd verrückt. Adi.«

»Wer?«

»Adi. Der Typ von Samos. Der mit dem Pilsbauch.«

»Ach, dein Kumpel aus schwerer Zeit.«

»Schnauze.« Rainers Blick suchte den Hof ab. »Der ist im Container.«

»Und jetzt? Was machen wir jetzt?«, fragte der Türke.

»Abwarten. Machen wir doch schon seit Stunden.«

Cengiz stöhnte.

Nach einigen Minuten erschien der Fahrer wieder, gefolgt von einem anderen Mann, der das Tor zur Halle öffnete und in ihr verschwand. Kurze Zeit später hörten die beiden Beobachter das Starten eines LKW-Motors, und nach einigen Momenten fuhr ein weißgespritzter Tankwagen aus der Halle, wendete auf dem Platz und stellte sich so neben den anderen Wagen, dass sich die Tanksäule zwischen beiden befand. Schuffer-Trans stand auf beiden Seiten des weißen Fahrzeugs.

»Was soll das denn?« Esch starrte angestrengt durch das Glas. »Wieso denn noch ein Tanker?«

Die Männer hantierten an den Schläuchen und befestigten je ein Ende an den Einfüllstutzen der Tankwagen. Die anderen Enden der Schläuche wurden an der Tanksäule angebracht. Einer der beiden Männer betätigte einen Hebel, und ein leises Brummen war zu hören.

»Das ist keine Tanksäule«, meinte Rainer. »Das ist 'ne Pumpe. Die pumpen das Öl von einem Wagen in den anderen.«

»Warum sollten die das machen?«

»Bin ich Hellseher? Irgendeinen Grund werden die schon haben. Sieh mal. Ich glaube, die sind fertig.« Er reichte Cengiz den Feldstecher.

Die Männer auf den Hof rollten die Schläuche wieder zusammen und verabschiedeten sich mit Handschlag voneinander. Der Wagen der Firma Dekontent startete und wurde in die Halle gefahren. Auch der andere Fahrer kletterte wieder in seinen Transporter.

»Der fährt gleich weg«, rief Cengiz. »Los komm, hinterher.«

Er stürmte durch das Gebüsch, der Deutsche dicht hinter ihm. Rainer schlugen nasse Zweige ins Gesicht. Warum immer ich, dachte er. Kaya erreichte den Weg und spurtete den Hügel herunter, Richtung Teich. Esch versuchte, ihm zu folgen. Als er das Gewässer erreichte, war Cengiz schon fünfzig Meter vor ihm. Rainers Brust drohte zu zerspringen. Der Bergmann drehte sich im Laufen um und rief: »Los, mach, beeil dich. Du hast die Autoschlüssel.«

»Bin ich Carl Lewis?«

Der Türke hörte ihn nicht. Rainer fehlte die Luft, um laut zu rufen. Mit letzter Kraft hechelte er die Straße zu seinem Wagen herunter.

Cengiz stand schon an der Beifahrertür. »Die eine oder andere Reval weniger wär auch nicht schlecht, was?«

178

Solche dummdreisten Bemerkungen pflegte Esch immer schon aus grundsätzlichen Erwägungen zu ignorieren. Er öffnete die Fahrertür, ließ Kaya einsteigen und fuhr los. An der Sodinger Straße sahen sie, wie der Tankwagen hinten links unter der Autobahnbrücke verschwand. Mit quietschenden Reifen schoss Rainers alter Golf um die Kurve und folgte dem LKW auf die Autobahn Richtung Dortmund.

»Mach bitte die Heizung an, mir ist kalt.« Cengiz fröstelte. »Was meinst du, wo will der hin?«

»Bin ich Jesus?«, lautete die Gegenfrage.

»Ich dachte ja nur.«

Der Tanker wechselte auf das kurze Stück der Sauerlandlinie zwischen dem Castroper- und dem Dortmunder-Nord-West-Kreuz, um dann auf die A 2 Richtung Hannover zu fahren. Rainer hielt sich zwei, drei Fahrzeuge dahinter.

»Jetzt gibt es schon zwei personelle Verbindungen von Take off zu Dekontent und zu Schuffer«, überlegte Esch, »das ist wirklich kein Zufall mehr.«

Sein Beifahrer blickte auf das Armaturenbrett. »Rainer, ich fahr zwar Kadett, aber wenn bei mir 'ne rote Lampe neben der Benzinanzeige aufleuchtet, heißt das für mich tanken. Und zwar ziemlich hastig. Wir sind gleich an der Ausfahrt Bergkamen. Da kommt kurz hinter der Abfahrt 'ne Tankstelle. Da könnten wir ...«

Esch unterbrach ihn ungeduldig. »Und der LKW? Ist dann über alle Berge. Nee, das reicht noch gute fünfzig Kilometer. Da kommen noch Tankstellen direkt an der Bahn. Das geht schneller.«

»Wenn wir liegen bleiben, ist der LKW auch weg. Nur so am Rande bemerkt.«

»Schwarzseher. Kenn ich mein Auto, oder kenn ich das nicht? Wir bleiben nicht liegen.«

»Wie du meinst. Ist ja dein Auto.«

Auch am Kamener Kreuz blieb der Tankwagen auf der A 2 und fuhr weiter Richtung Hannover. Der Deutsche zeigte auf das Hinweisschild, welches die Tankstelle Rhynern in fünf Kilometern anzeigte.

»Was hab ich dir gesagt. Locker.«

Einige Minuten später begann der Motor zu stottern.

»Scheiße. Verdammte Scheiße.«

Der Wagen rollte langsam aus und kam etwa einen Kilometer vor der Tankstelle auf dem Randstreifen zum Stehen.

»Gute fünfzig Kilometer, was?« Cengiz konnte sich vor Lachen kaum halten. »Kennst dich wirklich aus mit deinem Auto. Hast du wenigstens 'nen Kanister dabei?«

Zerknirscht nickte Esch. »Hinten. Aber leer.«

»Na toll. Also gut. Ich hol Sprit. Mach wenigstens die Warnblinklampen an, und stell das Warndreieck auf. Bin gleich wieder da.« Kaya machte sich auf den Weg.

Leider erschien vor seiner Rückkehr die Autobahnpolizei. Als die Beamten feststellten, dass banaler Benzinmangel den unfreiwilligen Stop verursacht hatte, war nicht nur der Tankwagen auf Nimmerwiedersehen verschwunden, sondern Rainer auch um einhundert Mark ärmer und sein Konto in Flensburg um einige Punkte reicher.

31

»Sagt mal, wird das jetzt nicht langsam zu gefährlich?« Stefanie Westhoff war beunruhigt. »Sollten wir nicht besser zur Polizei gehen?«

Ihr Freund beschwichtigte. »Wir haben doch immer noch nichts Vernünftiges in der Hand. Wir kennen Verbindungen von Take off zu den beiden Firmen und haben gesehen, wie die Altöl umgepumpt haben. Wenn wir das gesehen haben.« Er betonte das Wort ›wenn‹. »Noch dazu habe ich meine Kamera vergessen. Wir können also nichts beweisen. Und für sich genommen, ist ja eigentlich auch nichts passiert. Die haben Öl umgepumpt und mit einem anderen Wagen abtransportiert. Möglicherweise hatte der eine LKW einen Defekt, oder ...«

»... keinen Sprit mehr«, unterbrach ihn Cengiz Kaya.

»Von mir aus auch das. Und was soll daran gefährlich gewesen sein? Wir haben wie kleine Jungs beim Indianerspielen im Gebüsch gehockt, uns nassregnen lassen und uns blendend unterhalten, stimmt doch, Cegiz?«

»Stimmt. Und dann sind wir gemütlich auf der Autobahn spazieren gefahren, bis uns eine unerwartete technische Panne den Klauen kleiner grüner Männchen ausgeliefert hat.«

Esch schenkte Wein nach und schob sich eine Filterlose in den Mundwinkel. »Wir müssen uns überlegen, wie wir weitermachen. Ich jedenfalls möchte wissen, was dahintersteckt. Die Sache fängt langsam an, mir Spaß zu machen.«

»Du gehst ja auch keiner geregelten Arbeit nach und machst arbeitsfrei nach Belieben. Bei uns ist das nicht ganz so einfach«, meinte Kaya. »Trotzdem, jetzt haben wir schon so viel Zeit investiert ...«

»Und Geld«, warf Stefanie ein.

»... da kommt es auf ein, zwei Tage mehr auch nicht mehr an. Wir sollten noch mal hinter dem Tankwagen herfahren. Aber diesmal besser organisiert.«

»Na gut«, seufzte Stefanie, »hab ich eben zwei Helden zu Freunden. Einen deutschen und einen türkischen. Leider weiß ich nicht, was schlimmer ist. Das Problem bei Verfolgungsfahrten ist, dass der Wagen des Verfolgers dem Verfolgten nicht auffallen sollte. Vor allem auf weiten Strecken passiert das schnell. Deshalb sind die

Verfolger meistens mit mehreren Fahrzeugen unterwegs und wechseln sich ab. Einer fährt einige Kilometer voraus, der andere hinterher. Dann lässt sich der erste vom verfolgten Fahrzeug überholen, an einer Tankstelle zum Beispiel. Kurze Zeit bleiben beide Wagen hinter ihrem Opfer, bis dann der zweite überholt und einige Kilometer vorausfährt. Und so weiter. So kommt es nicht so schnell zu einem Wiedererkennungseffekt.«

»Woher hast du denn das?«, fragte Rainer entgeistert.

»Aus Krimis. Lesen bildet eben ungemein. Wenn wir, ich hoffe, ihr habt gehört, dass ich ›wir‹ gesagt habe, das also noch mal machen, dann mit mindestens zwei Autos. Sonst klappt das nie.«

»Wie verständigen wir uns denn? Wir haben keinen Funk«, stellte Esch fest.

»Hiermit.« Cengiz zog sein Handy aus der Tasche. »Einer von euch holt sich auch so 'n Ding, das kriegt man in ein, zwei Stunden freigeschaltet, und wir rufen uns einfach gegenseitig an.«

»Okay. Ich hol mir ein Handy. Wollte ich immer schon haben.« Esch grinste. »Und nächste Woche Dienstag versuchen wir wieder unser Glück. Wenn die Karre jetzt schon zweimal dienstags gekommen ist, müsste es doch mit dem Teufel zugehen, wenn die nicht auch ein drittes Mal an dem Tag kommt. Welche Wagen nehmen wir? Ich denke, auf jeden Fall meinen. Der fährt, wenn er vollgetankt ist, wie 'ne Eins.«

»Und meinen.« Stefanie sah Cengiz an. »Der erscheint mir zuverlässiger als deine Gurke. Wir wissen ja nicht, wie lange wir fahren müssen.«

»Abgemacht. Treffen wir uns nächsten Dienstag gegen Mittag bei mir«, schloss Kaya die Debatte.

Der folgende Dienstag war ein warmer Spätoktobertag. Stefanie saß mit ihrem Freund in ihrem Wagen in

Sichtweite der Firmeneinfahrt, der Türke hatte Rainers Wagen an derselben Stelle wie in der Vorwoche geparkt und wieder den Beobachtungsposten im Unterholz bezogen.

Gegen sechzehn Uhr bog, wie erhofft, der blaue Tankwagen von Dekontent auf das Firmengelände ein.

Esch wählte Kayas Nummer. »Der Tankwagen kommt. Wenn die auch heute wieder umpumpen, sag uns sofort Bescheid. Wir melden uns dann wieder.«

Zwanzig Minuten später informierte Cengiz die beiden Wartenden, dass auch diesmal das Öl umgepumpt wurde, und einige Zeit später folgten Stefanie und Rainer dem weißen Tankwagen der Firma Schuffer auf den Emscherschnellweg.

Cengiz beobachtete das Gelände noch weitere zehn Minuten, kehrte, nachdem auf dem Grundstück alles ruhig blieb, zu dem Golf zurück und fuhr ebenfalls über die A 42 und die A 2 Richtung Kamener Kreuz.

In Höhe der Ausfahrt Lünen meldete sich Rainer und gab bekannt, dass der Transporter weiter auf der A 2 in Richtung Hannover fuhr, und Cengiz jetzt aufschließen sollte.

Kaya gab Gas und sah nach kurzer Zeit den blauen Tankwagen und Stefanies Fahrzeug vor sich. Er ordnete sich hinter dem Corsa ein. Rainer hob grüßend die Hand. Stefanie scherte aus und überholte die Fahrzeugkolonne, an deren Spitze der LKW fuhr.

Das Wechselspiel der beiden Fahrzeuge wiederholte sich. Mittlerweile war es stockdunkel geworden, und das Verfolgerfahrzeug musste den Abstand zum Tankwagen verringern, um ihn nicht zu verlieren.

Kayas Handy klingelte. »Ja.«

»Cengiz, wir sind an der Raststätte Helmstedt, etwa fünf Kilometer vor dir. Pass auf, hier sind zwei Tankstellen und Rasthäuser kurz hintereinander. Helmstedt ist die erste. Wenn du vorbei bist, ruf uns an. Wir lösen dich dann ab.«

»Gut.« Er drückte die Abbruchtaste des Telefons und konzentrierte sich wieder auf den Wagen vor ihm.

Der Tankwagen passierte die Raststätte Helmstedt.

Kaya rief seine Freunde an. »Ich bin gerade an euch vorbeigefahren, ihr könnt jetzt kommen.« Er stockte. »Wartet mal, der blinkt. Der will hier abfahren, ich glaube, der muss tanken. Ich bin noch dahinter. Ja, er fährt zur Tankstelle, die nächste hinter Helmstedt, ich hab nicht drauf geachtet, wie die heißt.«

»Ich weiß schon. Und, was macht er?«

»Tanken. Was sonst?«

»Wir kommen gleich dahin.« Esch unterbrach das Gespräch.

Cengiz beobachtete den Tankvorgang aus sicherer Entfernung. Der Fahrer war gerade vom Bezahlen zurückgekehrt, als Stefanie und Rainer eintrafen. Der LKW setzte sich in Bewegung, und die Freunde folgten vorsichtig. Auf dem Parkstreifen für LKWs stellte der Fahrer den Öltransporter ab, stieg aus, verschloss die Tür und ging zur Raststätte.

Kaya verließ den Golf und näherte sich Stefanies Wagen.

Esch kurbelte die Scheibe herunter. »Was meinst du, macht der da?«, fragte er.

»Vielleicht muss er mal pinkeln?«, spekulierte Stefanie.

»Wir warten hier«, entschied Rainer. »Wenn er in fünf Minuten nicht wieder hier ist, gehst du«, er schaute seine Freundin an, »mal nachsehen.«

Cengiz blieb bei dem Corsa. Rainer und er sahen Stefanie nach, die zum Rasthaus ging und nach kurzer Zeit mit drei Dosen Cola zurückkam.

»Der sitzt da drin, haut sich was zu essen rein und trinkt schon die zweite Flasche Bier. Entweder schert der sich nicht um die Promillegrenzen, oder er will hier übernachten.«

Nach längerer Wartezeit kam der Fahrer aus dem Lokal und kletterte in die Führerkabine des LKW. Die Innenbeleuchtung wurde eingeschaltet und Vorhänge an den Seitenfenstern zugezogen. Dann ging das Licht aus.

»Und jetzt? Was machen wir jetzt?«, fragte Stefanie.

»Ganz einfach. Warten«, antwortete Rainer. »Scheint sowieso unsere Hauptbeschäftigung zu sein. Ich schlage vor, einer von uns bleibt die nächsten drei Stunden wach und wartet im Corsa, damit er die anderen, die im Golf etwas zu schlafen versuchen, nicht stört. Vorher können wir nacheinander noch was essen gehen. Dann weckt er den Nächsten und kann sich selbst drei Stunden aufs Ohr hauen. Dann kommt der dritte dran. So kriegen wir mit, wenn der Typ weiterfährt und können ihm auf jeden Fall sofort folgen. Okay?« Er sah die beiden anderen an und erntete keinen Widerspruch. »Gut. Wer fängt an?«

Am nächsten Morgen fühlten sie sich wie durch den Wolf gedreht. Besonders Rainer mit seinen fast Einmeterneunzig tat jeder Knochen weh. Sein nächster Wagen, schwor er sich, war ein Mercedes. Wenn er ein solches Auto jemals würde bezahlen können, schränkte er gedanklich sofort ein. Dafür müsste er sein Jurastudium zunächst beenden und dann auch noch einen gutbezahlten Job finden. Da ersteres schon nicht abzusehen war, blieb der Job Wunschdenken. Also weiter Taxifahren. Immerhin stammten die meisten Droschken aus dem Hause Daimler-Benz. War zumindest ein Anfang.

Gegen sieben Uhr morgens hatte Stefanie, die die letzte Wache übernommen hatte, sie geweckt. Der Fahrer war aus der Fahrerkabine geklettert und ins Rasthaus gegangen. Nach seiner Rückkehr hatte er den Brummer in Bewegung gesetzt und war weiter Richtung Berlin gefahren.

Seit nunmehr fast vier Stunden setzten die drei Freunde ihr Verfolgungsspiel fort. Berlin hatten sie hinter sich gelassen und waren mittlerweile auf der A 13 unterwegs Richtung Dresden. Da diese Autobahn im tiefsten Osten der Republik nicht so sehr befahren war, mussten sie einen erheblich größeren Sicherheitsabstand zwischen sich und dem Tankwagen lassen, um nicht aufzufallen. Stefanie, die zwischenzeitlich bei Cengiz mitgefahren war, machte es sich auf dem Beifahrersitz ihres Corsas bequem. Sie sah auf den Rücksitz. »Rainer, wo ist die Kamera?«

»Im Kofferraum.« Er machte eine Pause. »Mist. Wir haben vergessen, das Umpumpen in Herne zu fotografieren. Da müssen wir noch mal hin, wenigstens die Anlage und den anderen Tankwagen ablichten. Am besten Sonntag morgen. Da ist dann da garantiert kein Mensch. Erinnere mich bitte daran, dass ich das mit Cengiz bespreche.«

An der Abfahrt Großräschen verließ der LKW die Autobahn, ordnete sich links ein und fuhr Richtung B 169. Dort bog der Wagen links ab Richtung Cottbus, um bei einem Ort namens Drebkau einer Umleitung über Klein-Bukow zur B 97 zu folgen. Diese fuhr der Tankwagen südlich über Spremberg Richtung Hoyerswerda. Auf der kleinen Umleitungsstraße hatten die Verfolger Mühe, nicht entdeckt zu werden.

Ein Ort namens Schwarze Pumpe entpuppte sich als Straße mit einigen Häusern links und rechts, die an einem riesigen Kraftwerk vorbeiführte.

»Wirklich anheimelnd hier, im Schatten der STEAG zu wohnen ist dagegen wie in einer Sommerfrische«, spottete Stefanie.

»Das Ding wird gerade umgebaut.« Esch zeigte auf das Kraftwerk. »Stell dir den Klotz mal ohne Filter und Entstaubung vor, wie es die bei uns in den Sechzigern auch gab.«

»Lieber nicht.«

Einige Kilometer hinter dem Ort bog der Tankwagen nach rechts ab. Auf einem Industriegelände an der Straße standen in Reih und Glied einige weiße, langgestreckte Baracken. Hier hatte eine Firma namens BUL Sachsen ihren Sitz gefunden, entnahmen die zwei in dem Corsa einem Hinweisschild.

»Gut, dass ich hier nicht arbeiten oder gar leben muss«, sagte Stefanie.

»Schau dir erst mal Hoyerswerda an. Da lebt man nicht, da existiert man nur«, antwortete ihr Freund.

Ihr Handy klingelte. Cengiz regte an, einen Wagen stehenzulassen und mit nur einem Fahrzeug die Verfolgung fortzusetzen. Sie einigten sich darauf, dass Stefanie bei ihrem Corsa blieb und Esch und Kaya im Golf weiterfuhren. Sie stoppten und wechselten eilig die Wagen. Der LKW verschwand einige hundert Meter weiter hinter einer Kurve.

»Die Kamera, die Kamera.« Stefanie rannte atemlos hinter dem Golf her und reichte Esch den Apparat in den Wagen.

»Los, gib Gummi.«

Kaya startete mit quietschenden Reifen und raste hinter dem Brummi her. Glücklicherweise kam hinter der Kurve keine Abzweigung mehr, die der LKW hätte benutzen können. Die Straße wurde schlechter. Hinter einer Biegung tauchte plötzlich eine geschlossene Schranke zu einem umzäunten Gelände auf. Weit hinter der Schranke verschwand der Tankwagen gerade in einer Staubwolke.

»Scheiße«, sagte Cengiz. »Was machen wir jetzt? Da kommen wir nicht durch.«

»Da lang.« Rainer zeigte nach rechts. Jetzt sah auch der Türke das Hinweisschild: Aussichtspunkt Tagebau Spreetal, Millionenkippe.

»Lagern die hier die Alu-Chips?«, fragte Cengiz, womit er auf die Münzwährung der untergegangenen DDR anspielte.

»Keine Ahnung, los, fahr.«

Kaya bretterte los. Ein heftiger Schlag gegen die Hinterachse folgte. »Mensch, das ist mein Auto. Pass doch auf, wohin du fährst«, schimpfte Rainer.

»Das hier ist keine Straße, sondern 'ne Piste der Westafrikarallye. Hier gibt's nur Löcher. Musste dich mit abfinden.«

Ohne Rücksicht auf Mensch und Material raste er die Schotterstraße entlang. Sein Beifahrer dachte mit Schmerzen an die Kosten für neue Stoßdämpfer.

Links neben ihnen tat sich ein Loch von gigantischen Ausmaßen auf. Esch erschien es, als sei es einige Kilometer breit und ebenso lang.

»Was ist das denn?«, staunte er. »'ne Kiesgrube?«

»Völlig verbildet. Das ist, du Ignorant, ein Braunkohlentagebau. Genauer: das, was von ihm übriggeblieben ist.«

»Übriggeblieben? Wieso das denn?«

»Der ist stillgelegt. Wie bei uns die Zechen. Teilweise schon verfüllt. Oder siehst du hier irgendwo 'nen Bagger?«

»Nee, ist aber auch kein Wunder, bei den Entfernungen.«

»Glaub mir«, lachte Kaya, »den Bagger würdest du sehen.«

Abrupt endete der Weg. Vor ihnen lag das Loch, hinter ihnen eine aufgeschüttete Anhöhe, die ihren Standort um etwa hundert Meter überragte. Am Grund des Tagebaus fuhren LKW und Raupenfahrzeuge.

»Gib mir mal das Fernglas«, forderte Esch.

»Welches Fernglas? Ich dachte, du hast das in den Corsa gepackt?«

»Hab ich auch, verdammt noch mal. Und da liegt es auch. Mann, wenn wir das hauptberuflich machen würden, müssten wir nach drei Tagen Konkurs anmelden. Bei uns geht aber auch alles schief.«

Cengiz schnappte sich die Kamera. »Hier, nimm das Ding. Da ist ein Zoom dran. Vergrößert zwar nicht viel, hilft aber was. Kannste auch gleich Bilder machen, wenn's Motive gibt.«

Er reichte Rainer die Kamera. Der sah durch den Sucher. »Da hinten kommt der Tankwagen. Er fährt in das Loch.«

»In die Grube«, korrigierte der Türke, »so viel Zeit muss sein.«

»Meinetwegen. Er fährt in die Grube. Hält jetzt an und ...«

Cengiz unterbrach den Freund. »Seh ich auch. Was ist da bei den Leuten los, das kann ich nicht erkennen?«

Esch benutzte wieder die Kamera als Fernglas. »Sieht so aus, als ob da einige weggeschickt werden. Tatsächlich, die steigen in ihre Wagen und verschwinden.«

Einige Minuten passierte nichts. Erst als der letzte LKW die Grube verlassen hatte, setzte sich der Tankwagen hinter eine Raupe. Einer der Arbeiter befestigte eine Art Kette an dem Gefahrguttransporter und schleppte den Wagen weg von der Schotterstraße etwa drei-, vierhundert Meter zwischen die unbefestigten Erdhügel. Der Brummifahrer stieg aus, öffnete ein Verschlussventil an seinem Fahrzeug und ging zurück zum Führerhaus. Es war deutlich zu erkennen, dass Öl herausspritzte.

»Das ist doch nicht wahr.« Rainer schrie fast: »Sieh dir das an. Sieh dir das an. Die lassen das Öl ab. Lassen es einfach ab. Einfach so. 3.000 Liter hochgiftiges Öl! Das gibt's doch gar nicht. Das ist doch nicht wahr.«

»Jetzt krieg dich mal wieder ein. So was Ähnliches hatte ich vermutet.«

»Hattest du vermutet? Und warum hast du uns das nicht gesagt?«

»Weil ich es vermutet, nicht gewusst habe. Komm, lass uns fahren.«

»Warte.« Esch knipste wie besessen. »Einen Moment noch. Da, sieh. Sie ziehen den Tankwagen wieder raus.«

»Was sollen sie denn sonst damit machen? Stehenlassen?«

»Schwachkopf. Und jetzt schiebt 'ne Raupe Erde über die Sickerstelle. Verschwindet alles unter der Erde. Clever, wirklich clever.«

»Komm«, drängte Cengiz. »Lass uns fahren.«

Die beiden stiegen in den Golf. Noch ganz gebannt von den Ereignissen, die in der Grube unter ihnen stattgefunden hatten, bemerkten sie den Mann auf dem aufgeschütteten Hügel nicht, der sie während der letzten Minuten sehr aufmerksam beobachtet hatte. Und dieser Beobachter benutzte einen leistungsstarken Feldstecher.

Der Corsa parkte noch an derselben Stelle wie vorher. Stefanie stand etwas abseits der Straße unter Bäumen. Als sie den Golf näherkommen sah, trat sie an den Fahrbahnrand.   Rainer öffnete die Beifahrertür und platzte los: »Also Stefanie, die kippen das Zeug da hinten einfach in den Tagebau und baggern dann Erde drüber. Am helllichten Tag. Das muss man sich mal vorstellen! Da is nix mit verbrennen oder so. Weggekippt wird das! Ventil auf, Öl raus, Ventil zu, Erde drauf. Fertig.«

»Mensch.« Entgeistert starrte sie ihren Freund an. »Das ist ja Umweltverseuchung. Da müssen wir was machen.«

Cengiz schaltete sich ein. »Da hast du recht. Aber nicht jetzt und nicht hier. Jeden Moment kann der Tankwagen zurückkommen. Es wäre wirklich klüger, wir würden unsere Unterhaltung an einem sichereren Ort fortsetzen. Rainer, du warst doch schon mal hier. Wohin?«

»Zurück auf die Hauptstraße da vorne, würde ich sagen. Dann rechts runter, Richtung Hoyerswerda. Wir fahren vor«, sagte er zu Stefanie gewandt.

Kurz hinter dem Ortseingang von Hoyerswerda entdeckte Esch ein Hamburger-Restaurant. Sie bogen ab und hielten nebeneinander auf dem Parkplatz des Fast-Food-Tempels.

»Jemand Hunger?«, grinste Esch.

»Nur über meine Leiche«, antwortete Stefanie. »Das Zeug macht nur dick und ist ungesund. Ohne mich. Aber ihr könnt ja gerne was essen.«

Cengiz, der sich oft von solchen und ähnlichen lukullischen Kostbarkeiten ernährte, war nicht abgeneigt, hielt sich aber mit Rücksicht auf seine Begleiter zurück. »Nee, muss nicht sein. Aber was essen will ich heute noch.«

»Was uns zu der Frage kommen lässt«, warf Esch ein, »wie wir den Rest des Tages gestalten? Es ist gleich zwei. Wenn wir jetzt zurückfahren, können wir, sofern wir nicht in einen Stau kommen, gegen zehn heute Abend wieder zu Hause sein.«

»Gegen zehn? Ich kann mich schon jetzt kaum noch rühren«, beschwerte sich Cengiz. »Ich schlage vor, wir suchen uns hier 'ne Bleibe, pennen uns erst mal richtig aus und fahren morgen.«

»So geht's mir auch. Ich bin auch fürs Hierbleiben«, unterstützte ihn Stefanie. »Ich brauch dringend 'ne Dusche.«

»Beschlossen und verkündet. Also ab ins Achat. Das ist das Hotel, in dem ich schon mal war. Ich kenn sowieso kein anderes.«

Der Hotelportier verzog keine Miene über die drei Gäste ohne Gepäck. Er machte nicht den Eindruck, dass er sich sonderlich wunderte. Vielleicht, so dachte Rainer, erkennt er mich auch wieder und gewöhnt sich daran. Sie bezogen ein Doppel- und ein Einzelzimmer. Als Stefanie und Rainer allein waren, ließ sie keinen Zweifel daran, dass ihr Einverständnis, mit ihm ein Zimmer zu bewohnen, lediglich der nackten ökonomischen Vernunft geschuldet war. Etwaige andere Hoffnungen seinerseits zerstörte sie erbarmungslos. Esch war bedient.

Nach einer Stunde trafen sie sich an der Hotelbar. Rainer, der den Forster Schnepfenflug, einen Pfälzer Riesling, schon probiert hatte, machte einen Vorschlag.

»Ich hab nachgedacht. Wir sollten versuchen, etwas mehr über die Millionenkippe zu erfahren. Und mich würde auch interessieren, warum die nicht mit dem Tankwagen der Firma Dekontent hier hinfahren. Warum wird das Öl umgepumpt? Das müsste doch rauszukriegen sein.«

»Und wie willst du das machen?«, fragte Stefanie.

»Zeitung. Zumindest zum Teil. Die WAZ bei uns beschäftigt sich doch auch mit jedem Kleinkram. Warum sollte das hier anders sein?« Er wandte sich an den Barkeeper: »Sagen Sie mal, gibt's hier eine Lokalzeitung?«

»Eine? Eigentlich zwei. Die Sächsische Zeitung und vor allem die Lausitzer Rundschau.«

»Haben die in Hoyerswerda Lokalredaktionen?«, fragte Esch weiter.

»Bei der Sächsischen weiß ich das nicht. Aber die Lausitzer Rundschau hat eine. Ist gar nicht weit von hier. Wenn Sie aus dem Hotel kommen, rechts, Richtung Lausitz Centrum ...«

»Kenn ich«, unterbrach ihn Rainer, »da war ich schon mal.«

»Dann an der ersten Ampelkreuzung wieder rechts, in die Albert-Einstein-Straße. An der Ecke steht ein Hochhaus, die Redaktion ist in einem Ladenlokal untergebracht.«

»Danke. Das finden wir.«

Der Barmann beschäftigte sich wieder mit Gläserspülen.

»Kommt, da gehen wir jetzt hin.«

Rainer wollte schon aufbrechen, als ihn seine Noch-Freundin aufhielt.

»Du bist hier nicht der Obermacker. Wir entscheiden gemeinsam. Bis jetzt haben wir das jedenfalls so getan. Ich weiß nicht, ob das was bringt. Meiner Meinung nach sollten wir zur Polizei gehen.«

»Können wir morgen auch noch machen. Ich will doch nur ein paar Erkundigungen einholen.«

»Wegen deiner paar Erkundigungen sitzen wir jetzt hier am Arsch der Welt in einem Hotel ohne Zahnbürste und frische Sachen«, erwiderte Stefanie. »Von mir aus geh dahin. Ich habe nicht vor, mir da eine Abfuhr zu holen. Ich bleibe hier. Was ist mit dir?« Sie sah den Türken an. »Du hast dich noch nicht geräuspert.«

Cengiz zögerte. »Also eigentlich ist es egal, ob wir heute oder morgen zur Polizei gehen. Außer Vermutungen haben wir so recht immer noch nichts. Die Bilder müssen sowieso noch entwickelt werden. Ich finde, Rainer sollte zur Zeitung gehen. Es kann doch nichts schaden, Stefanie.«

»Also abgemacht.« Esch schwang sich vom Barhocker. »Ich komme später wieder. Trinkt nicht so viel. Und wartet mit dem Essen auf mich.«

Auf dem Weg zum Büro der Lausitzer Rundschau legte sich Rainer eine plausible Erklärung für sein Interesse zurecht. Er würde sich als Student der Sozialwissenschaften ausgeben, der aus Berlin gekommen war, um eine Semesterarbeit über stillgelegte Braunkohlentagebaue zu schreiben. Sozialwissenschaften war gut. Die beschäftigten sich mit jedem Unsinn.

Er fand die Redaktion auf Anhieb und trug sein Anliegen vor. Und er hatte Glück. Er traf auf einen Lokalredakteur, dem die ökologische Erneuerung der Lausitz ein persönliches Anliegen war.

Froh, einem interessierten Zuhörer aus der Hauptstadt sein Herz ausschütten zu können, begann der Journalist mit einem kurzen Abriss der Geschichte des Braunkohlenabbaues in der Lausitz seit 1850. Esch machte sich geflissentlich Notizen.

Nach dreißig Minuten hatte der Referent die Jahrhundertwende erreicht, weitere zwanzig Minuten benötigte der Redner für die Jahre bis zum Zweiten Weltkrieg. Krieg und Faschismus kosteten noch mal fünfundvierzig Minuten, und nach knapp zwei Stunden und drei Kannen Kaffee hatte er auch die realsozialistische Etappe hinter sich gelassen. Dann kam er endlich zur Gegenwart.

»Die Millionenkippe heißt so, zumindest soweit ich weiß, weil dort Millionen Tonnen Altlasten der früheren DDR lagern. Oder gelagert haben. Ein Großteil ist schon abgefahren und entsorgt worden. Einiges sogar als Sondermüll. Das wurde in speziellen Anlagen verbrannt, so giftig ist das. Und immer noch entdecken die

Firmen da neues Zeug. Ist schon schlimm, was da früher alles hingekippt und abgelassen worden ist.«

»Welche Firmen sind denn da im Einsatz?«, wollte Esch wissen.

»Alle kenne ich natürlich nicht. Aber, na ja, zunächst die Entsorgungsunternehmen. Eine Firma Dekontent zum Beispiel. Die baggert das verseuchte Erdreich aus und entsorgt es. Dann große Tiefbaufirmen, die das Erdreich transportieren. Die Firma Schuffer zum Beispiel liefert Flüssigbindemittel, mit denen extrem verseuchtes Erdreich zunächst behandelt werden muss. Aber, wie gesagt, ich bin da kein Experte. Da müssten Sie die LMBV fragen.«

»LMBV?«

»Die Lausitzer und Mitteldeutsche Braunkohlenverwaltungsgesellschaft. Die ist Eigentümer der ehemaligen Braunkohlenkombinate. Sitzt in Berlin. Da hätten Sie dann gar nicht bis zu uns ins schöne Hoyerswerda kommen müssen.«

Lokalpatriotismus macht blind, dachte Esch. Und sagte: »Sie haben mir wirklich sehr geholfen, vielen Dank.«

»Nu.«

Das hatte Rainer nun wirklich noch gefehlt.

Stefanie war sauer, als er wieder die Hotelbar betrat und sich setzte.

»Weißt du eigentlich, dass wir hier seit über drei Stunden auf dich warten? Wahrscheinlich bist du in einer Kneipe an irgendeiner Ecke hängengeblieben. Haste alte Kumpel aus schwerer Zeit getroffen, oder warum hat das so lange gedauert? Mir hängt der Magen bis in die Kniekehlen. Aber wir Idioten halten ja unser Versprechen und warten, bis unser Magenknurren in Recklinghausen zu hören ist.«

»'tschuldigung. Ging wirklich nicht eher.« Rainer erzählte, wie ergiebig seine Informationsquelle gesprudelt hatte und wie sich nun alles zusammenfügte.

»So kassieren die doppelt. Bei der Bergwerks AG und beim Staat, der die Entsorgung der DDR-Altlasten bezahlt. Der Bergwerks AG erzählen sie, ihre Altöle würden fachgerecht entsorgt. Tatsächlich landen die auf der Millionenkippe, wo sie, nachdem sie mit Erde zugebaggert wurden, von derselben Firma wieder überraschend gefunden und dann möglicherweise tatsächlich entsorgt werden. Oder auch nicht. Und Schuffer brauchen die, um das Öl in die Kippe zu schaffen. Ein Tankwagen von Dekontent würde auffallen. Sonst transportiert die Firma hier doch nur verseuchtes Erdreich. Und das wird in Kippern, nicht in Tankwagen gefahren. Jetzt«, schloss er seinen Bericht, »brauchen wir nur noch ein paar Bilder von der Pumpanlage in Herne. Und dann präsentieren wir das Ganze der Polizei und lassen uns feiern.«

»An dir ist ein Philip Marlowe verlorengegangen.« Stefanie sah Rainer skeptisch an. »Nur wissen wir immer noch nicht genau, warum Klaus sterben musste. Aber trotzdem, tut mir leid wegen eben.«

»Schon gut.« Esch sonnte sich in seinem Erfolg, der allerdings nicht ganz so glänzend war, wie er es gerne gehabt hätte. Stefanie hatte mit der Bemerkung über ihren toten Bruder die Schwachstelle bloßgelegt. »Gehen wir jetzt essen? Und um mit Harald Schmidt zu sprechen: Hoyerswerda ist nicht der Arsch der Welt. Aber man kann ihn von hier aus ganz deutlich sehen.«

32

Am frühen Sonntagmorgen hechelte Rainer Esch als Jogger verkleidet durch das Industriegebiet Friedrich der Große. Cengiz Kaya wartete, wie verabredet, in der Nähe der Autobahnauffahrt auf dem Parkplatz eines Kindergartens an der Sodinger Straße. Esch umkurvte das Gelände von UPS, um außer Sichtweite der Firmenhalle Schuffer zu verschnaufen. Nachdem er sich wieder erholt hatte, setzte er seinen Trab fort und näherte sich dem Zaun an der Geländerückseite.

Nicht weit von dem Platz entfernt, an dem Cengiz und er ihre Positionen über Ehrgefühl und Machogehabe ausgetauscht hatten, ging er in Stellung. Rainer kramte die Kamera aus dem mitgeführten Rucksack und begann zu fotografieren. Schnell wurde ihm klar, dass er den Standort wechseln musste, um die Pumpanlage optimal aufs Bild zu bekommen. Nachdem er aus einem anderen Blickwinkel einige Aufnahmen gemacht hatte, kam ihm ein Gedanke. Er beobachtete intensiv die Halle und den Bürocontainer. Als sich auch nach Minuten nichts rührte, verstaute Esch die Kamera, hängte sich den Rucksack wieder auf den Rücken und kletterte über den Zaun.

Vor Aufregung und Anstrengung schwer atmend, ging er hinter dem ersten Busch in Deckung und beobachtete weiter. Nichts. Alles blieb ruhig. Die Entfernung zwischen seinem Versteck und der Hallenrückwand betrug etwa einhundert Meter. Die Strecke war vom Bürocontainer nicht einsehbar. Falls allerdings jemand genau in dem Moment, in dem er seine Deckung verließ, das Hallentor öffnete, würde er unweigerlich entdeckt werden.

Rainer spurtete los und erreichte die Hallenwand, an der er sich vorsichtig Richtung Hallenecke vorarbeitete.

Er linste um die Ecke und hatte einen guten Blick auf die Pumpanlage, die er von hier aus erstklassig ablichten konnte.

Nachdem er einige Bilder geschossen hatte, hängte er sich die Kamera um den Hals und wartete erneut einige Minuten, immer bereit, Fersengeld zu geben. Auch jetzt blieb alles ruhig. Die Vögel sind, wie erwartet, ausgeflogen, freute er sich. Das gab ihm Gelegenheit, durch das Türfenster einen Blick ins Halleninnere zu werfen. Allerdings würde das bedeuten, etwa fünfzig Meter fast völlig deckungslos an der Pumpanlage vorbeischleichen zu müssen.

Esch bückte sich tief und legte die ersten zehn Meter bis zur Pumpsäule in wenigen Sekunden zurück, hockte sich tief hin, um sich zu verstecken, und warf einen sichernden Blick zurück zur Hallenecke. So entging seiner Aufmerksamkeit eine fast unmerkliche Bewegung der Gardine an einem Fenster des Bürocontainers.

Rainer holte tief Luft und überquerte im Spurt die letzten freien Meter bis zum Halleneingang. Sorgfältig darauf bedacht, wenig Geräusche zu verursachen, drückte er sich an die Tür und versuchte, durch das Fenster zu sehen. Es dauerte einige Momente, bis er sich an die halbdunklen Lichtverhältnisse in der Halle gewöhnt hatte. Er versuchte, Lichtreflexe von außen mit seinen Händen abzuschirmen. In der Halle stand der blaue Tankwagen, sonst konnte Esch nichts entdecken.

In diesem Moment hörte er direkt hinter sich ein Geräusch. Er fuhr herum, nahm schemenhaft zwei Männer wahr. Einer hielt ihn von hinten fest, der andere presste ihm einen großen Lappen auf Mund, Nase und Augen, der mit einer süßlich riechenden Substanz getränkt war. Äther, dachte Rainer noch. Dann dachte er nichts mehr.

Cengiz wartete in dem Golf ungeduldig auf die Rückkehr seines Freundes. Die ersten morgendlichen Kirchgänger und Hundegassigeher waren unterwegs. Der Türke vertrieb sich die Zeit damit, das Autoradio zu justieren, um Esch außer WDR 2 noch anderes Kulturgut nahezubringen. Hätte diese Beschäftigung nicht seine volle Konzentration in Anspruch genommen, wäre ihm vielleicht ein Spaziergänger aufgefallen. Dieser näherte sich aus der Richtung, in der die Halle der Firma Schuffer lag und musterte verstohlen die Autonummern geparkter roter Kleinwagen. Danach blickte er auf einen Zettel, den er in der Hand hielt.

Nachdem Kaya eine Stunde gewartet hatte, startete er den Golf und fuhr Richtung Industriegebiet. Er bog in die Straße ab, an der die Halle lag, die Rainer ausspionieren wollte.

Es war nichts Auffälliges zu entdecken. Cengiz parkte den Wagen und ging den Trampelpfad entlang, den Esch ihm vor einigen Tagen gezeigt hatte. Als er ihren Spähposten erreicht hatte, sah er sich um und rief leise Rainers Namen. Keine Reaktion.

Nachdenklich machte sich der Türke auf den Rückweg. Er hatte gerade den Teich erreicht, als ihm zwei Männer entgegenkamen. Sie blieben stehen. Einer hielt eine Zigarette in der Hand an: »Entschuldigen Sie, könnte ich mal Feuer haben?«

Kaya wollte gerade bedauern, als ihn der zweite von der Seite packte und ihm ein feuchtes Tuch ins Gesicht drückte. Cengiz wurde schwarz vor Augen.

Als Esch aufwachte, griff er instinktiv zu seinem Kopfkissen, um es sich passend zurechtzurollen, und zur Decke, um sie sich erneut über die Ohren zu ziehen. Es dauerte einige Zeit, bis er realisierte, dass da kein Kopfkissen war. Es gab auch keine Bettdecke. Eigentlich gab es überhaupt kein Bett. Er stöhnte. Ein Kater war nichts gegen die Schmerzwellen, die durch seinen Schädel schwappten.

Langsam richtete er sich auf. Sein Bett war ein Bettgestell, wie sie in den fünfziger Jahren in Krankenhäusern, Altersheimen, Internaten, Erziehungsheimen und ähnlichen angenehmen Sozialeinrichtungen des Wirtschaftswunderlandes zahlreich im Einsatz gewesen waren. Ein Bügel aus gebogenem Stahlrohr am oberen und unteren Ende des Bettes, gelbbeige lackiert, auf dem ein Stahlrahmen lag. Und ein Stahlfedergeflecht, das normalerweise als Unterlage für die Matratze diente. Es gab aber keine Matratze. Nur das Stahlfedergeflecht.

Rainer sah an die Decke. Dort brannte eine typische Kellerleuchte. Glaskuppel mit Eisenbügel davor. Höchstens zwanzig Watt. Die Lampe, sofern man eine solche Funzel Lampe nennen konnte, warf ein diffuses Licht in einen fensterlosen Keller.#Esch suchte mit den Augen die Wand nach einem Lichtschalter ab. Fehlanzeige. Neben der Tür war kein Schalter. Dafür hatte die Tür von innen auch keinen Griff. Sondern nur einen Knopf.

Er drehte sich um, um zu ergründen, was die penetranten Schnarchgeräusche verursachte, die er seit seinem Erwachen hörte. In der Ecke stand ein weiteres Bettgestell. Und auf diesem Bettgestell lag Cengiz. Genau das hatte Esch befürchtet, seit er das Schnarchen hörte. Rainer sah auf seine Uhr. Sieben. Ihm fehlten einige Stunden. Hoffte er. Es konnten auch Tage sein.

Frustriert verschränkte er seine Hände hinter dem Kopf und schlief erschöpft wieder ein.

Stefanie streichelte ihn. »Wach auf, Rainer, Liebster«, flüsterte sie. »Bitte, wach auf, mein Schatz.« Sie schubste ihn zärtlich in die Seite. Obwohl Streicheln, Flüstern und Schubsen sehr angenehm waren, beschloss Esch, aufzuwachen.

Das Streicheln entpuppte sich als Ohrfeige, das Schubsen als heftiges Schulterrütteln und das zärtliche Flüstern als Schreien.

»Nun wach schon auf, du Arsch. Wach auf, Mensch. Das hier ist kein Spaß mehr. Wach auf, sonst prügele ich dich wach. Du musst aufwachen.«

Rainer schlug die Augen auf. Sein Alptraum war wahr geworden. Cengiz beugte sich über ihn, schrie ihn an und schüttelte seine Schultern. Schlagartig hatte ihn die Realität wieder.

»Schon gut, schon gut. Hier bin ich.« Erneut versuchte Rainer, sich aufzurichten. Diesmal gelang es. »Mann, ich fühl mich ...«, er sah seinen Freund an, und dessen angeschlagene Physiognomie bewog ihn, die Klappe zu halten. »Vergiss es. Dir geht's auch nicht blendend, oder?«

»Hast du ›nicht blendend‹ gesagt? Oder hab ich da was falsch verstanden? Beschissen geht's mir, total beschissen. Weißt du warum? Hast du auch nur die geringste Ahnung, warum?« Kaya schüttelte Esch heftig.

»Ich bin wach, danke. Du kannst jetzt aufhören. Es reicht. Du kannst aufhören!« Den letzten Satz brüllte Esch.

»Ach, ich kann aufhören? Wir sitzen hier in diesem, diesem ...«, Kaya fehlten die Worte, »... diesem Loch. Und du erklärst mir, ich kann aufhören. Aufhören womit? Mich aufzuregen? Ich will, verstehst du, will mich aufregen. Als du selig gepennt hast, hab ich mich hier umgesehen. Sofern das der richtige Ausdruck ist. In diesem Verlies gibt es vier rohe, unverputzte Wände, einen Betonboden und eine Betondecke, eine Kellerleuchte ohne sichtbare Stromzuführungskabel, eine Stahltür und zwei antiquarische Bettgestelle. Auf einem sitzt du gerade. Und in der Ecke steht ein Kunststoffeimer. Das war's. Verstehst du, das war's! Wir sind hier eingebuchtet. So wie's aussieht, sehr gründlich. Da soll ich mich nicht aufregen. Verdammte Scheiße, verdammte.«

»Du hast recht. Kacke, alte, verdammte.«

»Was redest du da?«

»Vergiss es. Ist aus ›Jede Menge Kohle‹.«

»Willst du mich verarschen? Ich polier dir gleich die Fresse. Du Klugscheißer musstest ja unbedingt Detektiv spielen. Deshalb sitzen wir hier.«

»Is 'n Kinofilm. Von Adolf Winkelmann. Müssen Türken nicht unbedingt kennen.«

Kaya machte Anstalten, auf Esch loszugehen. Dieser lenkte ein: »Cengiz, es hat keinen Zweck, wenn wir uns hier angiften. Du hast recht, wir hätten eher zu den Bullen gehen sollen. Aber das ist Schnee von gestern. Und ich war dämlich genug, mich schnappen zu lassen. Aber«, er verzog das Gesicht zu einem verkrampften Lächeln, »dich hamse ja auch gekriegt, oder?«

»Ja, scheiße. Weil ich so blöde war, einem germanischen Überflieger hinterherzulaufen. Ich hab nicht nachgedacht. Nur mir Sorgen gemacht.«

»Danke, Kumpel.« Rainer nahm seinen Freund in den Arm. »Und jetzt lass uns überlegen, wie wir hier rauskommen.«

»Das kann ich dir sagen.«

»Mensch, dann raus damit.«

»Gib mir 'n Schweißgerät, einen Bohrhammer oder etwas Plastiksprengstoff. Am besten alles zusammen.

Ruck, zuck sind wir draußen. Das verspreche ich dir. Es sei denn, King Kong wartet hinter der Tür.«

»Sehr witzig.«

»Die Tür hat noch nicht einmal ein Schloss von dieser Seite. Rainer, auch wenn's weh tut: Wir sitzen hier fest. Hier kommen wir von alleine nie raus.«

»Befürchte ich auch. Weißt du was?«

»Nee.«

»Mir geht der Arsch auf Grundeis.«

»Meiner liegt da schon seit 'ner halben Stunde.«

»Sag mal, Handy und Kamera sind weg?«, fragte Esch.

»Alles weg. Nur deine Uhr ist noch da.«

»Aber wir wissen nicht, ob es Morgen oder Abend ist?«

»Nein, das wissen wir nicht.«

Esch verzog das Gesicht. »Dann weiß ich ja nicht, wann ich das erste Glas Wein zu mir nehmen kann.«

»Seit wann ist das bei dir von der Tageszeit abhängig?«

»Auch wieder wahr.«

Plötzlich hörten sie ein Geräusch an der Tür, als ob Metall auf Metall kratzte. Ein Riegel wurde zur Seite geschoben. Esch und Kaya starrten zur Tür.

Zwei Männer traten ein. Beide trugen Gesichtsmasken wie Bankräuber in Fernsehkrimis. Einer der Männer hielt eine Pistole in der Hand und blieb im offenen Türrahmen stehen. Der andere trat einen Schritt in den Raum.

»Zurück an die Wand«, sagte der mit der Knarre. Rainer kam die Stimme seltsam vertraut vor. Er und Cengiz wichen zurück.

»Weiter.« Der Pistolero fuchtelte mit der Schusswaffe herum.

Die Freunde standen mit dem Rücken an der Wand. Plötzlich dämmerte es Esch. »Adi, das bist doch du. Mensch, Adi, mach keinen Scheiß, lass uns hier raus.«

»Schnauze«, antwortete der mit der Knarre.

Jetzt war Rainer sich sicher. »Adi, noch ist doch nichts passiert. Ich dachte, wir wären Freunde. Los, hol uns hier raus. Bitte.«

»Wenn ihr pissen oder scheißen müsst«, sagte der, den Rainer für Adi hielt, und zeigte auf den Eimer, »dann da rein. Papier gibt's gleich. Wir geben euch auch was zu essen und zu trinken. Verhaltet euch ruhig, sonst knallt's. Kapiert?«

Die beiden Gefangenen nickten.

»Brav. Bleibt so. Dann passiert euch nichts.« Der Sprecher gab die Knarre seinem Kumpanen und verließ den Keller, um einen Moment später mit einer kleinen Kiste Mineralwasser, einem halben Laib Brot und einem großen Stück Käse wiederzukommen. Er stellte die Nahrungsmittel in die Nähe der Tür und verließ den Raum. »Guten Appetit.«

Auch der Pistolenträger verschwand. Die Tür wurde geschlossen, und das metallische Geräusch verriet, dass der Riegel vorgeschoben wurde.

»Alte Freunde sind auch nicht mehr das, was sie mal waren, was?«, spottete der Türke.

Rainer verspürte plötzlich eine fürchterliche Angst. »Cengiz, was meinst du? Lassen die uns laufen?«

»Würdest du uns laufen lassen?«, fragte der Angesprochene zurück.

Nachdem Esch nicht reagierte, fuhr er fort: »Siehst du. Ich auch nicht. Wir wissen zu viel. Vielleicht legen sie uns nicht um. Aber wiedersehen tun wir die wahrscheinlich auch nicht.« Er zeigte auf das Essen. »Das war's. Wir haben Glück, wenn uns vorher jemand findet.«

»Vorher? Vor was?« Als Cengiz nicht antwortete, wollte Rainer auch nicht mehr hören, was er hätte antworten können.

Schweigend aßen sie. Schließlich meinte Cengiz: »Es ist Abend.«

»Woher weißt du das?«, fragte ihn sein Schicksalsgenosse.

»Wenn's Morgen wäre, hätt ich mehr Hunger.«

»Das ist nicht dein Ernst?«

»Doch, ehrlich. Mein Magen hat so 'ne Art innere Uhr. Das gewöhnst du dir unter Tage so an. Da ist auch kein Tageslicht. Und private Uhren darfst du nicht mitnehmen. Trotzdem weißt du instinktiv, ob Frühstück oder Mittag ist.«

»Kunststück. Du bist ja auch keine drei Tage am Stück auf Schicht.«

»Trotzdem«, beharrte Kaya, »ich weiß das eben.« Mit vollem Mund fuhr er fort: »Rainer, wir sollten uns überlegen, ob wir die Kerle nicht überwältigen können, wenn sie doch noch mal wiederkommen sollten.«

Esch schaute seinen Freund an, als sei er Albert Einstein, der erkennt, dass sein Gegenüber, dem er seit zwei Tagen die Relativitätstheorie erklärt, Neandertaler ist. »Sonst hast du keine Probleme? Eine blendende Idee. Ich greife den ohne Knarre vernichtend mit dem Plastikeimer mit unseren Exkrementen an, während du mit deiner nicht vorhandenen Einzelkämpferausbildung und immun gegen Kugeln den mit der Pistole ausschaltest. Anschließend fahren wir nach Hollywood und fragen, ob wir nicht in Sylvester-Stallone-Filmen ...«

»Das ist es. Rainer, das ist es. Du bist wirklich genial.«

»Das stimmt zwar, leuchtet mir aber irgendwie momentan nicht so recht ein.«

»Wir benutzen wirklich den Eimer. Und irgendwas als Waffe.« Cengiz sah sich um. »Das Bett. Wir brauchen das Bett.«

»Klar. Das Bett. Mach dir keine Sorgen. Wir machen das so: Du nimmst den Eimer, und ich in jede Hand ein Bett ...«

»Jetzt hör auf mit dem Unsinn. Ich meine das ernst. Pass auf. Wir versuchen, die Betten zu zerlegen. Normalerweise«, Kaya begann, an dem Bettgestell, auf dem er bisher gesessen hatte, herumzureißen, »sind diese Gestelle nur zusammengesteckt. Die Dinger sind gar nicht schwer. Komm, hilf mir mal.«

Nach einigen Minuten hatten sie ein Bett in seine Einzelteile zerlegt. Rahmen, Stahlfeder und Kopf- und Fußteile lagen vor ihnen. Mit etwas Anstrengung gelang es ihnen, eines der Kopfgestelle weiter zu zerstückeln, so dass sie einen, wenn auch gebogenen, Stahlknüppel von etwa achtzig Zentimeter Länge hatten.

»Und jetzt zu deinem Plan, Rainer.«

»Mein Plan?«

»So ist es. Wenn wir hören, dass unsere Freunde kommen, nehme ich den Eimer. Der dann sicher etwas mehr gefüllt ist. Ich schütte den Inhalt über die beiden aus. Du haust mit dem Bettknüppel auf den, der die Knarre hat. Der Überraschungseffekt ist auf unserer Seite. Dann auf sie mit Gebrüll. Und dann raus.«

»Toller Plan. Zumindest überrascht werden sie sicher sein. Ob die das allerdings lustig finden, wenn sie mit Urin begossen werden, wage ich zu bezweifeln. Aber gut, ich bin dabei. Was machen wir, wenn vor der Tür 'ne Armee steht?«

»Dann haben wir's wenigstens versucht. Hast du 'ne bessere Idee?«

Esch hatte nicht.

33

»Guten Abend. Ich möchte bitte Herrn Brischinsky sprechen.«

206

Der Beamte an der Nachtpforte des Polizeipräsidiums Recklinghausen sah nur kurz auf. »'n Abend. Ist nicht da. Um was geht es?«

»Das möchte ich ihm selbst sagen.«

»Ich sag doch, der ist nicht da.«

»Kann ich denn dann einen seiner Mitarbeiter sprechen?«

»In welcher Angelegenheit?«

Stefanie Westhoff überlegte. Der Zerberus an der Tür würde sie ohne einen ihm einleuchtenden Grund nicht zu Brischinsky lassen. Also war Bluff angesagt. Wie in der Bank.

»Ich möchte einen Mord melden.«

Elektrisiert sah der Polizist auf. »Warum sagen Sie das denn nicht gleich. Ich rufe den diensthabenden Kriminalbeamten.«

Er drückte einen Knopf, und die Eingangstür sprang auf. »Bitte warten Sie da vorne.« Der Beamte schnappte sich einen Telefonhörer.

Nach einigen Minuten kam Kommissar Heiner Baumann, der Assistent von Hauptkommissar Brischinsky, die Treppe heruntergestürmt. »Baumann. Sie wollen einen Mord melden?«, sprach er die junge Frau an, die im Flur gegenüber der Pforte saß.

»Nein, das heißt ja. Eigentlich möchte ich eine Vermisstenanzeige aufgeben.«

Baumann sah den diensthabenden Polizisten an. Der zuckte mit den Schultern. Der Kommissar wandte sich Stefanie zu. »Was wollen Sie jetzt? Einen Mord anzeigen oder jemanden als vermisst melden?« Er musterte sie gründlich. »Sagen Sie, kennen wir uns nicht?«

»Ja, mein Name ist Stefanie Westhoff.«

»Westhoff, Westhoff. Ach ja, der Tote am Kanal. Und Sie sind …«

»… seine Schwester.«

»Stimmt. Ich erinnere mich. Also, Frau Westhoff, was kann ich für Sie tun?«

Sie sah sich hilfesuchend im Flur um. »Können wir nicht ...?«

»Ach so, ja gut, bitte kommen Sie.« Baumann führte sie in sein Dienstzimmer im ersten Stock und bot ihr einen Stuhl vor seinem Schreibtisch an. »Kaffee?«

»Ja, bitte.«

Er stellte eine Tasse Kaffee, eine Dose Milch und ein Paket mit Würfelzucker auf den Schreibtisch und setzte sich. »So, Frau Westhoff, nun erzählen Sie mal.«

Stefanie fing an: Sie erzählte von dem Text im Computer, erwähnte auch die Abfuhr, die Rainer von Baumann bekommen hatte, erläuterte die Verbindungen von Take off zu Dekontent, berichtete von der Fahrt in die Lausitz und zeigte Baumann schließlich die dabei entstandenen Fotografien.

Der Beamte hörte ihr zunächst nur zu und machte sich dann gespannt Notizen.

»Heute Morgen«, schloss Stefanie, »wollten Rainer und Cengiz noch die Bilder in Herne machen. Dann wollten wir zur Polizei. Jetzt sind die beiden schon seit mehr als sechzehn Stunden fort. Ich habe Cengiz schon mehrmals über sein Handy zu erreichen versucht, werde aber immer nur mit der Mailbox verbunden. Bei Rainer kann es vorkommen, dass der mal irgendwo versackt, aber Cengiz bestimmt nicht. Der trinkt kaum Alkohol. Ich mach mir wirklich Sorgen.«

»Dazu scheinen Sie, nach dem was Sie mir erzählt haben, auch allen Grund zu haben.« Baumann griff zum Telefonhörer. »Warum, verdammt noch mal, sind Sie nicht früher gekommen?«

»Rainer war doch bei Ihnen«, meinte Stefanie verschüchtert. »Aber Sie wollten ihm ja nicht glauben.«

»Das war doch was ganz anderes. Danach hätten Sie noch mal kommen müssen. Spielen Kripo! Wie die klei-

208

nen Kinder. Unverantwortlich«, schimpfte Baumann und wählte.

Es dauerte einige Zeit, bis er wieder sprach.

»Baumann.« Pause. »Ja, ich weiß, dass es nach Mitternacht ist. Aber du solltest dich in deinen Wagen setzen und ins Büro kommen.« Erneute Pause. »Meinst du, ich würde dich mitten in der Nacht raustrommeln, wenn es nicht wichtig wäre? – Was ich noch um diese Zeit hier mache? Blöde Frage. Verbringst du deine Freizeit nicht auch von Zeit zu Zeit im Büro?« Er legte auf und wandte sich wieder Stefanie zu. »Brischinsky kommt gleich. Sie sollten ihm das alles noch einmal erzählen.«

Es war nach zwei, als Stefanie Westhoff geendet hatte. Brischinsky kaute, in Gedanken versunken, an einem Bleistiftstummel. Dann fasste er einen Entschluss.

»Frau Westhoff, Sie fahren am besten nach Hause. Sie können hier gar nichts mehr tun.«

Als Stefanie protestieren wollte, wurde er energisch. »Sie tun, was ich sage. Hätten Sie nicht auf eigene Faust ermittelt, wäre es nicht so weit gekommen. Wir rufen Sie an. Ich verspreche es Ihnen.« Er begleitete sie zur Tür.

»Heiner, zwei Wagen. Aber ohne Weihnachtsbeleuchtung und Glockengeläut.«

»Hör mal, Friedrich der Große liegt in Herne. Das ist die Polizeidirektion Bochum«, warf Baumann ein.

»Weiß ich auch. Aber direkt am Kanal. Auf der anderen Seite ist an einigen Stellen schon Recklinghausen. Das Gelände grenzt an Castrop-Rauxel. Und das ist Kreis Recklinghausen.« Brischinsky grinste. »Wir erklären das den Kollegen über Funk.«

»Ich sag dir, das gibt Ärger.«

»Na wenn schon. Du fährst mit mir. Wir treffen uns unten.«

Das Tor zum Gelände der Firma Schuffer stand weit offen. Auf dem Hof parkte ein dunkler Mercedes. Durch die Fenster des Bürocontainers schimmerte Licht nach draußen. Baumann gab über Funk Anweisungen. Ein Polizeifahrzeug blockierte die Einfahrt, Brischinskys Zivilwagen und der zweite Passat hielten direkt von dem Bürocontainer.

Die Beamten stiegen aus und näherten sich der Tür, die im gleichen Moment aufgerissen wurde. Ein Mann rannte heraus, sah die Polizisten und rief im Weglaufen: »Bullen, Adi, Bullen.«

Zwei Uniformierte verfolgten den Flüchtenden und stellten ihn nach wenigen Metern.

Sie legten ihm Handschellen an und durchsuchten ihn. Brischinsky und Baumann zogen ihre Dienstwaffen und drangen in den Container ein. Sie sahen, wie ein zweiter Mann versuchte, eine Pistole im Papierkorb verschwinden zu lassen.

»Hände hoch. An die Wand.«

Von draußen hörten sie Rufe. »Halt, Polizei, stehenbleiben. Halt, oder ich schieße!« Dann knallte es.

»So, dann mal her mit den Patscherchen.« Baumann griff zu seinen Handfesseln.

Brischinsky nahm sein Taschentuch, wickelte es um seine rechte Hand und fingerte die Knarre aus dem Papierkorb. »Einen Waffenschein haben wir wohl nicht, was, Herr ...« Er blickte auf den Personalausweis, den Baumann bei der Durchsuchung des Mannes gefunden hatte. »Herr Adolf Trieger.«

Ein Beamter betrat den Container. »In der Halle war noch jemand. Der ist über den Zaun in den Wald. Wir haben einen Warnschuss abgegeben, und zwei Kollegen sind hinterher, aber in der Dunkelheit ...« Er schüttelte den Kopf.

»Danke. Nehmt den hier mit und überprüft ihn. Zunächst mal wegen des Verdachtes auf unerlaubten

Waffenbesitzes. Was ist mit dem anderen?«, fragte Brischinsky den Uniformierten.

»Herbert Finke. Gemeldet in Hoyerswerda.«

»Beide ins Präsidium. Die nehmen wir uns noch heute vor. Komm, Heiner, wir sehen uns hier mal um.«

In der Halle stand ein roter Golf. Baumann verglich das Kennzeichen mit seinen Notizen.

»Das ist der Wagen von Westhoffs Freund.«
Ansonsten war die Halle bis auf einige Fässer leer.
»Fehlanzeige«, knurrte Baumann und wollte gehen.

»Wart mal«, stoppte ihn sein Vorgesetzter, »sieh mal dahinten.«

Am anderen Hallenende befand sich eine Bodenklappe. Baumann öffnete die Klapptür, und eine Treppe kam zum Vorschein, die nach unten führte. Brischinsky zog den Kopf ein und betrat als erster die Stufen. Er fand einen Lichtschalter, und kaltes Neonlicht erhellte den Keller. Die Kripobeamten zogen ihre Waffen und schlichen vorsichtig nach unten. Am Fuß der Treppe befand sich ein etwa fünf mal fünf Meter großer Raum. Im Raum waren Dutzende Kisten gestapelt.

Baumann sah in eine hinein und holte eine Stange Zigaretten heraus. »Ohne Steuerbanderole. Schmuggelware. Mit der Menge kannste viel Lungenkrebs verursachen.« Gegenüber der Treppe war eine verschlossene Stahltür mit einem schweren Riegel davor. Brischinsky nickte Baumann zu, der vorsichtig den Riegel ergriff. Wie sein Assistent hielt der Hauptkommissar seine Knarre schussbereit.

Baumann öffnete die Tür.

Rainer schnappte sich den Holm des Bettgestelles, Cengiz den Eimer. Sie nahmen hinter der Tür Aufstellung.

Mit einem quietschenden Geräusch schwang die Tür langsam nach innen. Sie hörten leise Schritte.

Ein Mann mit einer Waffe trat in den Raum. Cengiz hob energisch den Eimer und holte aus.

»Nein, Cengiz, nein.« Rainer brüllte los. Er hatte Brischinsky erkannt.

Baumann wirbelte herum und zielte auf die beiden Freunde. »Polizei. Legen Sie das hin.« Mittlerweile hatte auch Brischinsky den Raum betreten. »Schon gut, Heiner. Alles in Ordnung. Wegen der zwei sind wir doch hier.«

Als sie die Halle verließen, raste ein Zivilfahrzeug mit Bochumer Kennzeichen auf das Gelände. Ein Mann stieg aus und kam auf die Recklinghäuser Beamten zu.

»Brischinsky. Das hätte ich mir doch denken können. Erklären Sie mir mal ganz schnell und ganz einfach, was die halbe Polizei aus Recklinghausen bei einem Einsatz hier in Herne zu suchen hat?«

»Guten Morgen, Kollege Moser. Einfach geht nicht und kurz schon gar nicht. Deshalb erläutert das jetzt alles in aller Ruhe und so ausführlich wie nötig der Kollege Baumann. Habe die Ehre.«

Brischinsky ging mit Esch und Kaya weiter und ließ seinen völlig perplexen Assistenten zurück, der sich nicht zum ersten Mal fragte, warum er nicht bei der Schutzpolizei geblieben war.

34

Der Hauptkommissar kramte die Akte Westhoff aus dem Schrank und überflog sie. Dann ließ er Trieger reinbringen, bedeutete dem begleitenden Polizeibeamten, sich neben die Tür zu stellen, und schaltete das Tonbandgerät ein.

»Ist Adolf Trieger Ihr richtiger Name?«, begann er das Verhör.

»So hat mein Papa dat gewollt«, lautete die flapsige Antwort.

»Herr Trieger, als wir Sie festnahmen, hatten Sie eine Waffe in der Hand. Sie haben keinen Waffenschein. Was wollten Sie mit der Kanone? Auf uns schießen?«

»Ach, wissen Sie, heutzutage laufen ja so viele Gestalten durch die Straßen, ich wollte mich schützen. Gut, ich hab keinen Waffenschein, aber ist dat 'n Kapitalverbrechen?«

»Nein, das nicht. Aber Entführung und Freiheitsberaubung.«

»Wat für 'ne Entführung? Da schnüffeln zwei Kerle bei uns auf'm Gelände herum, dringen widerrechtlich ein. Wir haben die nur kurz zwischengelagert. Wir wollten gerade Ihre Kollegen anrufen, aber da waren Sie ja schon da«, behauptete Trieger treuherzig. »War vielleicht nicht ganz in Ordnung, aber so schlimm, dat Sie da mit 'ner Hundertschaft anrücken mussten, ja nun auch nicht.«

»Das wird Ihnen dann schon der Haftrichter erzählen.« Brischinsky machte eine Pause. »Sicherlich haben Sie auch eine Erklärung dafür, warum Sie Altöl illegal in die Natur Ostdeutschlands abgelassen haben.« Brischinsky hatte den Eindruck, dass Triegers selbstbewusste Fassade erste Risse bekam.

»Woher wissen Se dat denn?«

»Ich weiß alles. Ich will es nur von dir hören.« Es war nach Brischinskys Ansicht erforderlich, durch den Verzicht auf höfliche Umgangsformen eine größere Distanz aufzubauen. Du da unten, ich hier oben.

»Dazu sach ich nichts.« Trotzig lehnte sich Trieger zurück.

»Brauchst du auch nicht.« Der Hauptkommissar zählte auf. »Unerlaubter Waffenbesitz. Paragraph 53 Waffengesetz. Bringt unter Freunden bis zu fünf Jahren. Freiheitsberaubung. Paragraph 239 Strafgesetzbuch. Weitere fünf Jahre. Körperverletzung. Paragraph 223. Noch mal drei Jahre. Weil«, er blätterte in seinen Unterlagen, »du bist ja einschlägig vorbestraft. Wird dem Richter nicht gefallen, überhaupt nicht. Ach ja, Betrug. Mindestens Beihilfe zum Betrug. Paragraph 263. Dann noch Zigarettenschmuggel. Ist ein schweres Zollvergehen. Und auch Steuerhinterziehung. Macht auch noch mal fünf Jahre. Die Verseuchung der Umwelt nicht mitgerechnet. Da kenn ich mich nicht so aus. Ist aber bestimmt ein schwerer Fall, wenn ich mich nicht täusche. Alles in allem, buchtet dich das Gericht für mindestens zehn Jahre ein. Wenn der Richter gnädig ist. Dann bist du«, er sah erneut in seine Akten, »dreiundfünfzig, wenn du wieder rauskommst. Dein Leben ist dann gelaufen.«

Brischinsky fand es an der Zeit, seinen Versuchsballon steigen zu lassen. »Du siehst, da kommt schon so einiges zusammen. Auch ohne den Mord an Westhoff.«

Der Verhörte wurde blass. »Dat könnt ihr mir nicht anhängen. Mord, damit hab ich nichts zu tun.« Trieger begann zu schwitzen.   Der Hauptkommissar setzte nach. Sein Gefühl sagte ihm, dass er auf der richtigen Fährte war. Nachdem er Witterung aufgenommen hatte, würde er sein Opfer zur Strecke bringen. Alles nur eine Frage der Zeit. Und Zeit hatte Brischinsky. Sehr viel Zeit.

Der Hauptkommissar verließ den Raum und ließ Trieger mit dem uniformierten Polizisten allein. Er wartete fünfzehn Minuten auf dem Flur, bis er der Meinung war, dass Trieger genug Zeit zum Nachdenken gehabt hatte.

Dann ging er wieder zurück und setzte übergangslos das Verhör fort. »Dein Kumpel Finke macht seinem Namen alle Ehre. Der singt bei meinen Kollegen ganze Arien. Pech für dich, dass er dir den Mord in die Schuhe schiebt. Wirklich Pech.« Brischinsky tat so, als ob er den Raum erneut verlassen wollte, und sagte zu dem Uniformierten: »Bringen Sie ihn zurück in die Zelle. Mir reicht's. Morgen zum Haftrichter und dann lebenslänglich hinter Gitter. Das war's dann. Leb wohl, Trieger.«

Adi verlor die Beherrschung. Er sprang auf und packte Brischinsky an den Schultern. Tränen liefen über sein Gesicht. »Ich war's nicht. Dat Schwein, dat Schwein. Ich war's nicht. Dat mit dem Westhoff war Finke. Und Fasenbusch. Ich war's nicht. Dat müssen Se mir glauben. Ich will nicht lebenslänglich in den Knast. Dat war Finke, dat Schwein. Ich hab damit nichts zu tun.« Er schluchzte hemmungslos.

Brischinsky drückte ihn zurück auf den Stuhl.

»Ich würd's ja glauben, aber die Aussage von Finke steht dagegen. Du musst mir da schon einiges erzählen, damit ich dich da raushauen kann.«

Trieger saß auf dem Stuhl wie ein Häuflein Elend. Er wischte sich mit dem Handrücken die Tränen ab. »Okay, Herr Kommissar. Wat wollen Se wissen?«

»Zuerst mal die wichtigste Frage: Warum haben Fasenbusch und Finke Klaus Westhoff ermordet?«

»Der hat Fasenbusch erpresst.«

»Was?« Brischinsky war wirklich verblüfft.

»Westhoff hat bei Take off mitgemacht. Ist irgendwann bei Fasenbusch aufgetaucht und hat ihn aufgefordert, dat Geschäft zu beenden und die eingenommenen Gelder zurückzuzahlen. Fasenbusch hat ihn rausgeworfen. Einige Tage später war der wieder da. Diesmal im Container auf unserem Gelände. Er hat uns gedroht, er hätte Beweise, dat Dekontent die Öle nicht ordnungsgemäß entsorgt. Wenn Fasenbusch nicht die Take off-Gelder zurückzahlen würde, flöge alles auf. Er wollte zur Polizei gehen und Anzeige erstatten. Fasenbusch hat Westhoff gesagt, er würde sich bei ihm melden. Westhoff hat sich darauf eingelassen.«

»Und dann ist der Plan entstanden, Westhoff zu ermorden?«

»Ja. Finke hat mir dat später erzählt. Beide, also Fasenbusch und Finke, sind zu Westhoff nach Hause gefahren. Fasenbusch hat Entgegenkommen signalisiert, und Westhoff hat ihm geglaubt. In einem günstigen Moment hat ihn Finke festgehalten, und sie ham ihm gewaltsam KO-Tropfen eingeflößt. Dann dauerte es nur einige Minuten, und der war nicht mehr ansprechbar. Finke hat dann die Fingerabdrücke abgewischt und Fasenbusch die Tabletten in dem Whiskey aufgelöst. Schwierig war nur der Transport nach unten in seinen Wagen. Aber Westhoff war ja noch gar nicht tot, nur schwer angeschlagen. Fasenbusch und Finke haben den wie einen Betrunkenen runtergeschafft und auf den Beifahrersitz gepackt.«

»Wer hat den Wagen von Westhoff gefahren?«

»Finke. Am Kanal hamse Westhoff dann noch mehr Whiskey gegeben. Finke hat mit 'nem Akkubohrer dat Loch für den Schlauch gebohrt und zugestopft.«

»Dann haben sie den Wagen gestartet? Und die Whiskeyflasche und die Tablettenröhrchen im Auto deponiert?«

»Ja. Fasenbusch hat damit aber noch gewartet, bis Westhoff von den Tabletten schon fast tot war.«

»Haben die beiden denn nicht befürchtet, dass Westhoff noch lebend gefunden würde?«

»Ja, schon. Aber bei dem Wetter jagt man keinen Hund auf die Straße.«

Das stimmte, dachte Brischinsky, nur Polizisten. »Wie habt ihr denn die beiden Jungs geschnappt?«

»Dat war ein Zufall. In Spreetal ...«

»Das ist da, wo ihr das Öl weggekippt habt, oder?«, unterbrach der Hauptkommissar.

»Ja, genau. Da hat einer unserer Mitarbeiter gesehen, dat zwei in einem roten Kleinwagen mit Kennzeichen aus Recklinghausen Fotos von unserer Arbeit gemacht haben. Bullen waren dat nicht. Er hat die Nummer aufgeschrieben und mir gegeben. Da waren wir gewarnt und haben genau aufgepasst.«

»Und dann?«

»Der eine war auf dem Gelände. Finke hat den gesehen. Wir haben ihn mit Äther betäubt und in den Keller gebracht. Sein Kumpel parkte ganz in der Nähe. Mit demselben Auto, mit dem die in Spreetal waren. Wir haben ihn beobachtet. Als er dann in den Wald gegangen ist, haben Finke und ich uns auch den gekrallt.«

»Was wolltet ihr denn mit denen machen?«

»Fasenbusch wollte sie sofort umlegen. Aber ich war dagegen. Ich kannte den einen doch aus dem Urlaub. Hab mit dem gesoffen. Da bringt man den doch nicht um, oder?«

»Nee, wohl nicht. Aber ihr musstet doch entscheiden, wie es mit euren Gefangenen weitergehen sollte?«

»Ich hab vorgeschlagen, die beiden im Keller zu lassen und ihnen was zu essen und zu trinken zu geben. Wir wollten dann abhauen. Die hätte bestimmt einer irgendwann gefunden.«

»Irgendwann sicher. Und wenn das erst in zwei Monaten passiert wäre?«

Trieger stützte seinen Kopf in seine Hände und schwieg.

»Auch nicht viel besser, als sie sofort umzulegen, was? Egal. Und der Kerl, der getürmt ist? Das war Fasenbusch, oder?«, vermutete Brischinsky.

»Ja. Der war im Keller. Zigaretten holen.«

»Ungemein praktisch, so 'n Zigarettenlager im eigenen Haus. Okay, Trieger. Das war's für heute.« Der Hauptkommissar schaltete das Tonband aus. »Das wird jetzt abgetippt. Morgen unterschreiben Sie das Protokoll. Abführen.«

Trieger wurde aus dem Raum gebracht. Brischinsky blätterte in der schon abgeschlossenen Akte ›Klaus Westhoff‹. Er las erneut den Obduktionsbericht.

Da stand es, in einer Aufstellung der im Körper des Toten gefundenen Chemikalien. Neben den beiden Medikamenten auch Spuren von Methyprylon. Das hatte er damals überlesen. Methyprylon war der Wirkstoff aus den KO-Tropfen. Bei sorgfältigerer Aktenlektüre hätte ihm das auffallen müssen. Das würde sich nicht gut in seinem Abschlussbericht machen. Egal. Den Ersten Kriminalhauptkommissar hatte er sich ohnehin schon lange abgeschminkt. Beförderungsstop. Aus Geldmangel.

Der Hauptkommissar atmete tief durch. Jetzt war der Fall tatsächlich abgeschlossen. Zumindest fast.

Er griff zum Telefonhörer. »Brischinsky hier. Gebt eine bundesweite Fahndung nach Dieter Fasenbusch raus. Mordverdacht.«

Er legte auf.

35

»Entschuldigt, dass ich mich verspätet habe.« Stefanie setzte sich zu Rainer und Cengiz. »Habt ihr schon bestellt?«

»Nein, wir konnten doch nicht ohne unsere Lebensretterin anfangen«, antwortete Cengiz. »Hier ist die Karte.« Er schob Stefanie die Speisekarte des Mykonos rüber.

Wenig später hatten sie ihre Bestellung aufgegeben und kamen zum Thema: »Im Radio FiV haben sie etwas über Take off gebracht. Das musste ich mir erst noch anhören. Deshalb konnte ich nicht früher. Stellt euch vor, sie haben Fasenbusch erwischt. Der wollte bei Frankfurt/Oder über die Grenze nach Polen.«

»Was für ein Idiot«, meinte Rainer. »Die Ostgrenze ist Außengrenze der Europäischen Union. Die wird ja fast noch besser bewacht als früher die an der Elbe.«

»Über uns haben sie in dem Bericht auch was gebracht. Gott sei Dank ohne Namensnennung. Wir hätten die ganze Sache aufgedeckt und wären dabei in Lebensgefahr geraten.«

»Stimmt ja auch.«

»Sogar Hauptkommissar Brischinsky wurde interviewt. Der hat dem Reporter gesagt, dass Verbrecherjagen Sache der Polizei sei und bei aller Anerkennung für die gezeigte Eigeninitiative, damit hat der uns gemeint, dürfe sich der Bürger trotzdem keine polizeilichen Kompetenzen anmaßen.«

»Klugschwätzer«, bemerkte der Türke. »Und die Bergwerks AG hat auch reagiert und ihren Mitarbeitern, die sich zukünftig aktiv an der Verbreitung von Kettenspielen wie Take off beteiligen, die fristlose Kündigung wegen schwerer Schädigung des Betriebsfriedens angedroht, hat ein Sprecher bekanntgegeben. Außerdem untersucht die firmeneigene Revision die Vergabepraxis bei dem Auftrag an Dekontent.«

»Kommt eh nichts bei raus«, behauptete Rainer.

»Da bin ich mir nicht so sicher«, meinte Cengiz. »Nur werden wir wahrscheinlich davon nichts erfahren.«

»Was ist eigentlich mit Hülshaus?«, fragte Stefanie.

»Keine Ahnung. Auf Eiserner Kanzler ist der nicht mehr. Vielleicht versetzt. Oder sogar entlassen. Mir auch egal.«

»Mich würde interessieren, warum Fasenbusch eigentlich das Ding mit Dekontent gedreht hat? Der hatte doch genug Knete im Sack durch Take off«, wollte Stefanie wissen.

»Vermutlich. Aber vielleicht konnte der den Hals nicht voll genug bekommen. Oder der brauchte das Geld, um Dekontent und Schuffer zu finanzieren. So 'n LKW kostet 'n paar Mark«, spekulierte Rainer. »Kommt bestimmt raus, wenn der verhört wird.«

Ihr Essen wurde serviert, und sie aßen mit Genuss. Danach bestellten sie jeder einen Mokka und einen Metaxa.

Rainer nahm ihren Gesprächsfaden wieder auf. »Eigentlich hat das doch alles ganz gut geklappt. Wir waren ein gutes Team.«

Cengiz starrte den Deutschen entgeistert an. »Gut geklappt? Spinnst du? Wir sind von einer Scheiße in die nächste gestolpert, hatten lange Zeit nicht die geringste Ahnung, um was es eigentlich ging, und haben erst dadurch, dass Trieger im Verhör gesungen hat, erfahren, warum Klaus sterben musste. Das nennst du gut geklappt? Wir beide wären draufgegangen, wenn Stefanie nicht zu den Bullen gegangen wäre.«

»Ja, stimmt. Das mit den Fotos auf Friedrich der Große ist wirklich nicht so optimal gelaufen«, lenkte Esch ein.

»Nicht optimal gelaufen, ist geschmeichelt.« Stefanie sah Rainer prüfend an. »Du hast da wieder diesen Gesichtsausdruck, den ich leider zu gut kenne. Was brütest du aus, hä?«

Rainer Esch stellte sein Weinglas auf den Tisch und zündete sich eine Zigarette an. »Passt mal auf. Ich hab mir da was überlegt ...«

»Ich hab's befürchtet«, unterbrach ihn Stefanie.

»Jetzt kommt's«, ergänzte Cengiz.

»Hört doch mal zu. Ich möchte euch einen Vorschlag machen: Wir gründen 'ne Detektei.« Stolz sah Rainer die beiden anderen an.

Stefanie wusste nicht, ob sie lachen oder weinen sollte, und Cengiz tat so, als ginge ihn das alles nichts an.

»Im Ernst. Ich stell mir das so vor. Wir mieten ein Ladenlokal in Recklinghausen-Süd. Die sind da nicht so teuer, müssten wir für vier-, fünfhundert Peitschen warm im Monat kriegen. Cengiz stellt seinen PC da rein, ich spendier meinen Schreibtisch nebst Stuhl. Brauch ich sowieso nicht mehr.«

»Meinen Computer?«,empörte sich Cengiz.

»Wieso brauchst du deinen Schreibtisch nicht mehr?«. Wunderte sich Stefanie.

»Weil ich mein Studium schmeiße. Ich hab keinen Bock mehr.«

»Das war's«, bemerkte Kaya. »Sechzehn Stunden in dem Keller haben aus Rainer ein geistiges Wrack gemacht. Ich wusste bis jetzt zwar nicht, dass das so schnell geht, aber er ist das beste Beispiel für die Folgen der Isolationshaft.«

»Oder er hat sich schlicht um den Verstand gesoffen. Eigentlich wirkt er aber noch ganz nüchtern. Was meinst du, Cengiz?«

»Stefanie, du musst jetzt ganz stark sein. Irgendwann sind die Gehirnzellen weg. Es gibt so einen ›Point of no Return‹. Rainer ist da eben angekommen. Nach dem letzten Schluck. Schade.« Stefanie und Cengiz kicherten.

»Das ist kein Spaß. Noch mal: Wir behalten unsere Jobs ...«

Stefanie unterbrach ihn. »Welchen Job willst du denn behalten?«

»Taxifahren. Ganz einfach.«

»Ah ja.«

»Genau. Und machen das zunächst mal nebenberuflich. Da muss man nur einen Gewerbeschein beantragen. Dafür braucht man einen guten Leumund und so.«

»Dann kommst du dafür schon mal nicht in Frage.« Stefanie prustete los.

»Bestimmt hast du auch schon einen Namen für unsere Detektei?«, fragte sie, Luft schnappend.

»Hab ich auch. ›Look und Listen‹. Kommt gut, finde ich.«

Stefanie und Cengiz sahen sich an und begannen erneut brüllend zu lachen.

Einige Gäste des Mykonos schüttelten verwundert den Kopf über diesen plötzlichen und lautstarken Heiterkeitsausbruch.

»Der ist des Wahnsinns fette Beute«, kicherte der Türke. »Das kann er doch nicht ernst meinen.«

»Ich befürchte, doch.«

»Dann mach ich das eben ohne euch. Ich bin nicht auf euch angewiesen«, giftete Rainer. »Wenn ihr nicht den Mut zur Selbständigkeit habt, ich hab ihn. In wirtschaftlich schwierigen Zeiten wie diesen sind Eigeninitiative und die Bereitschaft zur Verantwortungsübernahme gefragt«, dozierte er.

»Das hat er aus dem Parteiprogramm der CDU. Schon traurig, wie aus einem der Mitbegründer der Linken Liste der Bochumer Uni ein Neokonservativer wird«, nahm ihn Stefanie auf den Arm.

»Ach, mit euch kann man ja nicht vernünftig reden. Ihr albert nur rum.«

»Fragt sich, wer hier vernünftiger ist«, bemerkte seine Freundin. »Ich finde, wir sollten bezahlen. Ich möchte nach Hause.«

Als sie das Lokal verließen, verabschiedete sich Cengiz. Rainer wollte zu Stefanie in den Corsa steigen. Sie wehrte ab. »Nee, nicht. Ich muss mir über ein paar Dinge klar werden, was uns angeht. Hast du doch selbst auch gemerkt. Wir sollten uns ein paar Tage nicht sehen. Verstehst du das?«

Esch kapierte das zwar nicht, aber er nickte.

»Und noch was. Damit du das nicht wieder in den falschen Hals kriegst. Mit ihm«, sie sah Cengiz nach, der schon hundert Meter entfernt war, »hat das überhaupt nichts zu tun. Nur mit uns beiden.«

»Ich weiß«, antwortete Rainer.

Stefanie gab ihm einen freundschaftlichen Kuss auf den Mund. »Ich melde mich. Versprech ich dir. Ich weiß nur noch nicht, wann.«

Sie stieg in ihren Wagen und ließ einen verwirrten und verstörten Esch zurück. Der starrte dem Corsa einen Moment nach und fasste dann einen Entschluss.

»Cengiz«, brüllte er, »Cengiz, warte.«

Der Türke blieb stehen und sah sich um.

Rainer Esch rannte ihm, so schnell er konnte, nach. Schwer atmend sagte er: »Ich möchte nicht allein sein. Wenn du mein Freund bist, gehst du jetzt mit mir ins Drübbelken. Kannst auch bei mir pennen.« Er sah ihn bittend an.

Cengiz Kaya verstand. Und nickte.